シャロン・サラ

新井ひろみ 訳

SNOWFALL

by Sharon Sala

Translation by Hiromi Arai

mira

SNOWFALL

by Sharon Sala

This edition is published by arrangement with Harlequin Books S.A.

Published by K.K. HarperCollins Japan, 2021

この世に生を受けるとき、わたしたちは家族を選べない。
でも、絶対に失いたくない友人たちについては、そうではない。

わたしはこれまでたくさんの友人に恵まれてきた。
つかの間の友も長年の友も、どこにいようと心はわたしと共にあった。
よいときも悪いときも、わたしを支えてくれた。

ここで一人一人の名前を挙げることはできないけれども、
ああ自分のことだと、みんなわかってくれているはず。
あなたの中にわたしの居場所があって本当によかった。
手間と時間を惜しみなくわたしにかけてくれたあなた、ありがとう。
そんな友人たちの厚意に、この作品は報いることができただろうか。
できていますようにと、わたしは祈るのみである。

サイレント・キス

おもな登場人物

ケイトリン・ドイル・ベネット――ミステリー作家
コナー・マッキー（マック）――セキュリティ会社経営。元刑事
アーロン・ワークマン――ケイトリンの担当編集者。マックの義弟
ケニー・レイボーヴィッツ――ケイトリンの宣伝担当者
サール・アマート――ニューヨーク市警刑事
ポーリー・ハーン――アマートの相棒。ニューヨーク市警刑事
J・R・ニール――ニューヨーク市警刑事
トゥルーディ・コワルスキ――ニールの相棒。ニューヨーク市警刑事
マイク・マズーカ――ケイトリンのアパートの守衛
ジョン・シュタイナー――ケイトリンの運転手

1

〈罪はやがておまえをさいなむだろう〉

ケイトリン・ベネットは身を震わせながら深呼吸を一つして、手の中の便箋《びんせん》にもう一度目を落とした。何回読んでも、憎悪に満ちた文面に変わりはなかった。半年前から届きはじめた脅迫状。その最新版がこれだった。回を重ねるごとに内容は悪質になっていく。はじめは、また屈折した読者からだと思った。売れっ子ミステリー作家、C・D・ベネットのもとへおかしなファンレターが届くことは、それまでにもあったからだ。けれども、天罰だの復讐《ふくしゅう》だのと書き連ねてある手紙をたて続けに受け取るうち、さすがに不安を感じはじめた。なんの落ち度もないのに殺された有名人は、たくさんいるではないか。なんでもないかもしれないけれど念のために、両親の古くからの友人であり、四十五分署の刑事でもあるボーラン・フィオレオに相談をもちかけてみた。ケイトリンが三通の手紙を見せると、フィオレオは親身になってはくれたものの、危険だという認識は示さなかった。今振り返ってみると、あれも無理からぬ反応だったのだ。

最初の三通は〝おまえのこれこれこういうところが気に入らない〟という表現からして、ファンレターと取れなくもなかった。フィオレオが動じなかったのは当然かもしれない。彼はケイトリンの背中をぽんぽんと叩《たた》きながら、そのうち一緒に食事でもしようと言って、彼女を送り出した。

しかし、それからも手紙は送られてきた。一通ごとに少しずつ凶悪さが増していく。ケイトリンの不安はつのる一方だった。ここまで来ればフィオレオだって真剣に受け止めてくれるにちがいない。そう考えた彼女は、ふたたび彼に連絡を取った。けれども返ってきたのは、そっけないと言っていいぐらい簡単な言葉だった。ケイトリンの書くものを嫌ってはいけないという法律はないし、それを彼女に伝えてはいけないという法律もない。フィオレオはそう言った。実際に身体的な危害を加えられたわけではないのだから、心配する必要はない、と。適当にあしらわれたような気がして、ケイトリンはそれきり彼に相談するのはあきらめたのだが、その後も脅迫状の内容はどんどん悪質になっていった。

これまでに全部で二十五通。もちろん差出人は同じだ。そして、今朝また新たな一通が届いた。白地に赤いフェルトペンの文字が目を射る。書き手の狙《ねら》いどおりだ。しかしケイトリンを震え上がらせたのは、ひと言ひと言の後ろに垂れた真っ赤な滴りだった。まるで血がにじんだように見える。そして、署名代わりのひときわ大きな赤いしみ。視覚的な衝撃としては完璧《かんぺき》だった――まったく手をくだすことなく、相手をこんなにも震え上がらせるのだから。

ケイトリンはたまらなく恐ろしかった――こんなに怖い思いをするのは生まれて初めてだった――文面だけで、ここまでの恐怖を味わわされるとは。面と向かって何か言われたわけでも、脅迫電話がかかってきたわけでも、実際に傷つけられそうになったわけでもないのに。

机の上の小さな時計が時を告げはじめ、ケイトリンはびくりとした。もうこんな時間。手早く手紙をファイルにしまうと、彼女はベッドルームへ急いだ。

迎えの車は一時間もしないうちに到着するだろう。それに乗ってDBCのスタジオまで行き、『ライブ・ウィズ・ローウェル』という番組に生出演するのだ。最新作『デッド・ライン』の宣伝のため、広報担当のケニー・レイボーヴィッツが決めたことだった。ケイトリンは宣伝活動が好きではなかったが、やらないわけにはいかない。テレビ出演はただでさえ苦手なのに、よりによって今日はDBCネットワークだ。化粧と同時に、ケイトリンはインタビューに対する心の準備にも取りかかった。

独特の切り口が売り物の司会者は、今度もまた彼女の父親のことを持ち出すにちがいなかった。デヴリン・ブロードキャスティング・カンパニーは、デヴリン・ベネットが設立した会社の一つだった。そのDBCを含め莫大《ばくだい》な資産と事業がすべて、娘であるケイトリンに遺《のこ》されたことも、ローウェルは毎回言わずにいられないらしい。名前を売るにはテレビ局を所有するのがいちばんですからねというお決まりのジョークに、出演のたびにつき合わなくてはならない。彼女の著作の売り上げ率が平均八十五パーセントという驚異的な数字であることは、お調子者の司会者にとってどうでもいいようだった。ローウェルが求めているのは笑いだけ。彼の斜に構えたもの言いがケイトリンは好きではなかったが、示されるのに見合うだけの愛想を返しつつ、ウィットに富んだ、品のある受け答えを心がけてきた。幸か不幸か、ローウェルはそんなやりとりを大いに気に入っている——ケイトリンのことも。彼女が内心うんざりしているとは夢にも思っていないし、テレビに出るより、自宅で大好きなピーナッツバターとディル・ピクルスのサンドウィッチをつまみながら、古い映画でも観《み》ているほうがずっと幸せだということも知らないのだった。世間の大半の人たちにとって、彼女は作家ごっこに興じるお金持ちのお嬢さんなのだ。父親が亡くなって五年近くになるのだが、彼の影はこの先も一生ケイトリンにつきまとうだろう。そんな運命を彼女は早い時期に受け入れざるを得なかった。結婚をしたい、子どもも産みたい、何度もそう願った。一人では怖くて、そして寂しいから。けれども願うだけでは何も変わらなかった。

　メイクを終えたケイトリンは、クローゼットを物色して最初に手に触れた厚手の黒いものを引っ張り出し、袖《そで》を通した。作家であることの恩恵が一つだけあった——誰からも美しさを期待されずにすむことだ。聡明《そうめい》でありさえすればそれでいい。迎えの車が到着するころには、支度はすっかり整っていた。

「では……ケイトリン……ケイトリンとお呼びしていいんでしょうか？　それとも、ミズ・ベネットと申し上げるべきですかね？　何しろあなたはわたしの上司なわけですから」

　ケイトリンは寛大な微笑に見えることを願いつつ、にっこりした。気をつけていないとうんざりした顔になってしまいそうだった。やれやれ。テレビ局はいったいどこでこういう人種を見つけてくるのだろう？　ロン・ローウェルは憎めない人物だが、思考回路は巻き戻しスイッチが入りっぱなしのようだ。新作のプロモーションのために彼の番組に出演するのはここ数年でもう四度目になるけれど、インタビューの最初のせりふはいつも同じだった。

「なんと呼んでくださってもかまいませんよ。本さえ買っていただければね」ケイトリンは軽妙に返した。

　観客がどっとわき、ロン・ローウェルは得意満面だった。インタビューは今日もまた、上々の滑り出しというわけだ。彼はくだんの本を手に取りぱらぱらめくる格好をしているものの、目の焦点は、黒いニットのワンピースに包まれたケイトリンの胸にしっかり合っていた。

「ほほう、新作のタイトルは『デッド・ライン』ですか。これについて、お話を聞かせてください」

ケイトリンは身を乗り出した。「ある殺人事件にまつわるミステリーなんです、ロン」

彼はにこにこと笑った。ケイトリンが姓ではなく名前を呼んだのは大正解だった。

「つまり、話すわけにはいかない、と？」

またあちこちでくすくす笑う声がした。観客の姿を見ているわけではなくても、その笑いがローウェルを調子づかせる。

「そうじゃありません」とケイトリンは言った。「念のために申し上げておきますけど、『デッド・ライン』といっても〝締め切り《デッドライン》に間に合わせる〟こととは関係ないんですよ。ちょっと想像してみてくださいな。アディロンダック山地にいだかれた一軒の美しい宿。週末を楽しむためにやってきた人たちでいっぱいです。初冬の嵐《あらし》がやってきて、山は六十センチの積雪に覆われ、道路は通行止め。人々は宿に閉じ込められてしまいました。電話も通じない。停電もしてしまった。外の世界から完全に孤立してしまったわけです。やがて、一人、また一人と、死んでいく……それも、不自然な死に方で」

「うーん、なるほど」ローウェルがうなった。「つまり、コミュニケーションのデッド・ラインだ」彼は恐ろしげに眉を上げてみせた。「で、犯人は客の中にいる。なぜなら、ほかの人間は出入りできないのだから。そうでしょう？」

ケイトリンは黙って微笑《ほほえ》んだ。

ローウェルは満面の笑みだ。「はいはい、わかっていますとも。あとは本を読んでのお楽しみ、ですね」

「まあ……ルックスのいい人は頭もいいものなのね」とケイトリンは言った。

これもまた大受けしたので、ロン・ローウェルはますます嬉《うれ》しそうに顔を輝かせた。

数分するとコマーシャルになり、出番を終えたケイトリンは立ち上がった。ローウェルも握手をするために腰を上げたが、取った彼女の手を、いつもより長いあいだ握っていた。

「このあと一緒に食事でもいかがです？」

ケイトリンは固く握りしめられた手を引き抜きながら、にっこり微笑んだ。

「ロン、残念だけれど、また今度誘っていただけるかしら？　実は、本当のデッドラインが迫っているの。次の作品のね。でも、ありがとう、すてきなインタビューだったわ。この本、ぜひお読みになってみてね」

あくまでにこやかなケイトリンだったから、ローウェルは自分が疎んじられているとは夢にも思わない。ステージから下りるころには、ケイトリンは緊張のあまり吐き気がするほどだった。

「ケイトリン、ダーリン！　相変わらずすばらしかったよ」

コートをはおらせようとするケニーに、ケイトリンはしかめ面を向けた。

「今度から、テレビ出演については前もって相談してもらえると嬉しいわ。急に言われても困ってしまうの」

ケニーはケイトリンの頬に唇をつけ、ウィンクした。「うん、そうだね」そう言って、着せたコートの肩をまっすぐに直す。「今夜はずいぶん冷える。雪になるかもしれないよ」

雪。想像しただけでケイトリンは身震いをした。スケジュール管理についてケニーは確たる返事をしなかったが、ケイトリンはそれ以上彼を責めなかった。ケニーは仕事をしているだけなんだから、とため息と共に自分に言い聞かせる。それからまた体を震わせた。ケイトリンは冬が大嫌いだった。ケニーが新作のプロモーションをいくつもセッティングしてしまったから仕方ないけれど、そうでなければとうに南のほうへ出かけていただろう。

コートのボタンを留めようとすると、その手がケニーの手に包み込まれた。

「留めてあげるよ」と彼は言った。「きみの指、青ざめるほど冷えきっているじゃないか。手袋はないのかい？」

「車に置いてきちゃったみたい」

「かわいそうに」ケニーはつぶやきながらボタンを留め、それが終わると、さも暖めるためといった顔で彼女の両手を握りしめた。

手を握りたいのがケニーの本心であるのは、ケイトリンにもわかっていた。ずいぶん前からそれとなく言い寄られているのだが、仕事上の関係を壊さない程度に彼を避けるのが、ケイトリンにできるせいいっぱいのことだった。

「もう暖まったわ。ありがとう」ケイトリンはそう言って両手をポケットにしまった。プロデューサーの一人に導かれ、舞台裏の迷路を出口へと向かう。

リムジンは建物を出てすぐのところにとまっていた。運転手が降り立つ前に、ケニーがドアを開けた。上質の革に身を沈め、骨までとろけそうな暖かさに包まれて、ケイトリンはようやく安堵《あんど》した。

「うわあ、この暖かさがたまらない」彼女はため息をついた。「スタジオって、どうしていつもあんなに寒いのかしら？」

「経費削減だよ、ハニー」ケニーはそう答え、ぎりぎりまでケイトリンににじり寄った。「ほら、手袋をはめて。大事な人に病気になられたら大変だ」

ケイトリンは柔らかいカーフスキンに指を滑り込ませはしたが、〝大事な人〟の部分は聞き流した。あとは、にぎやかな通りを走る車中でどちらも無言だった。そのうち、ケイトリンはまた脅迫状のことを考えはじめた。

心のどこかには誰かに話したい気持ちもあるけれど、そこまで親しい相手はほとんどいなかった。打ち明ける相手を慎重に選ばないと、翌朝には自分の秘密が新聞に出ることになるのだと、人生のごく早い時期にケイトリンは学んだ。彼女はちらりとケニーを見た。この人に話したらどう言うだろうという思いが頭をよぎったが、そんな考えはすぐに振り払った。ケニーのことだ、あの手紙を宣伝材料として利用しかねない。見出しが目に浮かぶようだ。〈ミステリー作家に脅迫状。作品さながらの実生活〉

ケイトリンはため息をついた。するとケニーが身を乗り出してきて、彼女の頬に手を添えた。

「どうしたんだい、ハニー？　おっと、なんでもないという答えはなしだよ。なぜって、ぼくはきみのことならなんでもわかるんだから」ケイトリンが黙っていると、ケニーはなおも言った。「ぼくを信じて、話してくれないかな」

ケイトリンは微笑んだ。「本当になんでもないのよ、ケニー。ただ寒くて、疲れてるだけ」

「夜、一人じゃ心細いんじゃないかい？」

ケイトリンの微笑はその手と同じぐらい冷たかった。中には、本当に鈍い男というのがいるものなのだ。いったい何度断れば、この人に理解させられるのだろう？

「ありがとう。でも、夜は一人で静かに過ごしたいの。わかってくれるでしょう」

ケニーは口にこそ出さないものの、不満の色をその目に宿らせた。

「もちろんわかるよ、ハニー。それならいいんだ。きっと朝には元気になってる」リムジンがスピードを落としはじめると、彼は窓の外を見た。「着いたみたいだ」

運転手が降りてきて後部座席のドアを開けた。ケニーが先に出て、降り立つケイトリンを支えた。

「じゃあ、おやすみ」ケニーは優しく言って彼女の頬にキスをした。

手を振って別れを告げたケイトリンは、門番がドアを開けてくれるのを待ちかねてロビーへ飛び込んだ。守衛が机から顔を上げてにっこり笑う。

「おかえりなさい、ミス・ベネット」

「ただいま、マイク。久しぶりね。ご家族はみんな元気？」

マイク・マズーカは相好を崩した。「ええ、ええ。ついこのあいだ、末っ子のトムに初めての子どもが生まれましてね。また孫が増えちゃいましたよ。信じられます？」

ケイトリンは笑った。「これで何人になったんだっけ？」

「七人ですけどね。いちいち数えてなんかいられませんよ」

ケイトリンは手を振りながらエレベーターホールへ向かった。しかしエレベーターに乗り込み、カードキーをスロットに差し込んだとたん、また不安に襲われた。自宅に帰って玄関のドアをしっかりロックしてからでないと、安心はできない。最上階までの専用エレベーターであるにもかかわらず、心細くてたまらなかった。

停止すると同時にエレベーターから飛び出したケイトリンは、自分の部屋目指して廊下を走った。大急ぎで鍵《かぎ》を回して中へ入り、力任せにドアを閉めて後ろ手にロックする。とたんに全身から力が抜けて、ドアにもたれかかった。心臓は激しく鼓動し、肌は冷や汗でじっとり湿っている。そうしているうちに、だんだん自分が情けなくなってきた。

「毎日こんなふうにびくびくしながら暮らすなんて、ばかげてるわ」ケイトリンはつぶやくと、家中の照明をつけて回りながら、着替えるためにベッドルームへ向かった。

だけど、誰に打ち明ける？ もう一度フィオレオに電話をかけようか。いや、やっぱりそれはだめだ。彼には最初信じてもらえず、二度目には相手にされなかった。これ以上ばかにされるのはごめんだった。けれどもベッドに入る支度を終えるころ、彼女は現実を受け入れた。何らかの行動を起こさなければならないのだ。ケイトリン自身が、決心しなければ。

規則的に開閉するはさみの刃が、バディの手にする新聞に影を投げかけながら、C・D・ベネットの記事をページから切り離していく。無数の切り抜きと並べてベッドルームの壁に貼《は》ってから、彼は一歩下がってそれを眺めた。

〈ベネット、新作も大成功〉

バディは鼻で笑った。ベネットはこの世に生まれ落ちたその日から、すでに成功者ではないか。

突風が窓を揺らしたので外の厳しい寒さを思い出したが、彼は平気だった。胸に渦巻く怒りのおかげで、どんなときにも暖かい。

腹が鳴った。昼から何も食べていなかった。そして今は夜中の十二時近い。厳密に言えばじきに明日になるわけだが、腹が減りすぎていて朝食まで待てそうになかった。

彼の仕事柄、まともな時間に食事ができればそれだけで御の字だった。半分は移動しながらだし、なんとかテーブルにつけたとしても、何かしらの、あるいは誰かしらの邪魔が入る。まったく。自分はこの仕事には向いていない――常に他人の都合で動かなければならないとは。本来ならば他者に仕える立場ではなく、支配者であるべきなのに。

バディは壁をにらみつけ、写真や切り抜きをひとわたり見た。ケイトリン・ドイル・ベネット。本屋の棚を独り占めして、いったい何様のつもりだ？　あの女は生まれてこのかた、一日たりとも金に困ったことなどないのだ。明日の食べ物をどうやって手に入れようか、来週も屋根のある場所で暮らせるだろうか。そんなふうに頭を悩ませるのがどういうことか、あの女にはわからない。わずかでも良心があるのなら、もっと困っている人々のために遠慮するべきだろう。

彼の思考をさえぎるかのようにまた腹が鳴ったが、冷蔵庫を開けて食べ物を目にしたとたん、吐きそうになった。バディは顔をしかめて扉を叩きつけた。食べたいんじゃない。忘れたいんだ。それには酒がいちばんだ。角のバーが店じまいするまであと二、三時間ある。今の自分に必要なのはそれだ――一杯か二杯の酒。プレッツェルかナッツに、たわいない世間話。

コートをつかむと、バディはポケットを叩いて鍵が入っていることを確かめた。右のポケットのふくらみは飛び出しナイフ、左側でじゃらじゃらいうのは鍵束だった。ナイフは、手放すに忍びなくて子どものころから持ち続けているものだった。若いときには半殺しの目に遭うことから一度ならず救ってくれたし、大人になってからは、強盗に襲われてもこれさえあれば大丈夫だという安心感を与えてくれていた。

五階の部屋をあとにしたバディは、階段を使って表へ出た。風の強さに最初こそひるんだものの、歩くにつれて慣れてきたし、容赦なくすべてを浄化する寒風はむしろ心地よかった。

時間や寒さとは関係なく、バーは込んでいた。笑顔で入っていった彼は、誰かに名前を呼ばれるとうなずいて手を振り、スツールに腰かけて飲み物を注文した。

「こんな寒い夜に出歩くばかはおれだけじゃなかったとみえる」手近なボウルからプレッツェルをひとつかみ取りながら、彼は言った。

バーテンダーは笑った。「寒い日はいつだって商売繁盛でね。何にします？」

「銘柄は？」

「ラガー・ビールにしようかな」

「ダークでスムースなやつならなんでも」

ほどなく、茶色い液体を満たした細長いグラスが彼の前に置かれた。それを使ってプレツツェルを流し込む。冷えたビールは、イーストとホップと、もう一つ何かの力強い味わいがした。喉を滑り落ちていく味と同じぐらい、香りが好きだった。来てよかったと思いながら、バディはカウンターに肘をつき、目を閉じた。えも言われぬ仲間意識のようなものが胸にわき上がる。今のこの瞬間ならば、みんなと同じ人間のふりをするのも簡単だった。

一時間が過ぎたころ、バディは立ち上がってカウンターに紙幣を数枚置くと、手を振って店を出た。寒さが目にしみて涙があふれる。バーで飲んでいたのは短い時間だったが、そのあいだに気温はいちだんと下がっていた。彼は急いで手袋をはめ、コートの襟を立てて耳を覆った。

立ち止まって空を見上げる。星を眺めたかったが、ニューヨークみたいな大都市では街灯の向こうに夜は見えない。トレド郊外の母の家を思うと、懐かしさがこみ上げた。馴染《なじ》みの幽霊たちと一緒に眠る気になれず、バディはアパートと反対の方向へ足を向けた。歩くうちに気分が変わることを願って。

歩道に人影はほとんどなかったが、信号機は律儀に働いていた。しばらくすると、近づいてくるヘッドライトに目を細めるのにも疲れたので、バディは左へ折れて脇道《わきみち》へ入った。風下にあたるこっちのほうは自動車の排気ガスが冷気に充満しているように思われて、彼は鼻に皺《しわ》を寄せた。ショーウィンドウの前を通るときには、そこに映る自分の姿が目に入った。そのたびにつくづく思う。生まれは貧しくても、容姿には恵まれた、と。平均を上回る背丈、筋肉質の体、誰が見てもハンサムと言う顔立ち。運が悪くなければ、この世とおさらばするまでにあと五十年はあるはずの時間。みずからの足取りの力強さと、人間という何よりも優れた生き物に生まれた事実を楽しみながら、バディはあてもなくぶらぶら歩き続けた。

どの店も閉まっているのに、ショーウィンドウの照明は光り輝いている。バディは、クリスマスの飾りつけを見せてあげるといって母が町へ連れていってくれたときのことを思い出した。

ほら、あれを見て、バディ。ものすごくすてきじゃない？

バディはわれ知らず笑みをもらした。〝ものすごく〟というのが母の口癖だった。そのことでよく彼は母をからかったものだった。今、母を取り戻せるのならなんだってするのに。母を癌《がん》で亡くしたときにはとてもつらかったが、もっとつらいのは自分自身をなくすことだった。彼をバディと呼ぶのは母だけだった。ほかのみんなは別の名前で呼ぶ。でも、彼の心の中では、自分はいつまでたってもバディだった。

感傷に浸りきっていたから、もう少しで本屋を素通りするところだった。しかし通り過ぎる前に、彼の視線は引き寄せられた。麗々しく並べられたC・D・ベネットの最新作。バディの理性が砕け散った。体が震えだし、知らず知らずのうちに固くこぶしを握りしめていた。この町の隅々までが、あの女の足下にひれ伏しているのか？

長いこと、彼はじっと立ち尽くしたままでいた。はっと気づいたときには、体の芯《しん》まで凍えていた。胸のうちだけに熱い怒りをたぎらせて、バディは本屋をあとにした。寒さに首をすくめながら、家路をたどる。どこかで女がしゃべっている。どきっとするような笑い声を聞いて初めて、彼は顔を上げた。

通りを挟んだところに大きな邸宅があった。その玄関ポーチで二人の女が抱き合い、さよならと言い合っている。一人が階段を下りて通りを渡ってくる。バディは物陰に身を寄せた。通りすがりのひと言ふた言であっても、人とは口をききたくなかった。

彼女が縁石を軽やかに飛び越えて街灯の下に差しかかったとき、その顔がはっきりと見えた。頭を高く掲げ、胸を張って、女は歩く。まるでこの世に憂いなど一つもないとでもいうように。若々しい細面を縁取るのは、チョコレート色の豊かなストレートヘア。

見覚えのある顔だ。仕事中に出会ったのだっただろうかと、バディはじっと女を見つめた。彼女が次の街灯を通り過ぎるときにやっとわかった。ケイトリン・ベネットに瓜《うり》二つなのだ。

バディは喉の奥で息を詰め、近づいてくる彼女を凝視した。思いと同じぐらい苦い胆汁が、口の中へせり上がってくる。彼は夢中で物陰から飛び出すと、女の首をつかんだ。たまたまある人物に似ているという以外、恨みなど何もない。互いの名を知る必要もない。

なぜならバディは彼女を殺そうと決めているから。

両手で喉を締めつけ、悲鳴を封じ込めたまま、明かりの届かない路地裏へ引きずり込んだ。二十メートルほど行ったところで立ち止まり、手を離した。

喉頭《こうとう》をつぶされた女は、どさりと仰向けに倒れた。手足をだらりと伸ばしたきり動けないでいるさまは、まるで小さな壊れた人形のようだ。彼の指輪が傷つけた片方の目尻から、血が細く流れ出ている。彼女は大きく見開いた瞳に恐怖をたたえ、息をしようと必死に喘《あえ》いだ。が、つぶれた喉に空気を送り込むことはほとんどかなわなかった。男がズボンのファスナーを下ろすのを目にしたときには、まぶたを閉じて死にたいと願った。

荒々しい行為は、バディを浄化してくれるようで心地よかった。女が血を流せば流すほど、彼の痛みは軽くなっていく。ことを終えたときには、最高の気分だった。アドレナリンの満ちた肉体は酸素をひどく欲していた。深々と息を吸い込みながら、バディはゆっくり立ち上がった。頭は空っぽで、体は不思議なぐらいリラックスしている。女はもう死んでいる。けれども立ち去る気になれなかった。

初めて見るような目でもう一度彼女を見たバディは、満足げに微笑した。おつにすましたあの表情をおれが消してやったのだ。しかし、彼の笑いはやがて消え、表情は険しくなっていった。いまだ涙をためた茶色い目は、無言でバディを非難するかのように大きく見開かれている。

「そんなふうにおれを見るな」バディはうなった。

暴行の仕上げに、彼は飛び出しナイフを引っ張り出すと、女の顔めがけて二度、切りつけた。刃の下で肉が裂け、ちょうどりんごを切り分けたときのように、顔はきれいに四分割された。彼女のコートでナイフをぬぐい、慎重に刃を納めると、バディは何ごともなかったかのように路地から出た。

一時間後には家にいた。その夜、バディはクリスマスの夢を見た。母がストーブの前でグレービーをかき混ぜながら微笑んでいた。

ドナ・ドーリアンの遺体が発見されたのは夜が明けてからだった。警察が到着したときには、雪になっていた。

2

「いやいや、こいつは本格的な雪になったな」巨体を揺すって助手席から降りると、サール・アマートがそう言った。パートナーのポーリー・ハーンも運転席を離れた。

現場にはすでに二台のパトカーが到着しており、早朝であるにもかかわらず、立入禁止を示す黄色いテープの向こうには野次馬が集まりはじめていた。

コートの襟を立て手袋をはめながら車の反対側へ回り込んだポーリーは、路地の先に横たわる遺体を目にして一瞬ひるんだ。制服の警察官が持ち上げるテープを二人でくぐる。

「一日のスタートがこれとは、お気の毒に」警察官が声をかけてきた。

アマートは、ほとんど毛のない頭にのせた帽子を少し目深にかぶり直して、路地を見やった。ここからでも、悲惨な状況であることは十分見て取れた。

「少なくともおれたちは息をしてるじゃないか、ニプスキー。被害者の身元はわかってるのか？」

「ええ。遺体から十メートルほど離れたところにバッグが落ちていました。名前はドナ・

ドーリアン。今朝、母親が捜索願いを出しています。友人と映画を観《み》に出かけたきり戻らないと。その友人宅に泊まったものと思い、朝になるのを待って出勤前の友人に電話をかけたところ、午前一時過ぎに二人は別れたことが判明した。で、警察に届けたというわけです」

「遺体の発見者は？」アマートがさらに尋ねた。

「ジョギング中の通行人です」警察官は野次馬のほうを振り返り、指を指した。「彼です。赤と黒のスウェットスーツを着て、側溝に吐いている人」

「わかった、ありがとう」アマートは言った。「行こう、ポーリー」

「おれもあの隣で吐きたい気分だよ」とポーリーが言った。

「彼の胃がすっかり空になってから、話を聞こうじゃないか」アマートが言った。

「そうだな」鼻水が出はじめたために、ポーリーはポケットからハンカチを引っ張り出した。

喉も痛いし頭がずきずきする。ポーリーははなをかみ、雪が目に入らない角度まで帽子のつばを傾けた。いまいましい風邪め。クリスマス前だというのに、このありさまだ。遺体のそばまで来るとポーリーは後悔した。今日は妻の望みどおり休めばよかった。

「なんてことだ」ポーリーは胸の前で十字を切り、冷たい空気を深々と吸い込んだ。「サール、おれたちがコンビを組んで何年になる？」

アマートが眉根を寄せた。「おれが刑事になって二年目からだから、今年で十七年か。なんでだ？」

ポーリーはおぞましげに遺体を指差した。「昔はただ鉄砲を撃ち合うだけだった。なんていうか……すっきりした殺し方だった。弾一発か二発でおしまいだ。あとにはまん丸い穴が開くだけ。ばん。終わり。それがどうだい？　なんでここまでずたずたにする？　こんなことしでかすのは、いったいどんな変態野郎だ？　ただ殺すだけじゃ足りなかったのか？」若い女性の顔に残されたものを見下ろして、ポーリーは泣きたくなった。「こんな無惨な殺し方をしなくてもいいじゃないか」

アマートがさらに眉をひそめた。「おそらく、殺したあとでこれをやったんだろう」

「どうしてわかる？」

「切り口がまっすぐできれいだからさ。ほら……争った形跡が見られない」

ポーリーはまたハンカチを取り出してはなをかみ、それからさっきとは別の警察官を手招きした。

「誰か、検屍官《けんし》にはもう連絡したのか？」

「はい。こちらへ向かっているとのことです」

「ああ、ニールとコワルスキが来た」ポーリーが言った。

アマートが彼らのほうを振り向き、やあ、とうなずいた。

トゥルーディ・コワルスキ刑事の顔から笑みが消えた。

「ひどい、あんまりだわ」遺体を見てつぶやいた彼女は、すぐに目をそらした。「身分証明書か何かを身につけていてくれたことを祈るわ。そうじゃないと、身元を割り出すのは大変よ」

「親切な犯人でね。被害者のバッグは残しておいてくれた」とアマートが言った。

トゥルーディのパートナーであるJ・R・ニールは、じっと立ち尽くしたまま遺体を見つめていた。

「金目当てじゃなかったんですね」ニールは言った。「この様子からすると、犯人は彼女をよほど深く恨んでいたんでしょう。恋人なり夫なりがいるかどうか、もうわかっているんですか？」

「おれたちも今来たところだ」アマートが答えた。「だがそんなに仕事をしたくてたまらないんなら、ほら、路地の入口で吐いてる男がいるだろう？　彼が何か知ってるかどうか、訊《き》いてきてくれないか。赤毛と一緒に行くんだな。路地に面したアパートと、それから通りを挟んだ向かい側のアパートの聞き込みにもかかってくれ。昨夜《ゆうべ》、物音を聞いた人間がいないかどうか」

トゥルーディ・コワルスキは、銅色の巻き毛を手ではずませてウィンクをした。

「悔しいんでしょう。あたしには髪があって自分にはないものだから」彼女はパートナーにすり寄った。「さ、行きましょう。あなたはあの男性から話を聞き出して。あたしは路地のほうのアパートから始めるわ。で、アマートとハーンは偉そうにここに立って検屍官のお出迎えと、そういう段取りよ」

ニールは年かさの刑事二人に向かってにんまり笑ってから、パートナーと連れ立って歩きだした。路地から表通りへ出る手前でトゥルーディがニールに何か言い、彼が笑いを返し、それぞれ右と左に別れた。

そんな二人を、アマートは苦々しげな面持ちで見送った。コワルスキはいい。小柄だががっしりした体つきだし、赤毛だけあって気が強い。それでいて強情な分、情け深い。しかし、自分自身に正直になるなら、ニールのほうはあまり好きではないことを認めざるを得ない。長身でハンサム、しかも髪がふさふさしている男を好きになるのは、難しいものだ。

一陣の冷たい突風が吹きつけ、舞い落ちる雪が、煙突から立ちのぼる煙のように漏斗状になった。ポーリーがまたはなをかみ、アマートは遺体のかたわらにしゃがみ込んだ。鑑識班がやってきて仕事を終えるまで、証拠が一つもそこなわれないよう注意しなくてはならない。

「この寒さだ。検屍官事務所はきっと下っ端をよこすぞ。賭《か》けてもいい」アマートが言った。

「おれは賭けないよ」ポーリーが応じた。「おまえの言うとおりにちがいないからさ」遺体のほうを振り返った彼は、被害者は自分の娘と同じぐらいの年頃《としごろ》だろうと見当をつけた。そして、アマートを見やった。「いまだに慣れないことがあるんだ。なんだかわかるか?」

「なんだ?」

「遺体にカバーをかけちゃいけないって決まりさ。この娘さん、下半身はむきだしで顔はずたずただ。せめて何かで覆ってやるべきじゃないのか」

アマートが立ち上がってパートナーの背中を叩《たた》いた。「だがな、そのせいで証拠が台なしになったら困るだろう? 彼女をこんな目に遭わせたくそ野郎を捕まえるのに必要な証拠かもしれないんだ」

ポーリーはため息をついた。「そんなのは重々承知だ。ただちょっと独り言を言ってみただけだよ。わかるだろ?」それから彼はもう一度あたりを見回した。「証拠といえば、なかなか見つかりそうにないな、この雪じゃ」

「まったくだ」そのとき何台かの車がとまった音がして、アマートは振り向いた。「検屍官の到着だ」すらりと背の高い黒人女性が降り立ち、ステーションワゴンの後ろから大きな黒いケースを取り出すのを見て、アマートはにやにやした。「賭けてたらおれの勝ちだったな。ブッカーだ」

「おはよう、みなさん」アンジェラ・ブッカーは気だるげに言うと、ケースを地面に置いて蓋《ふた》を開いた。

アマートはこういうケースを何百回も見ているのに、見るたびに昔クリスマスプレゼントにもらった科学キットを思い出してしまう。彼が使い方を覚えることは決してない無数の小さな器具やスライドグラス。「その中に温かい飲み物は入ってないか？」ドライビング用の手袋を手術用に取り替える検屍官の横で、アマートは言った。

「あっちへ行っててよ、アマート。今日のわたしは機嫌が悪いんだから」

二人の刑事は顔を見合わせてにやりと笑い、路地の入口へ戻っていった。そろそろ、飯のたねであるビジネスに取りかからねばならない。

ケイトリンははっと目を覚ました。心臓は早鐘を打ち、目は恐怖に見開かれていた。今の今まで見ていた夢が恐ろしかったのであって、現実に異変はないとわかるまで、少し時間がかかった。

それにしてもリアルな夢だった。ふたたび眠る気にはなれず、足をベッドの横へ出して起き上がったものの、まだ六時十五分だとわかると、ケイトリンは顔をしかめた。

バスルームから出るころにはすっかり目が覚めていた。お気に入りのスリッパをつっかけて古いローブをはおった彼女は、手櫛《てぐし》でざっと髪を整えただけでキッチンへ向かった。

せっかく目が覚めたのだから早めに一日のスタートを切ろう、と自分自身に言い聞かせる。

キッチンの手前で窓に目をやると、下界へ向けて降りしきる雪が見えた。暖かくてくつろげる自宅から出ずにすむ仕事でよかったと思いながら、ケイトリンは仕事部屋へ行ってコンピュータの電源を入れた。それが起動するあいだにキッチンへ戻り、棚の中を探った。シリアルも卵も、牛乳も紅茶も切らしているとわかると、氷を二つ三つグラスに入れてペプシをなみなみと注《つ》いだ。半分ほど飲んだところで、カフェインが効きはじめる。トースターの中でパンがいい色に焼けるのを見ていると、口中に唾《つば》がわいてくる。けれどもピーナッツバターの瓶にナイフを差し入れたとき、ケイトリンはあの夢を思い出した。

男はナイフを手にして迫ってきた。ケイトリンは急いで回れ右をして駆けだしたけれど、逃げきれないのはわかっていた。

ケイトリンはぞくりと身を震わせてから、深呼吸をしてナイフを見た。決然とした手つきでそれを瓶から引き抜いて、ついてきたものをきれいに舐《な》め取った。そうしてもう一度たっぷりとピーナッツバターをすくい取ると、焼けたばかりのトーストに塗りつけた。二枚目にはスプーン一杯のオレンジマーマレードを塗って両方を合わせ、できあがったサンドウィッチを皿にのせた。使い終わったナイフとスプーンをシンクに入れ、グラスにペプシを注ぎ足した。リビングルームへ移動して、食べはじめる。

いつもの習慣でテレビのスイッチを入れた。別に、世の中の出来事を知りたいわけではなかった。どこかのレポーターが、夜中に起きた殺人事件の現場に立ってしゃべりだすと、ケイトリンはリモコンをつかんであちこちチャンネルを替え、アニメ番組に決めた。食事を終えるころには、ロード・ランナーがワイリー・コヨーテを三度もやり込めてくれたおかげで、ケイトリンの気分もすっかり晴れていた。

汚れた皿とグラスをシンクに入れた彼女は、Eメールをチェックしたらすぐに着替えようと心に誓いながら仕事部屋へ向かった。だいぶたってふと顔を上げると、すでに正午近くになっていた。メールへの返信はもちろん終わり、新しい章が十ページも書き進められていた。ケイトリンは保存キーを押すと、笑顔で椅子の背にもたれた。電話が鳴ったときにも彼女はまだにこにこしていた。

「はい、ベネットです」

「ケイトリン、アーロンだけど。ちゃんと着替えた？」

ケイトリンの顔がいちだんとほころんだ。もし、いちばんの親友を挙げろと言われれば、担当編集者のアーロン・ワークマンがリストのトップに来るのは間違いなかった。彼がゲイであるという事実は、つき合いをいっそう楽にしてくれていた。ケイトリンが書く本のほかに彼が彼女に求めるものは、友情と、きちんと着替えて生活することだけなのだから。

「どうだと思う？」ケイトリンは言った。

電話の向こうでアーロンがため息をつくのがわかった。おそらく、あきれたようにぐるりと目玉を回してもいるだろう。

「髪をとかしていないだろう。当然、歯なんか磨いてないだろうし」

ケイトリンは笑い声をあげた。「わたしのこと、よくわかってるじゃない」

「出ておいでよ。一緒にお昼を食べよう」

ケイトリンはうめいた。「寒いじゃない。外は雪だし」

「もう一時間も前にやんでるよ。それに、コートというものがあるだろう。着替えて、一時半に〈メンフィス・グリル〉へ来ること。話したいことがあるんだ」

「あなたのおごり?」ケイトリンが言うと、相手が鼻を鳴らすのが聞こえた。

「そこまでのぼっていくのは大変なんだよね」彼はぶつぶつと言う。

「わかった、わかった。わたしが出ていくわ」

「きみの運転手にはもう連絡済みだから。一時に迎えに行くことになってる」

今度はケイトリンが鼻を鳴らす番だった。

「わたしが行かないって言ったらどうするつもりだったの?」

「でも、きみはそう言わなかった。ね?　さあ、いい子だからそのみすぼらしい格好からセクシーな服に着替えて」

ケイトリンは笑った。「セクシーな服?　アーロン、何かわたしに言いたいことでもあるの……ひょっとして、男より女のほうが好きになった?」

またもや小さく鼻を鳴らす音に続けて、アーロンは言った。「まさか。だけど、きみだってそのうち夢の男性と出会うんだよ。いつそのときが来てもいいように、きれいにしてないと」

ケイトリンは警戒する表情になった。「まさか、また妙なお膳立《ぜん》てをしようとしてるんじゃないでしょうね。あなたは知らないでしょうけど、前にあなたがわたしとマックをくっつけようとしたとき、本当にそのお尻を蹴《け》ってやろうかと思ったんだから」

「だって、ぼくが世界中でいちばん好きな二人なんだよ。あんなに反りが合わないなんて、思ってもみなかったよ。ぼくの義理の兄ときみがうまくいかないのは、別にぼくのせいじゃないだろう？」

「わたしたちの反りが合わないのはね、コナー・マッキーが身長と同じ百九十センチ分の男性ホルモンの塊だからよ。それと、絶対に直らないあの傲慢《ごうまん》さのせい。一時半に行くわ。必ず一人で来てね」

「もしテーブルについているのがぼく一人じゃなかったら、もう一人はぼくの連れだから。さあ、早くおめかしして。ぼくはもうおなかぺこぺこだよ」

ケイトリンは笑顔で電話を切った。外はひどく寒そうだけれど、アーロンと一緒においしいものを食べるのはいい気分転換になるかもしれない。そのあとマーケットに寄って食料品を仕入れてこよう。今日という日が、急に楽しみな一日に変わった。

机の上のケースに手を伸ばしたケニー・レイボーヴィッツは、細長い葉巻を一本取り出すと、窓のそばへ行って火をつけた。冷たい雪をものともしない買い物客で休日の街は込み合っていた。戦利品があふれんばかりの、色とりどりの買い物袋を誰もが腕いっぱいにかかえている。葉巻の先端が赤く輝きはじめると、彼はゆっくりと息を吸い込み、たばこの葉の甘い刺激を舌で味わった。注意深く唇をすぼめて、煙の輪を四つ、空中へ吐き出す。輪が消えていくのを眺めるうちに、十六歳になったばかりの週末が思い出されて自然と笑みがこぼれた。雨ばかりの、長い週末だった。初めて葉巻を吸ったケニーは、吐きそうになってしまった。あれからずいぶんたった。体によくないことはほかにもいくつか試したけれど、ありがたいことにどれも長続きはしなかった。

ふと、ガラスに映った自分の姿が目に入った。彼は無意識のうちに頭へ手をやり、ウェーブのかかった豊かな髪の乱れを整えた。人並み以上の容姿を持ち、悪癖はほとんどなく、何かに耽溺《たんでき》するでもない。なんと幸せなことだろう。

いや、違う。彼は今出した結論を修正した。物に耽溺することはないが、人にはある。六名の著名人に、有望な新人が七名。ＰＲ業務は順風満帆だった。ケニー・レイボーヴィッツはやり手であり、それを自覚している。唯一の問題は、ケイトリン・ベネットと仕事を越えた関係を結びたいという望みが、なかなかかなえられないことだった。彼女はケニーをビジネスの相手としてしか見ていない。それでますます彼は夢中になる。夜ごと彼女の夢を見て、昼間は彼女を夢想する。ケイトリンの裸とか、キスを求めてあの唇を上向けるときのうっとりした目つきとか。

「畜生め」ケニーはそうつぶやくと、また葉巻を吹かした。完璧《かんぺき》な輪ができても、もう嬉《うれ》しくなかった。ぼくが欲しいのはこれじゃない――こんなに長いこと求め続けているのに。ケイトリン。彼女は、ぼくの望むものをすべて持っている。金。地位。名声。彼女はぼくのものであるべきだ――ぼくの思いどおりになるべきなのだ。そのことさえ彼女にわからせられれば。いつかきっと、気づかせてみせる。本の宣伝のためだけでなく、彼女にはこのケニー・レイボーヴィッツが必要である、と。

むしゃくしゃした気分で彼は窓辺を離れ、つかつかと机の前へ戻った。スケジュール表をめくってため息をつく。予定なし。誰もクリスマス前に仕事などしたがらない。それはつまり、こっちにも休暇を取れということか。

ケニーはオフィスを見回して眉根を寄せた。そうとも、ぼくはなんでこんなところにいるんだ？　彼はとっさに電話を取り上げた。こんなときこそ、ケイトリンを食事に誘うべきじゃないか。

彼女の番号をダイアルしたケニーは、期待に顔をほころばせながらケイトリンが出るのを待った。十五回目の呼び出し音にも答えがないとわかると、腹立たしげに受話器を戻した。留守番電話にさえなっていなかった。ケニーは電話番号簿を繰って彼女の携帯電話の番号を確かめ、そちらにかけた。留守番電話サービスにつながったとたん、彼はメッセージも残さずに受話器を叩きつけ、葉巻の火をもみ消した。こんなばかなことがあってたまるか。

ケニーはすっかり不機嫌になってドアへ向かった。外へ出ると、秘書が顔を上げて微笑《ほほえ》んだ。

「スーザン、ちょっと早いが食事に出てくる」

「承知しました。どこかに予約をお入れしましょうか？」

「いや。なんとかなるだろう」

コートをはおりマフラーを首に巻くと、決然とした足取りで彼はオフィスを出た。世間の誰もがクリスマス気分を味わうのにがむしゃらになっているのなら、自分だってそうしてやろうじゃないか。気に入りのクライアントと一緒であろうとなかろうと。

ケイトリンは車を降りながら、手を貸してくれた運転手に微笑みかけた。万人が平等であるのならば、彼女のほうこそ彼を助けるべきだった。しかしジョン・シュタイナーは、七十近いうえに関節炎を患ってもいるのに、人の世話になるのを嫌う。ケイトリンの父親に二十年以上仕えてきた彼は、デヴリン・ベネットが世を去ったあとも引退せず、彼女のために働いてくれている。ケイトリンはあまり自家用車を使わないのだが、この車を彼女が所有していればジョンは幸せだし、食べるにも困らないというわけだ。

「ありがとう、アンクル・ジョン。待っていてくれなくていいから。帰りはタクシーを拾うわ」

ジョンは、ぼさぼさの眉を毛虫のように波打たせて、難しい顔をした。

「いいえ、お嬢様。この寒さの中、道ばたに立ってタクシーを拾うなんて、いけません。お待ちしておりますよ」

「寒いからこそ、あなたには早く家へ帰ってほしいの。これからアーロンと食事をするのよ。あなただって知ってるでしょう。彼のことだから、終わるのはいつになるかわからないわ。そもそもあなたに連絡してわたしを迎えに来させるなんて、アーロンもお節介よね。さあ、早く帰って……わたしからのお願い」

ジョンはまた眉をひそめようとしたが、うまくいかなかった。ケイトリン・ベネットは、彼が持ち得なかった実の娘同然だった。かわいくて仕方がない。彼女の望みにあらがうことなど、できはしないのだった。

「では、そういたしましょう。本当によろしいのですね？」

ケイトリンは、父親にするように彼の頬にキスをした。「ありがとう、アンクル・ジョン。気をつけて帰ってね。また電話するわ」

彼女は手を振り、ジョンの運転する車が走り去るのを見送った。レストランの中へ入り、席が空くのを待つ人たちのあいだを奥へと進んだ。女主人の前まで来ると、ケイトリンはにっこり笑って言った。

「ケイトリン・ベネットです。アーロン・ワークマンと待ち合わせをしているんですけど。もう来ているかしら?」

女主人は笑顔で答えた。「ええ、ミス・ベネット。どうぞ、こちらへ」

導かれるままテーブルを縫って進みながら、ケイトリンは離れた席に知り合いの夫婦を見つけて手を振った。

アーロンは近づいてくる彼女に気づくと立ち上がり、両頬へのキスで出迎えた。

「ダーリン、すてきだよ! それは新調したのかい?」

「そうじゃないのはあなたも知ってるくせに。この前これを着てたら、肌の色がくすんで見えるって、あなた言ったのよ。いったい何をたくらんでるの?」

アーロンはケイトリンの問いかけには答えず、彼女のために椅子を引き出した。

「さあ、座って、ケイトリン。せめて双方がくつろいでからにしてよ、ぼくを怒鳴りつけるのは」

ケイトリンはにっこり笑ってみせた。

「わたしはあなたを怒鳴りつけたりはしないわ。何があってもね」彼女はメニューを手に取った。「おなかがぺこぺこ。あなた、何にするの？」

話題が変わるのはアーロンにとっても大歓迎だった。彼女を呼び出した理由について話すのはあとでいい。彼女がおいしいものをたっぷり食べ、刺激的な会話を交わしてからでも、時間は十分ある。

「グリルド・サーモンにしようかな。あと、サラダがどれもおいしいから、小さいのを一つ」

ケイトリンは鼻に皺《しわ》を寄せた。「魚は好きじゃないわ」

アーロンはあきれたように目玉を回して見せた。「もちろん知ってるよ」ゆっくりと噛《か》んで含めるような口調で言った。「だけどね、ぼくは魚が好きだし、ぼくは何にするのかって質問だっただろう？　きみが何を注文するべきかじゃなくて」

ケイトリンは笑い、テーブルに身を乗り出してアーロンの手をぎゅっと握った。

「確かにそうね。わたしったらひどい女だったわね、ごめんなさい」

機嫌を直したアーロンはにっこり笑うと、ふたたびメニューに目を戻した。

注文はすぐに決まり、ほどなく料理が運ばれてきた。二人は食事をしながら、彼女が現在執筆中の作品の発行部数や表紙のデザインについて話し合った。ウェイターがデザートの注文を取り、コーヒーを注ぎ終わったころ、その穏やかなひとときにケイトリンが終止符を打った。

「さあ、おなかもいっぱいになったことだし、そろそろ聞かせてもらいたいものだわ。なぜわたしは、暖かくて快適な自宅を出てまであなたにつき合わなくてはいけなかったのかしら？　もちろん、あなたと一緒に食事するのが楽しくないわけじゃないけど」ケイトリンは笑顔で最後のひと言を言い添えた。

アーロンは両手でベストの前を撫《な》で下ろすと、身を乗り出して声を低くした。

「実はね、うちの会社へ送られてきたきみあてのファンレターのことなんだけど」

ケイトリンは急に気分が悪くなってきた。

「ファンレターがどうしたの？」

アーロンは眉をひそめた。彼女の反応は予想していたものとはずいぶん違う。青い顔をして震えているではないか。

「大丈夫かい？　体調がよくないのなら、この話はまた今度にしようか？」

ケイトリンは、自分から質問することで彼からの問いかけを退けた。「その手紙がどうかしたの？」

アーロンはため息をついた。ケイトリンのことはよくわかっている。彼女は、興味もないのに知りたいふりをするような人間ではなかった。

「アーロン……お願いだからはっきり言って」

「わかった。ここふた月ばかりのあいだに五、六通、送られてきたんだ。きみの本を出版していることを責める手紙が」

ケイトリンは笑い飛ばそうとした。「あなたたちに原稿を認めてもらえなかった作家志望の誰かが、わたしにかこつけて鬱憤《うっぷん》を晴らそうとしてるのよ、きっと」

「うちじゃあ、そうは考えられていないよ」

「どうして?」

「書かれているのは不平不満じゃない。脅迫なんだよ」

ケイトリンは顔をこわばらせた。「脅迫って、どんな?」

アーロンはため息をついた。「いちばん新しいのは、爆弾を仕掛けるって書いてあった」

ケイトリンの顔から血の気が引いていくのを見て、公の場所でこれはまずいと彼は思った。ケイトリンは今にも泣きだしそうだ。「ごめんよ、ダーリン。だけど、きみにも知らせておいたほうがいいだろうということになったんだ。万が一のときのために……まあ、心づもりをしておいてもらうというか。わかるだろう?」

「ああ、なんてことかしら」ケイトリンは信じられない思いで店内を、人々を、見渡した。わたしの世界はがらがらと音をたてて崩れようとしているのに、どうしてこの人たちはこんなに落ち着いて幸せそうにしていられるの?

「ケイトリン。ダーリン。なんとか言っておくれよ」

彼女はアーロンに目を戻したが、そのまなざしは揺れ惑い、焦点が合っていなかった。

「なんとかって、何を言えばいいの？　まあ、大変？　あらあら？」ケイトリンはバッグに手を伸ばした。「あなたはわかっていないわ。わたし、もう帰らなくちゃ」

アーロンが彼女の腕をつかんだ。「ねえ、ケイトリン、それはちょっと大げさじゃないかな。直接きみのところへ脅迫状が送りつけられたわけじゃないいんだから」

ケイトリンはうろたえた顔でアーロンをちらりと見ると、ナプキンをテーブルに置き、彼の手を振り払った。

その瞬間、アーロンは悟った。彼の目の変化で、ケイトリンにもそれがわかった。

「なんてことだ！　きみのところへも来ていたんだね！」

ケイトリンは椅子を押しやって立ちかけたが、アーロンがまた腕を取った。騒ぎ立てるのは不本意だったから、彼女は動きを止めた。

「離して」ケイトリンは小声で言った。

「ぼくの質問に答えるまではだめだ。脅迫状を受け取ったのか、受け取っていないのか、どっちなんだい？」

「受け取ったわ」

ささやきと変わらないぐらい小さな声だったが、彼女の恐怖を含めてすべてをアーロンは聞き取った。

「いつ？」

ケイトリンはため息をついた。「さあ……初めて届いたのは半年ほど前だったかしら」

「そんなに前から！　気は確かかい？」アーロンは声を張り上げた。「どうして誰にも言わなかった？」彼はケイトリンの手をそっと引っ張りながら、声を低くして続けた。「どうしてこのぼくに、言ってくれなかったんだい？」

ケイトリンは涙をこらえるのでせいいっぱいだった。アーロンをひどく傷つけてしまった。それは彼女がもっとも避けたいことだった。

「どうしてなのか、自分でもわからない」ケイトリンはつぶやいた。「はじめのうちはたいしたことじゃないと思ってたの。〝おまえのやることなすこと、気にくわない〟っていう典型的な言いがかりだったから。わかるでしょう。でもね、相談はしたのよ。一度も」

アーロンは人差し指でケイトリンの顔に触れ、頬に落ちた小さな涙の粒を親指でぬぐった。

「誰に？」

「ボーラン・フィオレオ。ニューヨーク市警の刑事で、父の古い友人なんだけど」

「その人は、なんて言ってた？」

ケイトリンは肩をすくめた。「心配することはないって。わたしの書くものを嫌おうが、そのことをわたしに告げようが、法律違反じゃないって。脅迫状の内容がエスカレートしてきたときにもう一度連絡してみたけど、ほとんど相手にされなかった。それからは誰にも話していないわ」

ケイトリンに代わって腹を立てたアーロンは、携帯電話に手を伸ばした。

「何するの？」

「その知ったかぶりの刑事に電話して、男性ホルモンがもれ出してしまってること、教えてやるんだ」

アーロンの大げさなもの言いにはいつも笑わせられるが、これも例外ではなかった。ケイトリンはかぶりを振った。

「それはやめて。そんなことをしてもなんにもならないわ。それより、あなたたちのほうが心配。わたしに来た手紙は、覚えていろだとか、漠然とした脅迫よ。爆弾を仕掛けるなんていう具体的な文章じゃないわ。警察には連絡したの？」

「うん。だけど当然のことながら、警察は及び腰だよ。世の中にはいかれたやつがうようよしている。下手に動いてやつらをあおるようなことになったらそれこそ大変だ」

ケイトリンはうなずいた。そして、アーロンの手を自分の両手で包み込んだ。

「ごめんなさいね」

アーロンはしかめ面をしてみせてから、にっこり笑った。「許してつかわす」

ケイトリンは腕の時計に目をやった。「そろそろ戻らなくちゃ」

「ぼくも三十分後に約束があるんだ。そうじゃなければ送るんだけど」

ケイトリンは首を振った。「さっきは……ちょっとびっくりしただけ。本当に大丈夫だから」

「いい子だ。だけど、なんでもないと決めつけないほうがいい。用心はしておいたほうがいい。今夜電話するよ。今後の予定を一緒に立てよう」

ケイトリンは小さく笑った。「原稿を仕上げる。それがわたしの予定よ」

デザートの注文をキャンセルして紙幣をテーブルに置いたアーロンは、ケイトリンがコートを着るのを手伝い、彼女につき従って店を出た。

外へ出たとたん、身を切るような風にマフラーがあおられ、ケイトリンの顔に張りついた。彼女はそれを引きはがして襟の中へ納め、手袋をはめた。

「ここで待っていて。タクシーを拾ってくる」とアーロンが言った。

「ううん、あなたはタクシーで行って」ケイトリンは通りの先を指差した。「あのマーケットまで歩くわ。食料品を買って帰りたいの」

アーロンは眉根を寄せた。「本当に歩くのかい？」

「だって、今朝の食事はペプシとピーナッツバターだったのよ。それ以外、なんにもないの」

アーロンはぐるりと目玉を回した。「やれやれ！　さあ、行った、行った！　果物と野菜も買うんだよ。牛乳もね。牛乳を忘れちゃだめだよ。まさか、コーンフレークにペプシをかけたなんて言うんじゃないだろうね」

　ケイトリンは笑った。「まずくはないわよ」

　アーロンは、聞くのもおぞましいというように耳をふさいだ。

「まるでティーンエージャーだ」彼はうめいた。「それ以上、言わないでほしいな」

「ほら、タクシーが来たわよ」運転手が路肩に車を寄せるあいだに、ケイトリンはアーロンにさよならのキスをした。「ごちそうさま。それに、励ましてくれてありがとう」

「今後のことを決めるまで、くれぐれも気をつけるんだよ」アーロンはそう言い残して車中に消えた。

　車道はまだぬかるんでいたが、歩道はきれいだった。ケイトリンはさっと身を翻すと、風に立ち向かうようにして歩きだした。混雑した通りを誰にもぶつからずに進めるのは、大都市の住人ならではだった。ケイトリンにとって、ここは目をつぶっていても歩ける町だった。ほんの数ブロック行ったところに手頃な店がある。そこで食料品を買って、タクシーで家へ帰ろう。

　ブロックの端まで来たとき、交差点の信号は赤だった。十人か十五人か、とにかく周りの人々と一緒にケイトリンも縁石の縁にたたずんで、信号が青に変わるのを待った。

　待っているあいだに、頭の中で買い物リストを作りにかかる。牛乳を買うんだよと語気を強めたときのアーロンを思い出すと、頬が緩んだ。もちろん、言われなくても買うつもりだった。シリアルにペプシをかけて食べたことなど一度もない。けれどもアーロンには言わずにおこう。奇妙な習慣の持ち主というイメージを壊すのは気の毒だもの。ベネット財閥の跡取り娘という目で見られるより、ちょっと変な人と思われているほうがケイトリンは好きだった。

相変わらず買い物のことを考えながら、ケイトリンは信号機を見上げた。トラックがギアをシフトダウンする音が聞こえた。目の端に、近づいてくるそのトラックが入る。運転手は、信号が赤になる前に交差点を突っ切ろうとしているらしい。そのタイヤがぬかるみに差しかかった瞬間、水しぶきをかけられるにちがいないと思ったケイトリンは顔をそむけた。

そのときだった。どこからか伸びてきた手が、彼女の背中に触れた。身をかわす間もなく、ケイトリンはまっすぐ車道へ押し出された。とっさに両手を前へ伸ばして、倒れまいともがいた。急ブレーキの響きを聞いて初めて、トラックのことを思い出した。ぶつかる寸前、輝くバンパーに映った自分の姿が目に入り、ケイトリンは悲鳴をあげた。地面に倒れ込むより先に、意識が遠のいていった。

3

「もしもし……もしもし……わかりますか？　お名前、言えますか？」

ケイトリンはうめいた。眠らなくてはいけないのに、誰かが耳もとでわめき続ける。アーロンだ。アーロンにちがいない。こんな起こし方をする図々《ずうずう》しい友達といえば、アーロンしかいない。

「あっちへ行って」そうつぶやいたとき、何か鋭いものが肌に刺さり、ケイトリンはびくりとした。

「首にギプスを装着してくれ。デイヴ、背板を早く。点滴を始めるのはそれからだ」

ふと気づくと、ケイトリンはベッドに寝ているのではなかった。目は見えないが、誰かに腕を引っ張られているのはわかった。続いて、服も。馴《な》れ馴《な》れしく体中を撫《な》で回す手。痛む全身を、パニックがナイフのように刺し貫いた。ケイトリンは必死に手足をばたつかせた。

「落ち着いてください。わたしは救急救命士です。パートナーとわたしとで、あなたを助けようとしているんです。検査のために、これからあなたを病院へ運びます。いいですね？　安心してわたしたちに任せてください」

ケイトリンは、目の前に迫るトラックのバンパーを思い出した。ちょうどそのとき、うつぶせだった体を仰向けに引っくり返されたために、また痛みが走った。意識は朦朧《もうろう》としているものの、担架に乗せられるのだということはわかった。

「待って……待って」何か、言わなければならないことがあった。必死に思い出そうとしながら、ケイトリンは懇願した。

「大丈夫ですよ」救命士がなだめる。「病院へ行くんです」

「行けないわ」ケイトリンはつぶやいた。「牛乳を切らしているの」

救命士たちは笑いながら彼女を救急車へ運び込んだ。

「あとで買いに行けますよ」さっきとは別の人が言う。

ケイトリンはそうじゃないと言いたかったが、言葉が出てこない。ばたんとドアが閉まり、周囲の喧噪《けんそう》はほとんど聞こえなくなった。かたわらの救命士がときどき彼女に問いかける声だけが響く。

「出発だ」彼が大きな声で言った。

すぐに救急車は走りだした。サイレンの大音響にケイトリンは顔をしかめ、耳をふさごうとしたが、腕が動かない。

「腕が」つぶやいて目を開けようとしたが、それもできなかった。「腕が動かないわ」

ここにいるよとでもいうように、誰かが彼女の手に軽く触れた。

「担架から落ちないように、腕も一緒に固定してあるんです。楽にして休んでいてください」

ケイトリンの体から力が抜けていった。けれども頭の中はまだパニック状態だった。この人たちはわかっていない。楽になどできるわけがない。意識を失っては困るのだ。眠るのは危険だ。何者かに命を狙《ねら》われているのだから。ケイトリンはもう一度目を開けようとしてみたが、痛みが強すぎた。恐怖におののくうちに、サイレンの音が小さくなっていった。意識がふたたび遠ざかったことは、彼女にとってむしろ幸いだった。気がついたときには、担架から移動用ベッドへと移されている最中だった。

「聞こえますか？」

ケイトリンはうめいた。「ええ」

「お名前を教えていただけますか？」

「ベネット。ケイトリン・ベネットです」

息をのむ音に続いて、女性の声がした。「まあ！　この人、C・D・ベネットよ。ほら、ミステリー作家の」

ケイトリンが口を開く間もなく、着ているものが切り裂かれていき、一方で誰かが彼女の額に手を当てた。

「ケイトリン、わたしはドクター・フォレストです。ここはニューヨーク総合病院の救急治療室です。看護師たちに協力してください。怪我《けが》の具合を確認する必要があるんです。われわれは全力を挙げてあなたを助けますから」

ケイトリンはうめきをもらした。救急車に乗せられてからのことは覚えていなかった。胸の真ん中に聴診器が当てられ、金属の冷たさに息が止まりそうになった。

「すみません。冷たかったですか？」医者が言う。

ケイトリンはうなずいた。

「どこが痛むか、言えますか？」

「頭と……肩」

「事故の状況を覚えていますか？」

「誰かに押されたんです。わたしを殺そうとしている誰かに」

その言葉の意味を誰もすぐにはのみ込めなかったのか、短い沈黙が流れた。やがて、同じ医者がまた口を開いた。

「確かですか？」

「ええ、間違いありません」ケイトリンはそう言ってから、目のほうへ手を持っていった。顔に触れて、まぶたが開かないわけを確かめたかった。

「じっとしていてくださいね」と医者が言った。「今すぐ目を洗浄しますよ。誰か、警察に連絡をして」指示は続く。「それから、ポータブルX線装置を持ってきてくれ」

ケイトリンは安堵《あんど》の息を吐いた。これでもう安心だ。医者に任せておけばいい。

「ケイトリン、これからカーソン看護師が顔についた血を落として、目の洗浄をします。リラックスしてください。いいですね？」

直後に何か冷たいものが額に触れ、ケイトリンはびくりとした。

「ミス・ベネット、動かないでくださいね。あなた、雪の中へ顔から倒れ込んだんですよ。凍結防止剤が撒《ま》かれていたから、それが目に入ったんでしょう。痛いのも、まぶたが開かないのも、そのせいですよ」

ケイトリンの不安が軽くなった。答え。彼女が必要としていたのは、答えだった。

「ケイトリン、連絡を取りたい人はいますか？　家族とか、友達とか？」

彼女はためらうことなく答えた。

「アーロン・ワークマンに」

「身内の方ですか？」

「家族はいません。アーロンは編集者です」

誰かが〝気の毒なお嬢様〟とつぶやいたかと思うと、やがてすべてが闇《やみ》に沈んでいった。

ケイトリンがふたたび目を覚ましたのは、病室のベッドへ移されるときだった。動かされたとたん、頭からつま先まで痛みに貫かれた。ケイトリンは息を詰め、叫びたいのをこらえて痛みが去るのを待った。意を決して首を巡らせると看護師が立ち去るところで、戸口には、呆然《ぼうぜん》とした顔のアーロンがたたずんでいた。

「ケイティー！　ダーリン！」彼はケイトリンの額に唇をつけ、彼女が無事であることを確かめずにはいられないとでもいうように、両頬をそっと叩《たた》いた。「いったいどうしてこんなことになったんだい？　交差点を渡ろうとしてトラックにはねられたんだって？」

ケイトリンは眉をひそめた。「いいえ、違うわ。わたしは歩道に立っていたのよ。誰かに押されたの」

アーロンの動きがぴたりと止まった。いぶかしげな表情をしている。

「それって……人込みに押されたっていうことだね？」

ケイトリンは彼の手を握って泣きだした。

「そうじゃないの。何者かがわざとわたしを押したのよ」

「なぜわざとだってわかるんだい？　ほら……うっかりぶつかってしまったためにきみが転んだのかもしれないだろう？」

「ううん、そんなことない。わかるのよ。だって、背中の真ん中に人の手を感じたもの。明らかにその手で押されたのよ」ケイトリンは顎を震わせた。「お願いよ……アーロン、あなたにまで信じてもらえなくなったら、わたし――」

アーロンは瞳をぎらりと光らせると、ポケットから携帯電話を取り出した。「警察に知らせるよ。例の脅迫状と関係がありそうだ」

「脅迫状ですって？」

唐突に男の声がした。二人が入口に目をやると、長身の男性と、小柄だががっしりした体つきの女性が、病室へ入ってこようとしていた。

男性が身分証を取り出して言った。「ニール刑事です。彼女はパートナーのコワルスキ刑事。ミス・ケイトリン・ベネットですね？」

「はい」

「あなたが殺されそうになったという連絡をもらいましてね。本当ですか？　それと、今話してらした脅迫状というのは？　今回のことと何か関連が？」

「誰かがわたしの背中を押してトラックの前へ突き飛ばしたんです」

ニールはわずかに眉をひそめてメモを取りはじめた。顔を上げた彼は、アーロンに目を留めた。彼と被害者の女性が手を握り合っていることに気づいたのだった。

「失礼ですが、あなたは？　ミス・ベネットとはどういうご関係ですか？」

「彼女を担当している編集者です。そして、親友です」

「ミスター・ワークマン、すみませんが席を外していただけますか？　できればミス・ベネットとだけお話ししたいんです」トゥルーディが言った。

「いいえ！」ケイトリンは大きな声で言い、アーロンを行かせまいとその手をきつく握りしめた。「彼にはここにいてもらいます」切羽詰まった口調で続け、アーロンのほうを向いて懇願する。「わたしを一人にしないで」

「するもんか」アーロンはコートを脱いでそばの椅子にかけると、ベッドの足もとに腰かけた。てこでも動かないぞという形相で刑事たちを見据える。

ニールが肩をすくめてベッドに歩み寄り、パートナーもそれにならった。

アーロンはニールをにらみつけた。立ち居ふるまいをじっくり観察したが、どうも気にくわない。整いすぎと言っていいほどハンサムな顔立ち。しかもあの様子からすると、本人もそのことを承知している。

突然ケイトリンがうめいた。「気持ちが悪い」

トゥルーディがごみ箱をつかむと、ベッドに身をかがめるようにしてケイトリンの顎の下にそれを差し出した。

「看護師を呼んで」トゥルーディは言った。

ニールが飛び出していき、アーロンはタオルを取りに走った。ほどなくケイトリンの吐き気も治まり、アーロンが彼女の口もとをそっとぬぐっているところへ、ニールが看護師を連れて戻ってきた。状況をひと目で見て取った看護師は、全員に外へ出るよう指示をした。

「ミス・ベネットは脳震盪《のうしんとう》を起こしたんですから、安静が必要なんです。みなさん、お引き取りください」

「いいえ」ケイトリンが必死に訴えた。「お願いです。警察の人と話をさせて」

ニールとトゥルーディが身分を明かすと、看護師はしぶしぶ折れた。

「手短に頼みますよ。それが無理なら明日にしてくださいな」看護師はそう言ってベッドを囲む三人を指差し、念を押した。「お話がすみ次第、速やかにお引き取りください」

ニールは、ケイトリンの額や顎に広がっている青あざや切り傷に目をやった。

「ミス・ベネット、本当に大丈夫ですか？　わたしたちのほうはまた出直してもかまわないんですよ」

ケイトリンはゆっくりと息を吸い、静かに吐いた。「大丈夫です。いてください」

ニールは彼女に微笑《ほほえ》みかけ、それからアーロンへと視線を移した。「ミス・ベネットとおつき合いをしていらっしゃる？」

カバーの下で、アーロンはケイトリンの足首をそっと押さえ、それから脚をぽんぽんと叩いた。

「いいえ。でも、いちばん近しい人間だと自負しています。彼女、お父さんを亡くしてからは係累が一人もいないんです」

ニールはケイトリンを振り返った。「一人も？　それは本当ですか？」

うなずいたとたん、彼女はまたうめきをもらして頭をかかえた。

すぐさまアーロンが駆け寄る。

「ハニー、また気持ちが悪いのかい?」

「いいえ。頭が痛いだけ」

「早いところお話をうかがってしまいましょう」とニールが言った。「ミスター・ワークマン、この事故が起きたとき、どちらにいらっしゃいました?」

「ぼくたちが一緒に食事をして別れた直後のことでした。ぼくはタクシーでオフィスへ戻り、ケイティーは買い物をするために歩いて店へ向かいました」

「なるほど」ニールはメモを取りながら言った。そしてふたたびケイトリンのほうを向いた。「あなたに恨みをいだいているような人物に心当たりはありませんか?」

ケイトリンはうめくように答えた。「わたしは――」

「早く終わらせるんでしたよね」アーロンが言った。「これを言えば話は早いでしょう。うちの会社はすでに警察に届けを出してあります。ケイトリンの著作を出版していることへのいやがらせと思われる脅迫状が、届いたんです。いちばん新しいものは、爆破を予告する文面でした。今日、ケイトリンから聞いたんですが、似たような手紙を彼女も半年前から受け取っていたそうです。そこへもってきて、これでしょう」アーロンは両手を大きくひと振りした。「なんとかしてくださいよ」

トゥルーディ・コワルスキがベッドの足もとへ寄った。「ミス・ベネット、今日の出来事を詳しく話してもらえますか？　単なる事故ではないと思われる根拠を」

「はい。わたしは歩道に立って信号が青に変わるのを待っていました。そこへ大きなトラックが角を曲がってきました。すごいスピードだったので、水たまりの水をかけられるにちがいないなと思いました。そのときです。背中の真ん中に誰かの手が触れて、明らかに押し出されたんです。あとはもう、倒れながらトラックのバンパーに自分の姿が映っているのが見えたことをうっすら覚えているぐらいで」

アーロンは信じられないというように身震いをした。あざだらけのケイトリンの顔から目をそらすことができなかった。

「あれは事故じゃありません」ケイトリンが言った。「誰かがわざとやったんです」

「あなたに対してそういうことをする理由を持っていそうな人物を、思い当たりませんか？」

「思い当たるわけありません。これまで人を雇ったこともくびにしたこともありませんし。わたしはただ作品を執筆するだけ、自分の仕事をするだけですから」

トゥルーディはさらに言った。「その、作品のことですが。正直申し上げてわたしはあなたの本を読んだことがありませんが、読者の反感を買うような内容が含まれていたりはしませんか？」

ケイトリンはため息をついた。「ないと思いますけど。でも、それはこちらにわかりようがないでしょう?」

パートナーがしゃべっているあいだ、ニールは黙ってケイトリンの顔を見つめ、切羽詰まった声に耳を傾けていた。ふと気づくと、大きく見開いた目で向こうからも見つめ返されていた。視線がぶつかり合ったのは一瞬だったが、驚いたニールはすぐに目をそらし、アーロンに注意を向けた。

「ミス・ベネットが受け取った脅迫状というのを見せていただく必要がありますね。そちらの会社へ届いたのも」

「ケイトリンのは明日取ってきましょう」アーロンが言った。「刑事さんたちは爆発物処理班に問い合わせてみてください。ハドソン・ハウスへ来たもののコピーをそちらの誰かが持っているはずですから」

「わかりました。調べてみます」ニールは答え、コートのポケットから名刺を取り出してケイトリンに手渡した。「ミス・ベネット、何か……どんなことでも、捜査の参考になりそうなことを思いついたら、電話をください」そこで彼は声を落とした。「いつでも結構です。昼でも夜でも」

ニールはケイトリンを見つめた。名刺に書かれた名前と電話番号を読んだ彼女は、顔を上げ、彼がどぎまぎするほどまっすぐにニールを見つめ返した。ニールは言い足りないことでもあるかのように躊躇《ちゅうちょ》していたが、やがてうなずくと、パートナーを従え去っていった。

廊下へ出た彼らは何か言葉を交わしていたが、ケイトリンは急に、刑事たちの考えなどどうでもよくなった。彼女はため息をつき、組んだ両腕で目を覆った。

「アーロン、悪いけど明かりを消してもらえるかしら？　明るいと余計に頭痛がひどくなるみたいなの」

言われたとおりにしたアーロンがベッドのそばへ戻ると、ケイトリンはもう眠りについていた。彼はしばらくたたずんだまま、傷の様子に見入った。左のこめかみはひどく内出血しているし、目の上の縫い跡も痛々しい。本当にもう少しでケイトリンを失うところだったのだ。アーロンはベッドの柵越《さく》しにそっと身を乗り出すと、彼女の頬にキスをした。

「ゆっくりおやすみ、ケイティー。ぼくがついているからね」

アーロンは携帯電話を手に、廊下へと出ていった。

コナー・マッキーはシャワーブースを出てタオルに手を伸ばした。今日は休暇の初日――六年も前から取ろうと決めていた休暇だった。

腰にタオルを巻いた姿でバスルームを出た彼は、暖房の効いたベッドルームのカーペットを踏みしめて窓辺へ行き、スキー場を見下ろした。コロラドは美しい州だが、とりわけ冬の景色は息をのむほどすばらしい。ここヴェイルに山小屋を持ったのは、三年前だった。立ち上げた個人向けセキュリティサービスの会社が初めて大きな利益を得たときに手に入れたものだが、これまで一度も使ったことがなかった。口開けの記念は、赤ワインと、ロッジで前日知り合った赤毛の美女だった。赤毛が帰りボトルも空になった今、彼の望みは、足がしびれ、心がすっかり解き放たれるまで、あのパウダースノーを滑り降りることだった。

満足の吐息と共に彼は窓辺を離れ、腰のタオルを取って体を拭《ふ》いた。正直なところ、非常にいい気分だった。ここまでは長くて険しい道のりだった――アトランタで刑事として燃え尽きたあと、会社を興してからは六人の社員の生活が彼の肩にかかっていた。事業を始めてからの二年間は、間違いだったかもしれないと何度も思った。しかし、三年と少したったころ、すべてが好転した。彼の会社が提供したセキュリティシステムが子どもの誘拐を防ぐという出来事があり、その家庭がたまたまアトランタでも指折りの名士だったのだ。

メディアには注目されたし、子どもの父親が公の場でマッキー・セキュリティーズを何度も賞賛した。これでマックは自信をつけた。一人の子どもが恐ろしい目に遭ったおかげで自分の成功があるのだと思うと、今でも良心がとがめることがある。だが、もしこのシステムがなければ、もっと悲惨な事態になっていたのは間違いないのだ。

濡《ぬ》れたタオルを床に放《ほう》り投げると、マックはクローゼットへ向かった。服を着て朝食をとり、雪が新鮮なうちにひと滑りするつもりだった。

セーターに頭をくぐらせようとしたときに電話が鳴りだした。小柄な赤毛の美女のことをまだ考えていたマックは、にやりと笑って受話器を取った。

「もしもし？」

「マック兄さん、ぼくだよ」

マックは穏やかな笑みを浮かべた。今ではすっかり定着したマックというニックネームだが、最初に彼をそう呼んだのは、義理の弟であるアーロンだった。

「アーロン、元気にやってるか？」そう言ってから、彼はまた笑った。「よくここがわかったな。誰にもばらすなと秘書に言ってあったのに」

「生死に関《かか》わる問題だと言ったら教えてくれたんだ」

弟の人一倍劇的な人生を思い出して、マックはまた笑った。アーロンがゲイであることを最初に知ったのがマックで、彼はそれを少しも抵抗なく受け入れたのだった。

「それはちょっと大げさなんじゃないのか？　いくらおまえでも」

しかしアーロンは笑わなかった。「ジョークじゃないんだ。ぼくたち、トラブルに巻き込まれているんだけど、ほかに頼れる人がいないんだよ」

マックは眉をひそめた。「ぼくたち？　それに、トラブルっていったいなんの話だ？」

「ケイトリン・ベネットだよ。何者かが彼女の命を狙っているんだ」

その瞬間、無数の感情がマックの心をよぎった。電話を切ろうかという思いもわいた。初めて会った三年前のあの日以来、ケイトリンをこてんぱんにやっつけたいとも思うし、それと同じぐらい強く、着ているものを引きはがしてベッドへ連れていきたいとも思うのだ。しばしば後者のほうが勝り、そんな自分にまた腹が立つ。どんな女とも一夜限りの関係以上の深みにはまるつもりはなかったが、ケイトリンに死なれるのは、やはりいやだった。

「どういう意味だ？」

「こっちへ来てくれたら話すよ」とアーロンは言った。

マックは大きなため息をついた。「いいか、アーロン、今日という日は、六年前から決めていた休暇の初日なんだ」

「ケイトリン、入院してるんだ」

マックの足の下で床が揺らいだ。「何があった？」

「誰かが彼女をトラックの前に突き飛ばした」

くそっ。「単なる事故じゃなかったんだな？」

「うちの会社に脅迫状が送られてきたんだ。ケイトリンの著作を出版することをやめないと、会社を爆破するって。彼女も、半年以上前から脅迫状を受け取っていたそうだよ」

ケイトリンがトラックのタイヤの下敷きになっている。その光景がマックの頭にこびりついた。しばらくして彼がわれに返ったとき、アーロンはもうしゃべっていなかった。

「怪我の具合は?」尋ねてからマックは、弟が泣いていることに気づいた。「おい、アーロン、返事をしてくれ」

「打撲と切り傷と脳震盪。運がよかったんだ。今回はね」

「運なんておれは信じない」マックはうなるように言った。「二時間で荷物をまとめて飛行機に乗る。夜にはそっちに着くだろう」

アーロンはほっと息を吐いた。「ありがとう、マック」

「こうなるのはわかってたんだろう」マックはつぶやいた。「だがな弟よ、これで大きな貸しができたぞ。ケイトリン・ベネットとおれとは犬猿の仲なんだから」

「彼女を好きになってくれとは言わないよ」アーロンは言った。「ただ彼女の命を助けてほしいだけなんだ」

スーツケースを持ちショルダーバッグを肩にかけたマックが、エレベーターから降り立った。大股にすたすたと廊下を進みながら、部屋番号を確かめる。アーロンからの電話を受けて以来、ケイトリン・ベネットの姿が頭から離れなかった。胸が締めつけられる。神よ、どうか彼女を守りたまえ。四二〇号室の前まで来ると、マックはいったん立ち止まり、深呼吸をしてから入っていった。

すぐ、ベッドの向こう側に座るアーロンに気づいた。目が合うと、アーロンはあわてて腰を浮かせて唇に指を当て、静かにという仕草をした。マックはドア近くに荷物を置いてベッドを見やった。胃のあたりがますます苦しくなった。いつもなら威勢よくつっかかってくる女が、ぴくりとも動かずに横たわっている。左半分を紫色に腫《は》らした顔はまるで仮面をかぶっているようだった。眉毛の上の縫い跡はじくじくと湿り、下唇も腫れ上がっている。

なんてことだ、ケイティー。いったい何に首を突っ込んでるんだ？

アーロンが彼に抱きついてきて、背中をぽんぽんと叩いた。

「来てくれたんだね。ありがとう。来てくれたんだ」アーロンはささやく。

「どんな具合だ？」

「元気だよ」マックが眉をひそめると、アーロンはさらに言った。「ほんとに元気なんだ……少なくとも、じきに元気になる。骨は折れていないし、脳震盪もたいしたことないんだ。顔と肩の打撲がちょっとひどいのと、転んだはずみで手首を捻挫《ねんざ》したけど。でも、絶対すぐ元気になる」

「警察は何か手がかりをつかんでいるのか？」

アーロンは首を横に振った。

「どうしてドアの外に見張りがいないんだ?」

アーロンはぐるりと目玉を回すと、マックを廊下へ引っ張り出した。ここなら、話し声がケイトリンを起こしてしまう心配はなかった。

「どうしてって、警察は差し迫った危険があるとは考えていないからだよ」アーロンが言った。「さっきまた電話してみたんだけど、脅迫状やら爆破予告やらがあったにしても、今度のことはただの事故だろうと言うんだ。信号待ちの人波に押された彼女が、脅迫状のことなんかが頭にあるものだから、誰かに突き飛ばされたと思い込んだんだろうって」

「彼女自身も脅迫状を受け取っていたんだな?」念を押したマックは、アーロンがうなずくとののしりの言葉を口にした。

アーロンが嬉《うれ》しそうに笑った。「兄さんのそういうところが昔から好きなんだ。表現のしかたがはっきりしてるところ」

マックはうっすらと笑い、それからケイトリンの眠る病室を振り返った。

「おまえは帰れ、アーロン。おれが来たんだから。ひどく疲れているみたいじゃないか」

アーロンはためらった。「だけど……目を覚ましたときにぼくがいなかったら、見捨てられたみたいにケイトリンは感じないかな」

マックは首を振った。「おまえがいなくても、おれを見たら腹を立てるのに忙しくて不安なんて忘れるだろう、きっと」

アーロンはため息をついた。「ほんとに、どうしてなのかな」と、つぶやいた。「世界中でぼくのいちばん好きな人たちなのに、その二人がいがみ合《あ》うなんて」

マックは肩をすくめた。「相性の問題だろう。相性の良し悪しというのは実際、あるものさ。さあ、早く帰るんだ。そしてさっさと寝ろ。明日は忙しくなる。おまえにも手伝ってもらわないと」

「そうだね」アーロンはマックの荷物を指差した。「うちへ持って帰っておこうか?」

「いや。ケイトリンの家へ運んでくれ」

アーロンは目を見はった。「でも、そんなことしたら――」

「わかってる。彼女は気に入らないだろう。正直なところ、おれだっていやだ。だがな、このごたごたにけりがつくまで、誰かがボディガード役をつとめなくちゃならないんだ。しかもおまえは銃が怖いときている」

アーロンの顔が青ざめた。「ケイトリンだってそうだよ。銃を持ってることは彼女には言わないほうがいい」

「いいから、さっさとおうちへお帰り、坊や。彼女のことはおれに任せて」マックはからかうようにアーロンの肩を叩いた。

アーロンがまたため息をついた。「兄さんを巻き込んだことで、ぼくは彼女に半殺しにされるかも」

「そのときはおれたち二人で彼女に思い出させてやればいい。何者かが彼女の命を狙わなければおれはここにはいなかったと」

「うん……じゃあ、今夜は帰るよ」

「また明日」

アーロンはマックの荷物を持った。「兄さんには感謝してる」

「どうして？」

「いつだってぼくを助けに来てくれるから」

「それが家族ってものだろう」

アーロンはケイトリンのほうへ目をやった。戸口からだと、ベッドは闇に包まれてほとんど見えない。

「家族がいないなんて、本当にかわいそうだよ」とアーロンは言った。

マックが弟の肩に手を置いた。「彼女にはおまえがいるじゃないか」

「今は、兄さんもいてくれるしね」アーロンがつけ加えた。

マックは、弟がエレベーターに乗り込むのを見送ってから病室へ入り、後ろ手にそっとドアを閉めた。静けさを破るものは、ケイトリンの寝息だけだった。ベッドに歩み寄ったマックはその足もとで立ち止まった。そむけたい視線を、無理やり傷だらけの女に据える。目を覚ましてくれ。辛辣《しんらつ》な言葉を吐いてくれ。表情豊かな黒いまなざしでこっちをにらみつけてくれ。そうしたら、こんないまいましい同情心など感じずにすむから。その体をかかえ上げ、きつく抱きしめたいと願わずにすむから。

マックはコートを脱ぎ、アーロンが座っていた椅子に腰を下ろした。これで目線の高さが同じになる――目覚めたケイトリンが最初に見るのは彼の顔になる――そのことをマックは十分意識していた。

彼はため息をついた。

なるようになるさ。

彼女が助けを必要としている。自分がここにいる。

かまうものか。ゲームの始まりだ。

4

足音を忍ばせて四階までやってきたバディは、フロアの入口にしばらくたたずんでから歩きだした。大嫌いな病院のにおい。これを嗅《か》ぐと、母の枕元《まくらもと》に座って、死に近づいていく母を見ていた日々をいやでも思い出す。金さえあれば、母と自分の人生は違っていた。母の晩年も、母が受けた治療も、違っていたはずなのだ。でも、うちには金がなかった。バディの胸が締めつけられた。この世の中、金はなんと不公平に分配されていることか。その大部分はごく少数の手に握られ、大勢が貧困に泣いている。

バディは自分が殺しに来た女のことを思い、深く息を吸って心を静めた。死は偏見を持たない。金持ちにも貧乏人にも、若者にも年寄りにも、平等にやってくる。バディの望みはそれだった――ケイトリン・ベネットを母と同じ場所にまで引きずり下ろす。ケイトリンにはあれだけのものを持つ資格はないのだ。本来ならばこの自分のものであるはずだったのだから。

ひとけがなくてよかった。バディは腕時計に目をやった。午前三時四十五分。遠くの病室で老女がうめいているほかは、フロア全体が静まり返っている。

バディはそわそわとつけ髭《ひげ》をいじり、かつらがずれていないことを確かめ、借り物の白衣の前を撫《な》で下ろした。名札は、これがドクター・フロストのものであることを示している。バディはにやりとした。十歳のころ、彼は医者になりたかった。今夜、その夢が実現したというわけだ。彼は廊下の先へ視線を投げた。ケイトリンの病室までは五十メートル弱か。

アーロン・ワークマンは三時間以上前に帰っていった。病院の外で見張っていて、タクシーに乗り込むところを見届けたのだから間違いない。それからさらにしばらくじっとしていた。看護師交代に伴う申し送りを経て、深夜勤の看護師たちが病室の巡回を終えるまで、待っていたのだ。

看護師が一人、廊下へ出てきた。その姿が病室へ消えるのを確かめてから、バディはまた歩きだした。

柔らかな靴底は、磨き込まれた床を踏んでもほとんど音をたてない。彼は足早に廊下を進み、ケイトリンの病室まで来るとドアを押し開けた。室内のうす暗さにほっとする。

彼女はぐっすり眠っていた。予想どおりだった。バディは中へ足を踏み入れ、一度後ろを振り返ってからドアを閉めた。それが完全に閉まって初めて、病室にいるのがケイトリンだけではないことがわかった。暗がりに、ベッドサイドの椅子に座る男の影が浮かんでいる。背中を丸め、首をうなだれている。

驚いたのと急に尿意を催したのとで、バディはあわてて回れ右をした。が、彼が病室を出るより早く、男が頭をもたげた。

「誰だ？」

バディは凍りついた。すばやく考えを巡らせた。こんなに早く頭が回転するとは思ってもみなかった。「ドクター・フロストです。ミスター・ベントンの様子を見に来ました」

「部屋が違いますね」男はそう言って腰を浮かしかけた。

「失礼」バディは急いで言うと、くるりと背を向け病室をあとにした。

廊下へ出るなり、階段目指して走りだした。後ろを振り返るのは恐ろしかった。階段を駆け下り、一階を過ぎ、地下まで来た。通りすがりにランドリーカートに白衣を放《ほう》り込む。忍び込むときにこじ開けたドアはまだ開いていた。最後にもう一度後ろを振り返って、バディはにやりと笑った。よかった。追いかけられなかった。ドアを出ていったん立ち止まり、念のためにもう一度振り向いて確かめた。

人の姿のないことに心底安堵《あんど》しつつも、慎重な性分のバディは、物陰に身を隠しながら歩いた。三ブロック先まで来るとかつらとつけ髭をごみ箱に捨て、いちばん近い地下鉄の駅へ向かった。まったく、危機一髪だった。ケイトリン・ベネットのことは知り尽くしていると思っていたのだが、そうではなかった。思いがけないハプニングというのが、彼は嫌いだった。

バディが逃げているころ、マックは廊下へ出て看護師を捜していた。ケイトリンのベッドを回り込むのに数秒かかった。マックが病室を出たときには、あの医者の姿はどこにもなかった。その時点でマックはもう、十分すぎるほど異変を察知していた。目を覚まし、病室に人がいるとわかった瞬間の驚き。いまだに腕の皮膚が粟立《あわだ》っているほどだ。単なる人違いなのか。ベネットとベントン。確かに似てはいるが、何か引っかかるものを感じる。

近くの病室から看護師が出てきた。詰め所へ戻りかけた彼女を、マックは呼び止めた。

「ちょっとお尋ねしたいんですが」

ケイトリンに付き添っている人だと気づいて、看護師は言った。「ミス・ベネットは変わりありませんか？」

「ええ、ずっと眠っています。さっきドクター・フロストがミスター・ベントンの様子を見にいらしたんですが、この階にそういう名前の患者さんがいるんですか？」

看護師はいぶかしげな顔をした。「いいえ」

「間違いありませんか？」

「ええ。それに、ドクターの名前も違っていたはずですよ」

マックのうなじのあたりがこわばりはじめた。

「なぜ？」

「ドクター・フロストは産婦人科医ですもの。この階に産婦人科の患者さんはいませんし、仮にいたとしても、男性であるはずはありません」

「くそっ」マックはつぶやき、ケイトリンの病室へ戻っていった。

枕元の明かりがついていた。ケイトリンがボタンを押して看護師を呼ぼうとしているところだった。マックを見たときの彼女の驚きようは、大変なものだった。

息をのんだあと、ケイトリンは言った。「マック！」

マックはため息をついた。「ああ、おれだよ」

ケイトリンの中でショックと戸惑いがない交ぜになった。アーロンの声を聞きながら眠りに落ちて、目が覚めたら一人だった。そして今、マックがいる。もしもこれほどの痛みを感じていなければ、すべては悪い夢だと思ったにちがいない。

「ここで何をしてるの？　アーロンは？」

「来てくれとアーロンに頼まれたからここにいるんだ。あいつは帰った。おれが帰らせた」

ケイトリンの目に怒りが宿る。「アーロンが頼んだ？　どうして？」

「助けが必要だったから」

「あなたの助けなんかいらないわ」

あなたの、という部分を強調したケイトリンの言葉を聞き流して、マックはポケットに両手を突っ込み、彼女をにらみ返した。

「いや、いると思うね。さっきまでのおれだったら断言はできなかったかもしれないが、今ははっきり言える」

返ってくるであろう答えを自分は気に入らないとわかっていながら、ケイトリンは尋ねた。

「どうして？」

「少し前に何者かがここへ入ってきた。おれがいることを知らなかったんだろう」

ケイトリンの心臓の鼓動が一拍飛んだ。背中に当てられたあの手を、押された感覚を、また思い出した。

「どういうこと？」

「なんの用かとおれは尋ねた。そいつはドクター・フロストと名乗り、ミスター・ベントンの様子を見に来たのだと答えた」

「名前が似ているわ……ベネット、ベントン。きっと病室を間違えたのよ」

「そうじゃないんだ、ケイティー。ベントンなんて患者はいないし、本物のドクター・フロストは産婦人科医だ」

愛称で呼ばれたことにこだわるよりも、悲鳴を抑えるほうが先決だった。マックを見つめる目にやがて涙があふれ、ケイトリンは両手で顔を覆った。

マックは小さくうなると、大股にベッドへ歩み寄った。彼女を抱きしめたい衝動をこらえて、ぎこちなく肩を叩《たた》くにとどめた。

「心配はいらない。すぐに調べはつく。気がついたら、すべては過去のことになっているさ」

「うちへ帰りたい」ケイトリンはささやいた。

「ああ、そうだろうね。朝になったらきっと帰れる」

ケイトリンは手を下ろし、横を向きながらうなずいた。あくまでマックには泣き顔を見せたくなかった。けれども彼が後ろを向いたとたん、ケイトリンは思わずその手首をつかんでいた。

マックは動きを止め、自分の手首に回された指を見下ろした。そして、彼女は絶頂に達したとき叫び声をあげるのだろうかと考えた。考えた瞬間、自分を恥じた。急いで上げた視線はケイトリンの怯《おび》えきった顔に釘《くぎ》づけになり、彼は自分の敗北を思い知った。

「なんだい？」マックはつぶやいた。

「行かないで」

マックは微笑《ほほえ》もうとしたが、顎の筋肉がぴくついた。

「コートのポケットから携帯を取るだけだ。いいかい？」

ケイトリンはうなずいた。彼の手首をしっかり握っている自分に気づいた彼女は、しぶしぶ手を離した。

ケイトリン、きみの気持ちはわかるよ。内ポケットから携帯電話を取り出しながら、マックは心の中でつぶやいた。

「誰に電話するの？」

「警察。さあ、目を閉じて少し眠ったほうがいい。明かりを消そうか？　廊下へ出て電話したっていいんだ」

「ううん、大丈夫」

マックはうなずき、アーロンの番号を押した。心配させるのはわかっていたが、ケイトリンの事件を担当している刑事の名前を訊《き》く必要があった。アーロンは二度目の呼び出し音で出たが、眠たげな声をしていた。

「もしもし？」

「おれだ。起こしてすまなかった」

「ううん、かまわないよ」ベッドの上に起き上がったアーロンは、ランプに手を伸ばした。明かりがともると同時に時計を見て、彼はうめいた。「ねえ、朝の四時だよ。夜明けまで待てなかったのかい？」

「ケイトリンの病室へ入ってきたやつがいるんだ。名前も、やってきた目的もでたらめだった。おれが追いかけたときにはすでに消えていた」

「くそっ」

「まったくだ」

「警察には電話した？」

「まだだ。誰に連絡すればいいのか、おまえに訊いてからにしようと思ったんだ」

「わたしが教えてあげたのに」ケイトリンが彼の背後でつぶやいた。

振り向いたマックは、驚きの目で彼女を見た。喧嘩《けんか》腰の口調は、元気を取り戻しつつある証《あかし》だった。表情も険しい。マックはにらみ返したいのをこらえた。どうやら蜜月《みつげつ》は終わったらしい。

「大丈夫だよ」アーロンが言った。「警察にはぼくから連絡しておくから。兄さんはケイトリンについていて。絶対に目を離さないようにね」

「こっちの喉をかき切るかもしれない人間に、背中を向けるようなことはしないさ」

ケイトリンが小さく鼻を鳴らした。

「やれやれ」アーロンが言った。「ケイトリンはあんなに具合が悪そうだったのに、もう喧嘩しているのかい？」

「アーロン。いいから、警察に連絡してくれ」

「はいはい」

マックは電話を切ると、うたた寝をしていた椅子へ戻り、重々しいため息と共に座り込んだ。

ケイトリンはもう一度彼を見やってから、目を閉じた。彼の顔を見るのが耐えがたいとでもいうように。

マックはまた息をついた。夜が明けるのを、あるいは警察がやってくるのを、待つしかなかった。どちらが早いかわからないけれども。


バディが家へ戻ったのは明け方近くになってからだった。ミス・ベネットの処刑は少し先になりそうだとわかったために、言ってみればちょっとした保険をかけておくことにしたのだった。単純なことだ。屋根伝いにベネット・ビルディングに忍び込むのは造作もなかった。しかも最上階すべてが彼女の住まいなのだから、至って簡単だった。鍵《かぎ》をこじ開け、罠《わな》をチェックしたら、あとは正しい通気口を見つけるだけ。

古い建物は好きだが、忍び込むとなると苦労する。壁はぼろぼろ崩れるし、違う階へ行くには、階段か、さもなければ暗くて危険な空間をきしみながら上下するエレベーターしかない。いわゆるセキュリティシステムがあったとしても、いろいろと便利な設備のついた新しい建物のほうが、侵入は簡単だった。メインの通気口を探し当て、どっこいしょとよじのぼったら、つるつる滑る金属のトンネル内を目的の場所まで慎重に這《は》い進むのだ。

ケイトリンの住居へはあっけなく入れた。机の上に開いた換気口から、バディはあっという間に部屋の中へ下り立った。床に足がついたところでいったん動きを止め、静寂に耳を澄まして誰もいないことを確かめた。周囲にすばやく視線を巡らせたが、防犯カメラは見あたらない。これでもう、ここは隅から隅まで彼のものだった。

廊下にともされた明かりは一つだけだったが、奥ゆかしい贅沢《ぜいたく》さは十分に見て取れた。ドア近くの壁には本物のドガ、本棚脇《わき》の台座にはアンティークの中国の壺《つぼ》。単なる色の氾《はん》濫《らん》としか思えないが、女はこういうのが落ち着くのだろうか。

バディはケイトリンの暮らしぶりを子細に眺め、心底憎んだ。彼女のものに触れ、クローゼットにかかった衣類を動かし、彼女の使っている歯ブラシをもてあそんだ。部屋から部屋へと渡り歩いた。テリトリーを広げたばかりの雄の獣のように、バディはケイトリン・ベネットのあらゆる所有物に自分の印をつけて回った。

探索を終わりにしたのは、疲れたからだった。それと、朝の九時には仕事に出なければならないのがわかっていたからだ。盗聴器を仕掛ける場所を求めてざっとひと回りしてみたが、あそこもここもだめだった。リビングルームへ戻ってきたバディは、シャンデリアを見上げてにやりと笑った。

キッチンの椅子と電話帳二冊を梯子《はしご》代わりにして、小さな半透明の装置を電球の一つに入れた。踏み台から下りてシャンデリアを仰ぎ見た彼は、また笑みを浮かべた。そこにあるとわかっていてさえ、何も見えなかった。

「完璧《かんぺき》だ」彼はつぶやき、椅子と電話帳を元の場所へ戻した。

部屋を出るときのほうが、入るときよりも少し時間がかかったが、壁に指紋一つ残すことなく、バディはそれをやってのけた。慎重に換気口の蓋《ふた》を元どおりにすると、来たときと同じルートを這い戻った。

十五分後には、彼は表通りに立っていた。


トゥルーディは、部屋へ入ってきたニールにコーヒーカップを手渡した。

「なんだい？」

「いいから、飲んで」と彼女は言った。「絶対必要になるから」

「どうして？」

「ケイトリン・ベネット……ほら、被害妄想が入ってるんじゃないかってあたしたちが言ってた人」

「ああ、彼女がどうかしたのかい？」

「昨夜《ゆうべ》、医者に変装した男が彼女の病室へ入り込んだんですって。ボディガードがいたものだからあわてて逃げ出したらしいけど」

ニールはカップを机の上に置いた。「冗談だろう」

「出勤してきたら、あたしの机に伝言メモがあった。あなたが来たら一緒に話を聞きに行こうと思って、待ってたのよ」

「くそう」ニールはつぶやいたが、すぐに頭を切り換えた。「でも、別の考え方もできる。目撃者がいるんなら、それが手がかりになるじゃないか」

「うん、まあね」

「だったら、早く病院へ行こう。事情聴取だ」

「電話したわ」トゥルーディが言った。「彼女、もうあそこにはいない。今朝、退院したって。今度はあっちの陣地で向かい合うってわけ」

「そこへ乗り込めればの話だろう？」

トゥルーディはにんまり笑った。「彼女にまた会えるのは悪くないと思ってるでしょう？」

「それはいったいどういう意味だ？」

「あら、別に」ニールの険しい表情に知らんぷりをして彼女は言った。「あなた、あの人のこと、けっこう気に入ってたみたいだったから――」

「きみはすてきなパートナーであり、有能な刑事だ、コワルスキ。だが、同時に女性でもある。つまり、余計なことを考えすぎるってことだ。くだらないことを言ってないで、さっさと出発だ」

トゥルーディはコーヒーの最後のひと口を飲み干し、カップを置いた。「どこまでもついていくわ」

ケイトリンの住むビルのロビーへつかつかと入っていったケニー・レイボーヴィッツは、机に身を乗り出すようにして守衛を見据えた。

「ケイトリン・ベネットに取り次いでくれ」

マイク・マズーカが顔を上げた。「お約束は?」

「いいや、していない。だが会ってくれるに決まっている。いいから、最上階を呼び出してくれ」

マイクは眉をひそめた。「退院なさったばかりで、あまり具合がよくなさそうなので」

ケニーはカウンターにこぶしを打ちつけた。「ぼくは彼女の広報担当だぞ。さっさと呼ぶんだ」

マイクは渋い顔で最上階に内線をつないだ。ケニーが何者であるかは知っているし、虫の好かないやつだとも思う。けれども自分はとやかく言える立場にないのだという事実を、彼は受け入れた。ほどなくして相手が出た。

「ベネットですが」

「ミスター・ワークマン、ミスター・レイボーヴィッツがミス・ベネットに会いたいとおっしゃっていますが」

アーロンはケイトリンに向かって、口の形だけで〝ケニーだよ〟と教えた。彼女がぐるりと目玉を回してみせると、彼は送話口を手でふさいだ。

「追い返せるけど」

ケイトリンは首を横に振った。「いいえ、上がってきてもらって。いやなことはさっさと終わらせたいから」

「上がってもらっていいよ」アーロンはマイクに言った。

マイクが受話器を置いてケニーにうなずいてみせると、すぐさま彼は最上階への専用エレベーターに向かって歩きだした。カードキーを持っていないから、マイクが手元で操作するまで待たなくてはならなかった。乗り込んだエレベーターのドアが閉まると、鏡張りの壁に向き直ってわが身に見とれた。ケイトリンが連絡をくれなかったのが腹立たしくてならないが、怒っていることを知らせてアーロン・ワークマンを嬉《うれ》しがらせるつもりはなかった。

エレベーターが停止した。ケニーは足早に廊下を歩いていってベルを鳴らした。しばらくしてからドアが開いた。

「おはよう、ケニー」アーロンが脇へ寄って彼を通した。

「やあ、ワークマン」ケニーは口の中で言って、獲物のにおいを嗅ぐ犬のように頭をもたげた。「ケイトリンは？」

「部屋で休んでる。ついてきてくれれば案内するよ」

「ベッドルームの場所はわかってる」ケニーはアーロンを押しのけて歩きだした。

アーロンはすぐあとに続いた。ケイトリンがケニーになど煩わされてはたまらない。それでなくても彼女の精神状態はぎりぎりまで追いつめられているのだから。

ケニーは一度だけノックをすると、どうぞという言葉を待たずにケイトリンの部屋へ入っていった。何を言おうかと、ここへ来るまでの道中ずっと考えていた。個人的に電話をもらえなかったのが屈辱的だったと認めるか、それともただ怪我《けが》をしたことを見舞うか。彼女の顔を見た瞬間、ケニーは見舞うほうを選んだ。

「なんてことだ！」彼は息をのみ、それからベッドに駆け寄って腰を下ろした。「ああ、かわいそうに、ダーリン。大丈夫なのかい？　電話をくれればよかったのに。ぼくがついていれば、こんなことにはならなかったのに」そう言って彼はアーロンをにらんだ。おまえのせいだとでも言わんばかりの目つきだった。

アーロンはそれを無視してケイトリンに言った。「ぼくもいたほうがいいかな？」

ケニーが怒りに顔を歪《ゆが》めて振り返った。「そいつはいったいどういう意味だ？　きみがいなくなったとたん、ぼくが彼女に襲いかかるとでも言うのか？　出ていってくれ。ぼくがきみを放り出す前に」

「ケニー、お願いだからもうちょっと静かにしゃべって」ケイトリンが両手で頭をかかえた。「頭痛がひどいのよ。あなたたち二人の言い争いを聞きたい気分じゃないの」

「すまなかった」とケニーは言った。「しかし、ぼくを蚊帳の外に――」

「今度この部屋で大きな声を出したやつは、おれが叩き出してやる」

ケイトリンは低くうめいて目を閉じ、入口に現れた大きな男を見ないようにした。状況はどんどんひどくなっていく。アーロンとケニーはもともと馬が合わなかったが、これまでいざこざを起こしたことはなかった。それが今や、あたかも恋敵のごとくいがみ合っている。そこへコナー・マッキーまで加わって、聖域であるはずのケイトリンの自宅は大騒動だった。

「ねえ」ベッドからマックをにらみつけて彼女はつぶやいた。「暴力に訴えなくちゃならない理由がどこにあるの？」

「別に何もしていないじゃないか……まだ」マックはのんきに答えた。

ケニーは青ざめた。戸口に立っている男は誰だ――あの大男は？　あの顔つき。あの手の大きさ。口先だけの脅しではなさそうだ。急におとなしくなったケニーは、自分の所有物であるかのようにケイトリンの足に手を置いた。

「あの人は？」

「アーロンのお兄さんよ。コナー・マッキー」彼女はマックに目をやって少し大きな声で言った。「マック、ケニーには広報をお願いしているの」

マックは軽くうなずいただけだった。ケニーのほうは眉毛を大げさに上げてみせた。アーロンとマックをしきりに見比べている。

「ふうん……きみたちの家系の男性ホルモンが全部どっちへ行ってしまったか、一目瞭《りょう》然《ぜん》だな」

侮蔑《ぶべつ》の言葉にマックの瞳がぎらりと光ったが、アーロンはげらげらと笑って言った。

「おやおやおや、自分のことは棚に上げてよく言うよ」

ケニーがいきなり立ち上がった。両のこぶしを握りしめている。その瞬間、マックの我慢が限界に達した。

「おい」と、ケニーを指差す。「出ていけ。今すぐにだ。アーロン、ミスター・レイボーヴィッツに事情をお話ししてお引き取り願うんだ。まだケイティーに言うことがあるんなら、電話をかけてもらえ」

ケニーの顔が怒りで真っ赤になった。「よくもそんな――」

「ごめんなさいね、ケニー。まだ具合が悪いの。安静にするように、喧嘩の仲裁はしないように、お医者様から言われてるの。アーロン、状況をケニーに教えてあげて。それから、ケニー、このことを『デッド・ライン』の宣伝材料になんか絶対しないでね」

ケイトリンの声は弱々しく震えていたけれども、効果は十分あった。アーロンが部屋から出ていき、ケニーは赤面した。後悔にも似た思いで彼はケイトリンを見た。確かに彼女に自分を印象づけることはできたが、計画していたのとはほど遠い形でだった。

「許しておくれ、ダーリン」彼はそっと言った。「すべては心配のあまりだったんだ。また連絡するよ」ケニーはそそくさと部屋を出た。怒りのこもった冷ややかな視線をマックに投げつけて。

マックは黙って目を細くしただけだったので、その真意ははた目には測りかねた。ケイトリンと二人きりになった彼には、また別のにらみ合いが待ち受けていた。マックはしばらく無言で彼女を見つめていたが、やがて小さく何ごとかつぶやくと、外へ出てドアを閉めた。

ケイトリンは鎮痛剤の瓶に手を伸ばして一錠取り出したが、水のグラスが空になっていることに気づいた。うめきながら足を下ろし、ベッドに起き上がった。立ち上がるのは地獄の苦しみだとはわかっていた。体重をてこにしようと前かがみになったとき、空のグラスをナイトスタンドから落としてしまった。グラスは固い木の床の上で砕け散った。すぐにマックが駆け込んできた。

「どうした？　大丈夫か？　おいおい、ケイトリン、なぜ助けを呼ばない？」

「グラスが割れたの。ええ、わたしは大丈夫。それから、わたしは鎮痛剤をのむための水をくみにバスルームへ行こうとしただけ。なぜなら歯からつま先まで痛くてたまらないから。そしてね、今度またあなたに怒鳴りつけられたら、わたしはきっと泣いてしまうわ」

そう言うなり、ケイトリンは本当に泣きだした。

コナー・マッキーは自分が最低の人間になった気分だった。これ以上余計なことを言わないよう口の内側を噛《か》みしめて、黙ってベッドのそばへ行った。ケイトリンを抱き上げ、ガラスの破片を慎重によけながらバスルームへ向かう。便器のそばに彼女を立たせて外へ出ると、マックはそっとドアを閉めた。

ケイトリンは洗面台のグラスを使って鎮痛剤をのんだあと、蓋を閉じた便器に腰かけてじっと待った。マックは戻ってくるとは言わなかったけれど、連れてきた以上は迎えにも来る人なのはわかっていた。

ケイトリンが自分の運命を嘆いているところへ、アーロンの驚く声が聞こえてきた。手伝うよと言い、ほうきとちりとりを取りに走る。ときおりガラスががちゃがちゃいうのは、マックが破片をベッド脇のごみ箱に捨てているのだろう。

彼らの話し声に耳を傾けながら、ケイトリンはじっと座っていた。会話の内容までは聞き取れないものの、彼女のことを話しているのにちがいなかった。それと、脅迫状のこと。爆破予告のこと。誰かがケイトリンの死を望んでいるという事実について。

彼女の座っている場所からは、ドアの内側の姿見がありがたくもあり、邪魔でもあった。動かなくても、体に受けたダメージの全容がわかる。それをいっぺんに目にすることを自分が望んでいるのかどうか、ケイトリンはよくわからなかった。顔の傷だけでも十分ひどい。鏡に映っているのが自分だとわかっていなければ、とてもそうとは思えなかっただろう。顔の半分には黒っぽい紫色の筋が何本も走り、生々しい縫い跡のある眉のあたりは普段の一・五倍に腫《は》れ上がっている。下唇はふくれ、左頬には無数の擦り傷がついている。怖いもの見たさから、ケイトリンはパジャマのボタンの上三つを外して胸をはだけた。

広い範囲にわたる打撲の跡に驚いて、思わず目を見はった。震える手でパジャマを元に戻し、ボタンを留めた。誰かに命を狙《ねら》われている。そのこと自体はなかなか受け入れられなくても、無視できない事実をこの体が物語っている。ケイトリンは目を閉じて心を静めようと努めた。じっと座っているうちに涙は止まり、やがてドアがノックされた。

「どうぞ」と彼女は言った。

マックがドアを開けた。「そろそろベッドへ戻るかい？」

「ええ、お願いするわ」近づいてくる彼を、息を詰めて待つ。

マックは、重さというものがまったくないかのように軽々と彼女をかかえ上げ、ベッドまで運ぶと、枕の上にそっと横たえた。

カバーに手を伸ばそうとして、ケイトリンが顔をしかめた。

「ほら」マックがカバーを腰のあたりまで引き上げてくれた。あとはケイトリンが自分で楽に扱える。

「ありがとう」ケイトリンが言うと、マックはため息をついた。

「どういたしまして」そう答えて立ち去りかけた彼が、足を止めて振り返った。「ケイティー？」

「何？」

「すまなかった……本当にすまなかった。きみを泣かせたりして」

予想外の優しい言葉だった。この人が、こんなことを言うなんて。思いがけない事態に、ケイトリンは何も言えなかった。また泣いてしまいそうで、怖かった。

「ええ……あの、ありがとう」それだけ言うと、横を向いて目を閉じ、去っていく彼の足音に耳を傾けた。

しばらくして鎮痛剤が効きはじめ、ケイトリンがうとうとしかけたとき、電話が鳴った。彼女はカバーにいっそう深くもぐり込んだ。当分はコナー・マッキーが彼女と世間とのあいだに立っていてくれる。それがかつてほど突飛なことに思えないのはどうしてなのか、今は考えたくなかった。彼に対する自分の気持ちが変わりつつある理由も。肝心なのはマックがここにいること、そして、数カ月ぶりに安心して眠れること、それだけだった。

数時間後、ケイトリンは聞き覚えのない声と騒々しい物音に起こされた。やっとのことでベッドから出てローブをつかみ、スリッパをつっかけてベッドルームを出た。そして発見したのは、箱やコードに埋もれたマックと二人の男だった。

「コナー・マッキー、あなた、いったい何をしてるの？」見知らぬ男たちとリビングルームの惨状に目をやりながら、ケイトリンは詰問した。

マックはにやにやと笑った。髪をもつれさせ、ローブのベルトを床に引きずって、冗談としか思えないスリッパを履いているケイトリン。

「セキュリティシステムを設置してるんだ」

「へえ、わたしは何も聞いてないけど」ケイトリンは憤然と言った。

「ケイティー、もし自分の言い分を真剣に聞いてほしければ、別の履き物を履いたほうがいいね」

ケイトリンは子犬をかたどったスリッパを見下ろし、それから腹立たしげな視線をマックに戻した。

「このスリッパのどこがいけないのよ」

「防犯対策は必要だよ」

ケイトリンはため息をついた。「前もって言ってほしかったわ」

「そうだね。悪かった」

「これからは気をつけて」

「わかった。気をつけるよ」

ケイトリンはベルトの端をいじっていたが、三人の男たちが笑いをこらえていることに気づいた。自分自身にも男という人種にも嫌気が差して、彼女はぷいと後ろを向いた。その拍子に、スリッパの片方の耳が床に引っかかった。つんのめりながらも、つまずくことはかろうじて避けられた。

「大丈夫かい？」マックが訊いた。

振り向くものか。今のは、絶対に笑っている声だった。

「大丈夫」ケイトリンはそう言って部屋を出た。

何かにむせたみたいな音と忍び笑いが追いかけてきた。腹が立つ。彼ら全員に無性に腹が立つ。

わざと大きな音を響かせてケイトリンはドアを叩きつけた。そして、ふたたびベッドにもぐり込んだ。

5

ドアのベルが鳴ると、ケイトリンが目を覚ます前にマックは玄関へ走った。やってきたのが誰であるかも、その目的もわかっていた。しかしずいぶん時間がかかったものだ。退院前に現れるものと思っていたのに。セキュリティ会社の社員はとうに引き上げ、時刻はすでに正午近い。

にせ医者の一件はアーロンが警察に知らせた。何ごともドラマティックに語りがちな弟のことだ。ケイトリン・ベネットが危険に直面していること、そろそろそれを認めるべきときが来ていることを、切々と訴えたにちがいないのだ。そんなことを思いながら、マックはドアを開けた。

「はい」

ニールが身分証を示した。

「ニール刑事です」簡潔に彼は言った。「こっちはパートナーのコワルスキ刑事。ミス・ベネットに関連して、また何かあったとか？」

「そう言っていいと思いますよ」マックは答えた。「どうぞ入ってください」と、脇《わき》へ寄って二人を通した。「こちらです」リビングルームへ案内し、ソファを手で示す。「ずいぶん待ちましたよ」

ニールがソファの端に腰を下ろし、反対側にもう一人が座った。コーヒーテーブルを挟んだ席にマックが座るのを待ってから、ニールが口を開いた。「緊急の呼び出しがかかったものですから。申し訳ありませんでした」すぐに頭のギアを切り換えて、ニールは鋭いまなざしをマックに向けた。「ミス・ベネットにはご家族はいらっしゃらないと聞いていましたが」

「ええ、いません」

「では、あなたは？」

「コナー・マッキーです。アトランタのほうでマッキー・セキュリティーズという会社をやっています。彼女を担当している編集者のアーロン・ワークマンが義理の弟でしてね。来てくれと弟から電話をもらった。だから来た。それだけです」

ニールは短くメモを取り、顔を上げた。「ミス・ベネットはどちらに？」

「眠っています。まだかなり痛むようなので、起こしたくないんです。それに、昨夜《ゆうべ》病院で起きた一件でいらしたのなら、彼女と会う必要はないでしょう」

「なぜです？」ニールが訊《き》いた。

「あのとき彼女はぐっすり眠っていたからですよ。目を覚まして、病室の入口に立っている男を見たのはわたしだし、男に話しかけられたのもわたしだ」

「その人物はしゃべったんですか？」今度はトゥルーディが言った。

「ええ。でも、わたしがいたので驚いていた。あれは夜中の三時ごろでしたか。こっちが立ち上がって、何をしているんだと尋ねたら、つじつまの合わない話をでっち上げて」

「正確には、なんと言ったんですか？」ニールが言った。

「ドクター・フロストと名乗り、ミスター・ベントンの様子を見に来たのだと」

「それほどおかしな話でもないでしょう」トゥルーディが言った。「姓が似ているじゃありませんか……ベントン……ベネット。単純な人違いじゃないのかしら」

「わたしも最初はそう思いました。同じ階にベントンという患者がいるかどうか看護師に尋ねてみるまではね。いないと彼女は答え、どうしてそんなことを知りたいのかとわたしに訊きましたよ。ドクター・フロストと名乗る人物がベントンの病室を捜していたものだから、とわたしは答えた」

「すると？」トゥルーディが促す。

「ドクター・フロストは産婦人科医だそうですよ。したがって、男性患者を担当するわけはない、何階の患者であろうと」

「あらまあ。侵入者は予習をさぼったんだ」トゥルーディは言い、探るようにマックを見つめた。「だけど向こうと違ってあなたの頭は冴《さ》えていた。そうですね？　怪しいと思ったのはどうして？」

「入院したことはありますか？」マックは尋ねた。

彼女はうなずいた。

「夜の何時であろうと、患者がどんなに熟睡していようと、医者や看護師は病室へ入ってくるとき、明かりをつけますよね？」

トゥルーディは赤い巻き毛をはずませてまたうなずいた。「二年ほど前に虫垂炎で入院したんだけど、家へ戻るまでちっとも眠れなかったわ」

「そうでしょう。ところがこの男は明かりをつけず、音もたてずに入ってきた。そのまま真っ暗な中をケイトリンのベッドへ向かおうとしていたところに、わたしが気づいたというわけです」

ニールが膝に肘をついて身を乗り出した。「ところで、あなたはどうしてそこにいたんです？」

「ボディガード役ですよ」

「ミス・ベネットとはいつ知り合われたんですか？」

「三年とちょっとになります」

ニールはマックの答え方を心の中のメモに書き留めた――質問される側にいることに、

居心地の悪さを感じているように思われる。

「ずっと今のお仕事を？」

「いえ、アトランタ警察に八年いました」

「なぜ辞めたんですか？」

「同僚の死を見すぎた。法の目をかいくぐる犯罪者を見すぎた。理由はいろいろですよ。燃え尽きたんです、まさしく」

「わあ、身につまされる」トゥルーディが言った。

しかしニールのほうは、この男の存在を面白く思っていなかった。彼はそれを隠そうとはしなかった。

「捜査するのはわれわれです」と、簡潔に言う。「自警団は必要ない」

マックは薄ら笑いを浮かべそうになるのをこらえた。「ミス・ベネットは喜ぶでしょう。

捜査するべき事件だと、あなたたちがやっと認めたんですから」

ニールは怒りに唇を噛《か》みながらも、黙っていた。

するとマックがさらに言った。「わたしは別に、自分で捜査しようなどとは思っていませんよ。私立探偵じゃないんだから。わたしは会社を経営していて、その業務はセキュリティシステムの取りつけと保守点検。以上。わたしはあの男が捕まるまでのあいだ、ボランティアでケイトリンのボディガードをつとめる。つまり、あなたたちが早く仕事を終えれば終えるほど、お互いが幸せになれるというわけです」

「男の人相風体は覚えています？」トゥルーディが訊いた。

マックは眉間《みけん》に皺《しわ》を寄せた。「よく覚えていませんね。一瞬、ちらりと見ただけだし、向こうが病室へ入ってきたとき、わたしは寝ていませんでしたから。白人だったのは間違いありません。背丈は百八十センチはあった。茶色い巻き毛。髭《ひげ》をたくわえていて、年のころは三十代後半。しかし、目的が目的だけに、変装していた可能性が高いと思いますね」

「ほかに何か気づかれたことは？」トゥルーディが言った。

「ありません」

「ずいぶんはっきりした方ですね」ニールが言った。

マックは肩をすくめた。「よく言われます」

ニールは顎のあたりをこわばらせたまま名刺を差し出した。「何か思い出すようなことがあったら、連絡をください」

マックは黙って名刺をポケットに納めた。

「ところで、アーロン・ワークマンは？」ニールが尋ねた。「ここで会えるものと思っていましたが」

「仕事に出かけました。彼と話す必要があるんなら、オフィスにいますよ」

ニールが腰を上げた。「ご協力に感謝します。お互い、密に連絡を取り合いましょう」

「ええ、そうですね」マックは玄関まで見送り、二人が出ていくとドアを閉めて鍵《かぎ》をかけた。

シリンダー錠のがちゃりという音を聞くと、刑事たちはやれやれというように笑みを交わしてエレベーターへ向かった。

「あんな男にならら護衛されてもいいかも」とトゥルーディが言った。

ニールは眉を上げた。「おやおや、コワルスキ、きみにはびっくりさせられっぱなしだよ」

エレベーターが開いた。二人で乗り込みドアのほうへ向き直り、ニールが一階のボタンを押す。

「どうして？」降下を始めると、トゥルーディが尋ねた。

「ばかでかくて凶暴なのが好みだとは知らなかった」

「あなたより大きいからって、凶暴だとは限らないわ。それに、黒髪で青い目の男は昔から大好き」

ニールがわざとあきれたように頭を振ったとき、ドアが開いた。体格はずいぶん違うのに、ロビーへ出ていく二人の歩幅は同じだった。

「さっきの話を確かめに病院へ行くけど、ついでにきみの血圧を測ってもらったほうがよさそうだ」

トゥルーディは一瞬絶句してから、信じられないというように彼を見つめた。「あなた、妬《や》いてるのね！」

「きみ、どうかしてるんじゃないか」ロビーを横切って車へ向かいながらニールは言った。

「心配だから運転はおれがするよ」

「よかった。雪道は苦手なの」

ニールは笑った。「そりゃあ南部のモビール出身だからね。きみの血は薄いんだよ、コワルスキ。おれは子どものころ新聞配達をやってたんだ。雨の日も雪の日も配達をした。自動車の運転を初めて習った日も雪だった」

トゥルーディはにやにやしながら助手席に乗り込んだ。

「次のせりふはわかってるわ。おれはつららで歯を折ったこともあるし、まだ歩けないうちから雪だるまをこしらえてた」

ニールは笑っただけで、何も言わなかった。トゥルーディの性格は熟知している。ああ言えばこう言う。たとえ間違っていようと、最後は自分の意見で締めないと気がすまないのだ。ニールは路肩から車を発進させた。

「どこへ行くの？」

「だから、病院。もしかすると監視カメラの記録が役に立つかもしれないだろう」

「いい考えね」

「うん、わかってる」

トゥルーディが軽く鼻を鳴らした。「まったく、自信家なんだから」

「だけど、ほんとのことだ」

トゥルーディはあきれたように目を回して、笑った。


目を開けたケイトリンは、通り過ぎていくサイレンのけたたましさにうめいた。いつもの習慣で伸びをしかけたとたん痛みに顔をしかめ、激しい動きをしてはいけないのだったと思い出した。

「ああ、いやだ」つぶやきながらそろそろと手を上げて髪の毛を押さえ、次に眉毛の上の縫い跡に触れてみた。それはなんだか棘《とげ》に似た感触だった。

寝返りを打って起き上がろうとすると、おなかが鳴った。体は懸命に痛みにあらがっているらしい。こんなに痛いのだから空腹など感じなさそうなものだが、それでもちゃんとおなかはすいた。急激な動き方をしないよう気をつけながら、ケイトリンはゆっくりとバスルームへ向かった。鏡の前に立って自分の姿を見た。内出血の色は濃さを増したものの、下唇の腫《は》れは少し引いたように思えた。

「焦らない、焦らない」ケイトリンは口の中で唱えて、視線を外した。

慎重に顔を洗い、とかした髪を明るいピンクのシュシュでまとめてバスルームを出た。

ベッドの足もとからローブを取る。コナー・マッキーを遠ざけておくためにはあらゆる対策が必要だった。きちんとした格好をするというのもそのうちの一つ。今着ているパジャマはシンプルなブルーのフランネルだが、ローブもはおったほうがいいだろう。スリッパを履いてキッチンへ行くと、レンジの前にマックがいて、鍋《なべ》に入った何かをかき混ぜているところだった。

「いいにおい」ケイトリンは言った。「何かしら?」

彼女の声に驚いたマックは、スプーンを鍋の脇に放《ほう》り出して振り向いた。

「目を覚ましてたとは知らなかった。なんでおれを呼ばなかった?」

「ベッドから出たかったのよ。それ、スープ?」

「ああ。食欲はあるかい?」

「ええ」

「もうすぐできる。頼むから座っててくれ」

ケイトリンはため息をついた。「もう大丈夫よ」

マックの瞳は暗く翳《かげ》っていて表情は読み取れなかった。が、声がわずかにかすれて震えていたことから感情はうかがい知れた。「だませると思ってるのか?」と彼は言った。「鏡を見たかい?」

ケイトリンは顔をしかめた。「ひどいこと言うのね。傷つくわ」そうつぶやくと、彼女は椅子に腰を下ろした。マックの言うとおりだとは認めたくないけれど、足に力が入らないのだった。

「だったら、文字どおり食べさせてくれる手に、噛みついたりしないことだな」

仕方がないから、両手で顎を支えてマックの後ろ姿をにらむだけにしておいた。棚から皿とボウルを取り出す彼を見ているうちに、ケイトリンは思い出した。彼女が最後にこのキッチンを使ったとき、食べ物はほとんどなかったのだ。

「買い出しに行ったの？」

「アーロンがね」

ケイトリンはうなずいた。「アーロンに言わせれば、わたしの食生活はティーンエージャー並みらしいから」

マックが関心を示した。「へえ、本当にそうなのかい？」

彼が笑ったときにできる目尻の皺にケイトリンは目を奪われ、言われたことが頭に入らなかった。

「ケイトリン？」

彼女は目をぱちくりさせた。「え？　何？」

「きみの食生活はティーンエージャー並みにひどいのかい？」

ケイトリンは肩をすくめた。「さあ。ティーンエージャーって何を食べるの？」

「しょっぱいか甘いかどっちかで、脂っこければなんでも。一分以内に準備ができて、腹いっぱいになるもの」

「シリアルにペプシはかけないわよ」それ以外については言わなかった。

マックが声をあげて笑った。「それは偉い」彼はスープをケイトリンの前に置いてスプーンを手渡した。「温かいうちに食べて」

彼の笑い声を聞くとなぜか胸が詰まるような感じがするのは、きっとおなかがすいているせいだ。ケイトリンはそう思おうとした。この男と仲良くなろうとするなんて、虎《とら》を手なずけようとするのと同じこと。わたしはそんなに愚かじゃない。彼女は急いでボウルに覆いかぶさるようにしてスープのにおいを吸い込んだ。たちまち唾液《だえき》がわいてくる。

「すごくおいしそう。なんのスープ?」

「ポテトスープ。おれの好みで味つけしたから、塩味が強すぎるようだったら少し牛乳を足すよ」

「つまり、缶詰じゃないってこと?」

「もちろん。サンドウィッチも一緒にどうだい?」

「それもおいしそうだけど、とりあえずスープだけで我慢しておくわ……口の痛みがなくなるまでは」

マックが顔を曇らせた。「ごめん。考えてなかった。スープもフードプロセッサーにかけたほうがよかったかな。噛まずにのめるほうがいいだろう」

「フードプロセッサーがあればの話でしょう。うちにはないんだもの」最初のひと口を含むと、味もさることながらその温かさがなんともいえなかった。「それに、必要ないわ。これで完璧《かんぺき》」ケイトリンはスプーンを持った手でレンジを示した。「あなたは食べないの？」

マックは躊躇《ちゅうちょ》した。ケイトリン・ベネットとテーブルを囲むことは、ある種の休戦を意味する。賢明な作戦とは思えなかったが確かに空腹だし、それに、言いだしたのは向こうなのだ。

「じゃあ、食べようかな」マックは自分の分をたっぷりボウルによそうと、クラッカーをひとつかみ取り、うつむいたまま彼女の正面に座った。

それからしばらくは、ときおりスプーンがボウルに当たる音だけが響いていた。ケイトリンが先に食べ終えた。

「とてもおいしかったわ。ありがとう」

いつになく穏やかな彼女の態度に、マックは椅子の上で身じろぎをした。「どういたしまして」

「あなたみたいな人にこんな家庭的なところがあるなんてね」ケイトリンがからかうような口ぶりで言った。

マックの目つきが険しくなった。彼女の穏やかさは急速に消えつつあるのがわかる。

「それはどういう意味かな？」

「あら、別に。ただ、あなたのことを考えたときに思い浮かぶのは、血の滴る肉と大きなナイフだってこと」

マックはテーブルに身を乗り出してにやりと笑った。「おやおや、ケイトリン、知らなかったよ。きみがおれのことを考えてくれるとはね」

ケイトリンは心の中で自分の愚かしさをののしった。いちいち癪《しゃく》に障るこんな男と個人的な会話をしようとしたのが間違いだった。彼女は椅子をテーブルから遠ざけて腰を上げた。

「どこへ行く？」出口へ向かう彼女に、マックが声をかけた。

「仕事部屋。メールをチェックしないと。わたしが眠っているあいだにどこかから電話がなかった？」

「電話はなかったが、警察が来た」

ケイトリンはむっとして言った。「どうして起こしてくれなかったの？　これでまた来てもらわないといけなくなったじゃない。わたしは少しでも早くこの件を――」

「警察は情報を持ってきたわけじゃない。きみのほうからも新たに話すことは何もない」

「だけど――」

「きみはあの男を見たのか？」

ケイトリンは怪訝《けげん》そうな顔をした。「それは見てはいないけど……」

「そうだろう。おれが言わなきゃ、あんなやつがやってきたことさえ知らなかったはずだ。つまり、捜査に必要な情報をきみが持っているわけじゃないんだ。きみには安静が必要だった。刑事たちにはおれから話しておいた。ちゃんと全部話したから」さらに彼は言った。「だからといってどうなるか、わからないけれども。どっちの刑事もあんまりやり手には見えなかった。とくにニール刑事は」

「どういうこと？　わたしはいいと思ったけど」

マックは目玉を回したいのをこらえた。「だろうね」

ケイトリンが顎を突き出した。「どういう思惑があってそういうこと言ってるの？」

「思惑も何も、額面どおりの意味だよ。顔がよくて、身分証と拳銃《けんじゅう》を持った気取り屋の刑事。それだけ鼻の穴がふくらむんだから、よっぽどあいつにいかれてるんだろう」

ケイトリンは呆気《あっけ》にとられた。「あなたって、ほんとに信じられない！　わたしは鼻の穴なんかふくらませていないし、彼にいかれてもいないわ！　拳銃を持った気取り屋がわたしの好みだっていうのなら、あなたなんかリストのトップに来るじゃない。違う？」

マックは、彼女の首を絞めてしまわないよう両手をポケットに突っ込んで、ケイトリンをにらみつけた。

ケイトリンが優雅に鼻を鳴らした。最後に得点をあげたことに満足して、彼女は立ち去った。

「間違いなく鼻の穴はふくらんでたんだ」マックはぶつぶつとつぶやいた。

「聞こえてるわよ」ケイトリンの大声が飛んできた。

「なんて女だ」マックはくるりと後ろを向くと、空になった鍋をつかんでシンクに放り込んだ。ケイトリンの首を絞められない以上、鍋に当たるしかなかった。


全身から汗を噴き出させて、バディはジムの片隅でサンドバッグをひたすら殴り続けた。

ばん。

衝撃が奥歯にまで伝わる。

ばん、ばん。

ワンツーを決めた拍子に右耳がちぎれそうになる。

ばん。

ばん。

ばん。

三連発の直後、血の味がした。舌を嚙んだらしい。それでもやめることはできない。懲らしめなくてはならない。バディの頭にはそれしかなかった。ケイトリン・ベネットのやつめ、なんで死ななかったんだ。ブルジョアの雌犬。地獄へ墜《お》ちろ。

「ほどほどにしないとバッグが破れて詰め物が飛び出すぞ」

トレーナーの言葉にも耳を貸さずにバディは打ち続けた。そのうち汗が目に入ってバッグが見えなくなった。よろよろと壁まで後ずさりした彼は、前かがみになりながらもグローブを膝に突っ張って倒れまいとした。

「息の根を止めたか？」

トレーナーの問いかけに、バディは大きく喘《あえ》いでから顔を上げた。「どういう意味ですか？」

トレーナーはタオルを投げてよこしながらにやりと笑った。「相手は死んだのかって訊いたんだ」

バディは気色ばんだ。「なんてこと言うんですか」

「そうかりかりするな。言葉の綾《あや》ってもんじゃないか。あれだけ激しくやってりゃ、誰だって気づくさ。よっぽど腹の立つやつがいて、サンドバッグはその代わりなんだろう？」

バディは息を吐いた。「あ……ええ……そうですよ」

「座れ」トレーナーは言った。「グローブを取るのを手伝ってやる」

バディはウエイトベンチにまたがって腕を差し出した。両手はすぐに自由になった。

「ありがとうございます」彼は立ち上がった。「今日はもう疲れました。シャワーを浴びて帰ります」

「ああ、それがいい。またな」

バディはすでに歩きだしていた。

三十分後、ロッカールームをあとにした彼はドアをくぐり、三階から階段を下りはじめた。階段室は寒かった。洗い髪にかぶるキャップを持ってくるべきだったと思いながら、彼はコートの襟を立てた。強烈な寒さを覚悟しつつ足を早め、ビルの外へ出た。冷たい空気が肺に入ると、まるで胸にパンチを食らったようだった。半ブロックも行かないうちに髪はごわごわになった。気温の急激な低下のせいで、水分が凍ったのだ。

「畜生め」バディは肩が耳につくほど首をすくめた。

煙るような雪が舞っていた。深い轍《わだち》だけを残してほとんど雪に覆われている道路の様子からすると、かなり前に降りだしたようだった。雪の表面は薄く凍りはじめていて、一歩進むごとにぱりぱりという音が周囲に響いた。交通量は多くはないものの、車が途切れることはなかった。バディは不愉快だったことも忘れて、片方の足をもう一方の足の前に出すという単調な動きにいつの間にか集中していた。

次のブロックを歩いているとき、一台のタクシーがとまり、客を降ろすのが見えた。地下鉄ではなくタクシーでの帰宅。贅沢《ぜいたく》だが、賢明な投資に思えた。待ってくれとバディは叫んだが、タクシーは夜のかなたへ走り去った。小さく毒づいてから、彼はまた歩きだした。駅までの五ブロックを我慢すれば、少なくとも雪からは逃れられる。

少し行くと、レストランの窓からあふれる明かりがあたりの雪を煌々《こうこう》と照らしていた。バディが店の前を通り過ぎた直後に、ひと組のカップルが温かい食事と熱いコーヒーの香りをまとったまま外へ出てきた。

バディは衝動的に回れ右をして店のほうへ戻った。朝食以来何も食べていないことを考えると、そろそろまともな食事をするべきではないか。彼はカウンターのスツールに腰をのせてメニューを取り上げた。

「いらっしゃい、ハンサムさん。コーヒーはいかが？」

バディは顔を上げた。若いウェイトレスがにこにこ笑っていた。彼も笑い返した。

「うん、頼むよ。ブラックで」

ウェイトレスは彼の前にカップを置き、縁ぎりぎりまでコーヒーを注《つ》いだ。

「料理のほうはお決まりかしら？」

「チリはあるかな？」

「ええ、もちろん。ガスのこしらえるチリは天下一品。でも、つらいわよ。刺激的な食べ物が得意じゃないなら、ちょっとつらいかも」

バディは身を乗り出すと、相手の心を射抜くような笑顔を年若いウェイトレスに向けた。

「好きだよ……刺激的なのは」と優しくささやく。「食べ物も、女の子も」

はにかんだような笑いと共にウェイトレスが奥へ引っ込むと、バディはコーヒーを飲みながら考えにふけった。ほどなく彼女は湯気の立つチリとコーンブレッド、それに刻んだ玉ねぎの入った小さなボウルを運んできた。

「チーズは入れますか?」

「いや、このままでおいしそうだ」バディはスプーンでたっぷりすくったひと口目を頬張るなり、ぐるりと目を回した。「うーん、最高のチリだってガスに伝えてくれるかな?」

ウェイトレスはにっこり笑ってうなずくと、ボックス席のカップルのほうへ移っていった。

バディは何も考えずに、ただ腹に収まっていくものの温かさと心の安らぎだけを意識していた。身も心もくたくただった。今夜はきっとよく眠れるだろう。ケイトリン・ベネットがまだ息をしているにしても。

彼があらかた食べ終えたところへ、女が一人入ってきた。バディが目の端で見ていると、彼女はカウンターの、彼から三つ離れた席に座った。声は低くてハスキーだが、着ているものや身のこなしは紛れもなく商売女のそれだった。彼女はウェイトレスに時間を尋ね、コーヒーを注文した。

手軽にやれるかもしれないと考えながら、バディは女をもっとよく見ようと顔をそっちへ向けた。そのとたん、息をのんだ。のみ込んだばかりのものが喉もとへせり上がってきかけた。コーヒーカップを唇に近づける女を、彼は信じがたい思いで凝視した。肩にかかる長さの焦げ茶の髪。胸が苦しくなるほどケイトリンにそっくりの口もと。

バディはいきなり席を立つと、投げるように金をカウンターに置き、振り返りもせずに店を出た。地下鉄の駅まではわずか数ブロックだ。気がつくと、助けを求めでもするように駅を目指して走っていた。けれどもそこへ近づくにつれて、スピードは遅くなった。

やがてバディは足を止めた。しばらく歩道にたたずんだまま、つま先に積もっていく雪をじっと眺め、手を開いたり閉じたりを繰り返していたが、突然ぎゅっとこぶしを握りしめた。一時間とも思えるほど長い時間が過ぎた。彼は自分自身を相手に賭《かけ》をした。もしもあの女がこっちへやってきたら、彼女はおれのものだ。だが、店を出た彼女が南ではなく北へ向かったら、この計画はご破算だ。

彼がレストランに背を向けて待っているあいだに数人が通り過ぎた。人の足音が近づくたびに、彼女ではないかと息をこらした。そのうちに足先の感覚がなくなるほど冷えきってきて、彼は自分に言い聞かせた。あと一人。あと一人だけ待って、それがあの女でなければ、うちへ帰ろう。

そう決めた直後に、また足音が聞こえてきた。これまでのものよりもせかせかした足取り。バディの息が荒くなった。喘ぐたび鼻の下に小さな白い雲がわいて出る。頭をもたげたあとは、知らないうちに振り向いていた――振り向いて、女の真剣な表情を見つめていた。八センチのヒールを雪に取られまいと、真剣な面持ちで彼女は歩いてくる。

「ブーツだったらよかったのにね」彼は優しい口調で話しかけた。

ほっそりした体にまとったコートの前をかき合わせるような仕草をして、彼女は微笑《ほほえ》んだ。夜が終わる前にもうひと稼ぎするのも悪くなかった。

「あなたみたいなすてきな人が目の前にいてくれたら、ブーツじゃなくたってがんばって立っていられるわ」

「だけど、ハニー、おれはきみを立たせていたくないんだ。横たわっていてほしいんだよ」

彼女は目を細くすると、獲物をなぶるような視線でバディを眺め回した。

「好きなようにしてかまわないわよ」と彼女は言った。「ただし、高くつくけど」

「きみのほうがもっと高くつくと思うよ」バディは小さくつぶやくと、女の手をつかんだ。

6

駅へ入ってくる地下鉄のブレーキ音が野次馬のざわめきをかき消す中、アマート刑事とハーン刑事は黄色いテープをくぐってホームの外れへ向かった。検屍官《けんし》はすでに帰り支度を始めていたが、鑑識班のカメラマンはまだシャッターを切っている最中だった。

アマートはカメラマンが写真を撮り終えるのを待つあいだ、検屍官に話しかけた。

「どんな具合ですかね？」

検屍官はかばんを持ち上げながら答えた。朝の冷気に暖かい息が吐き出されると、煙を吹いているように見える。

「厄介だね」検屍官は遺体のほうへ顎をしゃくった。「殺害場所はここだ。犯人は遺体を壁へ向けて下半身に新聞紙をかぶせた。そうしておけば、通行人の目には酔っぱらいかホームレスが寝ているだけのように見えると考えたんだろう。死亡推定時刻は午前零時ごろ。あるいはもう少しあとかもしれないな。この前と同じ犯人にちがいないと思うが、まあ、解剖してみればもっと詳しくわかることだ」

アマートが目を見はった。「どういう意味です、同じ犯人て?」

「聞いてないのか?」

アマートが首を振る。

「自分で確かめるといい」検屍官は階段へ向かって歩きだした。

アマートは遺体のそばへ寄ってかがみ込んだ。ひと目見たとたん、畜生、というつぶやきがもれた。

「こいつはひどい」アマートはそう言って、立ち上がった。「なんてことだ。厄介だな、これは」

彼の肩越しに、パートナーのポーリー・ハーンも遺体をのぞき込んだ。「でもまだ二人目だ。これだけで結論づけるのは早すぎるだろう」ポーリーは言った。

アマートが、きっちり四分割された女性の顔を指差した。「これだけ手口が似ているんだ、十分結論づけられるさ。警部補に連絡して、すぐ来てもらってくれ。どこからマスコミにもれるかわからない。もしも嗅《か》ぎつけられたら、大騒ぎになる」

ポーリーが無線機を取り出したのと同時に電車のドアが開いた。警察が何かを調べている真っ最中とあって、降り立った乗客たちが騒ぎだし、通話ができない状態になった。

「これじゃあ雷が鳴っても聞こえないな」ポーリーが言った。「ホームの端まで行かなきゃだめみたいだ」

ポーリーが無線連絡をしているあいだに、アマートは現場に一番乗りしたパトロール警官から聞き取りを始めた。どんな情報が捜査の参考になるやもしれないのだ。

「サール、あたしたちは何をすればいい？」トゥルーディの声がした。

アマートは振り向いた。いつの間にかトゥルーディとニールが到着していた。アマートは顔をしかめて被害者を指差した。

「見てみろ」

トゥルーディは息をのみ、すぐさまパートナーに視線を移した。自分と同じ推理を彼もしているかどうか、確かめたかった。ニールの唇が引き結ばれ、鼻の穴がふくらんだのを見て、やはりそうなのだと確信した。彼女はアマートに目を戻した。

「殺害場所はここ？」自分たちが立っているホームの隅々に視線を巡らせる。

「検屍官の見立てではそうらしい」

「死亡推定時刻は？」

「午前零時ごろ」

「誰が発見したの？」

「わからない。最初に到着した警察官によれば、午前六時ごろ、匿名の通報があったらしい。それ以外、何もわかっていない」

「被害者は身元を示すものを身につけていたんですか？」ニールが訊《き》いた。

アマートがメモを確かめた。「うん。シルヴィア・ポランスキー、三十三歳。住所はクイーンズとあるが、まだ確かめたわけじゃない」

ニールは遺体のかたわらへ移ると、黙って着衣の状態を調べはじめた。

「レイプされているかどうか、判断が難しそうですね」彼はそう言った。

アマートがいぶかしげな顔をした。「なぜだね?」

「被害者は売春婦だと思われます。昨夜《ゆうべ》取った客の数によっては、複数のDNAが検出される可能性が高い」

「売春婦だとどうしてわかる? 着衣は半分以上失われているんだぞ」

ニールは遺体の右足を指差した。「間違っているかもしれませんが、この雪道を八センチのヒールで歩くような女といえば、売春婦しかおれは知りませんね」

アマートはうなずいた。「きみの言うとおりかもしれない。だがひょっとするとどこかのクリスマスパーティーからの帰りだったということも考えられる」

「そうですね」ニールは言った。「おれたちは何をしましょうか?」

アマートはため息をついた。「どうするかなあ」思わずつぶやいてから、無力感を振り払って言葉を継いだ。「この寒さだ。シェルターは満員、季節は真冬。わかるな、ホームレスたちがどこへ向かうか」

「建物の中か地面の下」トゥルーディが答えた。この町の地下にホームレスの一大コミュニティができているのは周知の事実だった。

しかし薄暗い穴蔵をうろつき回ることを思うと知らず知らず体が震え、トゥルーディは思わずコートの下の拳銃《けんじゅう》を確かめた。指の下にそのふくらみを感じ取ると、少しだけ安心できた。

アマートが人だかりのほうを示した。「きみとニールはあたりの聞き込みにあたってくれ。誰も進んではしゃべりたがらないだろうが、ひょっとすると目撃者がいるかもしれない。望みは薄いが、とりあえずそれしか手はないからな」

ふと動きを止めたニールは、遺体のほうへ目をやった。検屍局の職員が二人がかりでシルヴィア・ポランスキーを袋に納めているところだった。カメラマンは仕事を終えたらしく、もういなくなっていた。

「第一の犯行について、何か新たな情報は？」彼はアマートに尋ねた。

アマートは首を横に振った。「いいや。それに、同一犯と決まったわけでもない。さあ、目撃者を見つけ出してきてくれ。こんな変態野郎を野放しにしておくわけにはいかないじゃないか」

「行こう、赤毛のトゥルーディ。母なる地球のマットレスを叩《たた》いてみれば、何かが這《は》い出してくるかもしれない」

トゥルーディはガムを口に放《ほう》り込み、アマートにウィンクしてみせた。「あたしのパートナー、おたくの彼よりかわいいでしょう……それに、詩人なのよ」

アマートはくすりと笑った。ニールとトゥルーディの交わす、そこはかとなくふざけた会話。パートナー同士だからこそ言える、許せる、軽口だ。そんなことを思いながら彼は、シルヴィア・ポランスキーの遺体が運ばれていく様子を見守った。振り返ると、こちらへ戻ってくるポーリーの姿が見えた。

「警部補とは話せたのか？」

ポーリーはうなずいた。「ご機嫌斜めだったけどね」

アマートはぞくりと身震いした。「そりゃあ、こっちだって同じだ。これからはるばるクイーンズまで出かけていって被害者の自宅を調べなきゃならないんだからな」

二人で階段をのぼりはじめると、ポーリーはコートの襟を立てて耳を覆った。

「こんなふうに考えたらどうかな」と彼は言う。「シルヴィア・ポランスキーの部屋から発見されるあるもののおかげで、事件はいっきに解決に向かうにちがいない、とか」

アマートが小さく鼻を鳴らした。「そうだな。おれのクリスマスの靴下に、絶対雪の降らないところ行きの片道切符が入っているにちがいない、とかな」

「おれは雪は好きだよ」通りへ出ながらポーリーが言った。

アマートは吹きつける風に目を険しく細め、灰色の空を見上げてまた身を震わせた。

「だったら今日は嬉《うれ》しくてたまらんだろう。また雪になるぞ」

いきなり目を覚ましたマックは、ベッドの上に跳ね起きた。胸の鼓動は激しく、顔中汗びっしょりだった。夢を見ていたのだと気づいてようやく、ほっと肩を落とした。いったいどこからあんな悪夢がわいて出たのかわからないが、はじめまでまた戻りたいとは思わなかった。ケイトリンの夢を見ていたのだ。その夢はどんどんすさまじい展開になっていった。彼女が、しょっちゅう変身する。昔マックがつき合っていた女に。彼は過去に一度だけ結婚を考えたことがあった。相手の名前はサラ。彼の腕の中で死んでいった。癌《がん》が彼女の肉体をむしばんでいくさまを、マックはつぶさに見た。最後には骨と皮しか残らなかった。マックは誓った。二度と本気で女を愛すまい、と。そうして彼は、ケイトリンと出会った。以来、ケイトリンが夢に現れては彼を脅かすようになった。たいていの場合、ケイトリンなんか嫌いだと自分に言い聞かせていられる。けれども、彼女を知れば知るほど深みにはまっていきそうな予感がすることも、ときどきあった。そんな相手と一つ屋根の下で過ごす――こういう状況で――そのことがだんだん苦しくなってきた。人を愛したくないのだ。嫌いでいるほうが簡単で安全だから。マックはじっと座ったまま考えを巡らせた。もう一度横になって睡眠をとったほうがいいのか、それともコーヒーをいれようか。迷っているうちに、別のものが意識に入り込んできた。

かたかた、かたかた、かたかた。

かすかな音だが、どこか聞き覚えがあった。マックはスウェットパンツに手を伸ばした。バスルームで手早く身支度をすませ、部屋を出た。鳴りやまない小さな音を頼りに廊下を行くと、ケイトリンの仕事部屋へたどり着いた。マックは細く開いたドアの前で立ち止まり、中をのぞいた。

ゆっくりと安堵《あんど》が広がっていく。

ケイトリンがコンピュータに向かっていた。物音は、怪しいものではなかった。彼女がキーボードを叩く音だったのだ。

彼女の座り方に、マックは頬を緩めた。椅子の端にちょこんと腰をのせて、今にも駆けだしそうに見える。膝を曲げて椅子の足に自分の足をからませているところは、暴れる裸馬にまたがっているようだ。古ぼけたシェニール織りのバスローブが、発作的に放り出されたみたいに無造作に椅子の背にかかっている。ブルーのフランネルのパジャマのあちこちに、ふわふわした白い塊がくっついている。頭のてっぺんで髪をまとめた茶色いプラスティックの髪留めは、小さな恐竜の骨格を思わせる。打撲の跡は緑がかった色に変わりはじめ、眉の上の糸が一本、剪定《せんてい》の必要な草のように額から飛び出している。いつもどおりまともに頭が働いていたなら、あまりの洒落《しゃれ》っ気のなさに笑いを誘われていただろう。けれども今の彼は、感嘆と、そんな彼女に強く惹《ひ》かれる気持ちとのあいだでぐらついていた。

ケイトリンのせいだ。彼女はねばり強い。いちいち癪《しゃく》に障るけれども、ねばり強い。

女の強さは、好ましい。そう思った自分に、マックはぎょっとした。ケイトリン・ベネットを好きだなんて、そんなばかな。向こうは間違いなくこっちを嫌っているんだぞ。

自身を納得させると、マックは静かにドアから離れた。けれどもすぐには立ち去らず、間断なく続くキーの音に耳を澄ました。ケイトリンみたいな人間の頭の中はいったいどうなっているのだろう。いくつもの事実関係を混乱させずに複雑な物語を作り上げ、次々とベストセラーを生み出す。いがみ合う相手とはいえ、彼女が優れた才能の持ち主であることは認めよう。だからといって、もちろんこちらの見方や気持ちが変わるわけではなかった。ただケイトリンの世間的な役割を再認識するだけだ。そして、彼女のほうにも、こっちに関して同様に考えてほしい。

マックは元刑事――正義の番人、安全の供給者。ケイトリンは作家――別世界の創造主、言葉の魔術師。おのおのの持ち場というものが、確かに存在するのだ。

マックは険しい表情で歩きだした。こんなふうに一つ屋根の下でそれぞれの役割を果たさなくてはならないのは、生憎《あいにく》だった。

キッチンへ入っていった彼はまずサーモスタットの温度を上げ、それから窓に歩み寄ってカーテンを開けた。

やれやれ。また今日も雪。

ジョージアの冬に慣れきった体には、厳しい寒さが長く続くのは耐えがたかった。コーヒーポットに水を入れ、フィルターにコーヒーをセットするあいだ、マックはずっと己に言い聞かせていた。永遠にここにいるわけじゃないんだから、と。しかし、ここを去るときの自分は、来たときと同じではないだろうとも感じていた。

しばらくして、マックがベーコンをフライパンからペーパータオルの上へ移しているところへ、ケイトリンが現れた。

「お料理してるのね」彼女は興味深げに目を見はった。

マックが答えるより早くケイトリンは彼の腕の下をくぐり抜け、ベーコンをひと切れ、つまみ上げた。

「うーん」痛まない右側だけで注意深く噛《か》みながら、彼女は言った。「朝食らしい朝食って、いいわよね」と、いつになく人なつっこい笑顔をマックに向ける。

「だろう?」彼女の口もとにくっついたベーコンの小さなかけらを、マックはじっと見つめた。

「焦げてるわよ」ケイトリンが、フライパンに残った最後の一枚を指差した。

マックは小さく毒づくと、じりじり音をたてる脂から急いでベーコンを引き上げた。

「これはおれのにしよう」フライパンを火から下ろし、ベーコンを自分の皿にのせた。

「卵も食べるかい?」

「スクランブルにできる?」

マックは彼女の頭の上に手を伸ばして、棚から小さなガラスのボウルを取り出した。

「もちろん。何個？」ボウルに卵を割り入れながら尋ねる。

ケイトリンは目を丸くした。彼女が卵を食べるときは――それもめったにないことだが――一度に料理するのは一つだけだ。もしも数え間違いでなければ、マックはすでに六個の卵を割り入れたはずだった。

「何個って……一つでいいんだけど」彼がかき混ぜている濃厚な黄色い液を指して、ケイトリンは答えた。

マックが手を止めて顔を上げた。「一つ？」

ケイトリンはうなずいた。

顔から体の前面、ソックスをはいた足へと、マックがケイトリンの全身を眺め下ろした。それから、よりゆっくりと、ぶかぶかのフランネルのパジャマに隠された曲線のかすかな輪郭をたどりながら、視線を元へ戻した。

「もっと食べないとだめだ」マックは決めつけるように言うと、ベーコンから出た脂をボウルに加え、中身をフライパンに空けてかき混ぜはじめた。

「わたしががりがりのやせっぽちだから？」食ってかかるようなその言い方にうなじの毛がむずむずしたけれども、マックは平静を保った。

「おれはそんなこと言ったかい?」のんびりした口調で訊き返しながら、彼はできあがったスクランブルエッグをたっぷり彼女の皿にのせ、残りを自分の皿に空けた。

「言わないけど、でも――」

「トーストは食べられそうかな? それともまだ口が痛む?」ケイトリンがいきり立っているのに気づかないふりをして、マックは言った。

「それは、まあ……」

「卵が冷めてしまうよ」

ケイトリンは眉間《みけん》に皺《しわ》を寄せた。なんていまいましい人。やせっぽちと言ったも同然なのに。謝ってほしいと思っているこっちの気持ちなどおかまいなし。苛立《いらだ》たしげにため息をつきながら彼女はカウンターの皿を引ったくり、ベーコンを余分に二枚ほどくすねてテーブルへ向かった。体がこんなに痛くては、足取りで怒りを表すのは至難の業だったが、それでもできる限り荒々しい歩き方をした。

「料理をするために雇われたんじゃないのにね」そう言った瞬間、ケイトリンはすでに激しく後悔していた。

マックが背中をこわばらせ、ゆっくりとこっちを向いた。呆気《あっけ》にとられたような表情をしている。自分の皿を取り上げるその顔は、怒りのために紅潮していた。

「なんのためにもおれは雇われてなんかいない」彼はケイトリンに向かってフォークを突

き出した。「きみが忘れているといけないから言っておくが、アーロンがおれに助けを求めてきたんだ。金をもらったから来たわけじゃないし、きみから金をもらいたいとも思わない。よく聞くがいい。きみは一度深呼吸をして、これ以上つべこべ言わずに朝飯を食べるべきだ」

皿を持ったまま、マックはすたすたとキッチンから出ていった。

その後ろ姿を見送るケイトリンの目に、見る見る涙が盛り上がった。深呼吸をしようとしたけれど、こみ上げる嗚咽《おえつ》に喉が詰まる。皿を見下ろしたまま時間は過ぎ、ただただ大粒の涙が頬を伝う。

どうしてマックに意地悪をせずにはいられないの？　彼といると、どうしてこんなにいやな女になってしまうの？　これはわたしじゃない。わたしはこんなひどい女じゃない。

彼が戻ってくる足音がしたのでケイトリンはあわてた。急いでナプキンを取って涙を拭《ふ》こうとしたけれど、遅かった。

マックはコーヒーを取りに来たのだったが、それどころではなくなった。みぞおちに蹴《け》りを入れられたも同然だった。ケイトリンの涙を見たとたん、うめき声がもれた。またやってしまった。肩を落とし、体の両側で手をびくつかせ、彼は頭をうなだれた。

「ああ、ケイティー、泣かせるつもりじゃなかったんだ」

ケイトリンが顔を上げた。頬にはまだ涙の跡が残っている。

「わたしが失礼なことを言ったから。自業自得よ」ささやくように彼女は言った。「ちゃんとしつけられて育ったはずなんだけど。なぜだかわからないけど、あなたといるとこんなふうになっちゃうの」

マックはため息を一つついてから、彼女のそばまで行き椅子から立たせて、胸に抱き寄せた。きつく抱きすぎないように気をつけながら。

「すまなかった」

耳のすぐそばでとどろく彼の胸の鼓動に、ケイトリンは息をのんだ。続いて彼の両手が背中に回されると、まるで揺りかごに揺られているような気分になった。

「わたしも、ごめんなさい」とケイトリンはつぶやいた。

マックはケイトリンの表情が見たくて体を離したが、彼女は顔を上げようとしなかった。仕方なく彼はケイトリンの顎に指先を添え、目と目を合わせた。

「休戦かな?」

新たな涙が浮かんだかと思うと、ケイトリンがうなずいたのと同時にこぼれ落ちた。

マックの視線が下へ移った。知らず知らずのうちにケイトリンの口もとを見つめていた――わずかに腫《は》れた下唇と、小刻みに震える顎と。自制心はもろくも崩れ去った。かまうものか。もうすでに事態は厄介きわまりないんだ。これからしようとしていることがさらにそれを複雑にしようが、もうかまわない。静かに息を吸って、マックは頭を下げていった。ケイトリンの唇の信じがたいほどの柔らかさと、ぴったり胸に納まる彼女の体。その記憶を最後に、マックの足もとで床が大きく傾いた。

時間が止まった。

ケイトリンの喘《あえ》ぎを聞いて初めて、マックは自分のしたことに気づいた。唇を引きはがした彼は、両手を上げて降参の格好をした。彼に劣らずケイトリンも驚いているようだった。いつものように軽口をたたいても、マックの声は優しかった。

「殴らないでくれよ、ケイティー。万全の体調じゃないきみを殴り返すわけにいかないんだから」

ケイトリンはぞくりと身を震わせると、われに返ったかのように深々と息をついた。

「あなたはわたしを殴らないわ」彼女は断言した。「あなたはわたしを嫌っているけど、殴りはしない」

マックは眉を寄せた。ものわかりのいいケイトリンは面白くなかった。

「嫌いな女にキスはしない。少なくとも、これまではしたことはなかった」そう言うとマックは、カウンターからコーヒーを取ってキッチンを出ていった。

キスの余韻に眩暈《めまい》を感じながら、ケイトリンはテーブルについてフォークを手に取った。スクランブルエッグを食べはじめたとき、マックの最後の言葉がやっと理解できた。

「そんな」ケイトリンはフォークを置いてつぶやいた。「そんなことって」上げた顔には、信じられないという表情が浮かんでいた。「ああ、そんな」彼女はまたうめくように言い、おろおろしながら彼が消えたドアを見やった。

二人のあいだの嫌悪が、いつ好意に変わったの？ いいえ、それより、わたしはこれからいったいどうすればいいの？ ケイトリンがほとんどパニックになりかけているところへ、隣の部屋からマックが怒鳴った。

「ちゃんと食べてるかい？」

泡が弾《はじ》けた。

好意？ わたしがいだいていたのは好意なんかじゃない。狂気だ。何もかも、この額にぶつかったトラックのバンパーのせい。

「余計なお世話よ」とケイトリンはつぶやいた。

「聞こえてるぞ」

「あなたの体の中で大きな部分は、胸だけじゃないって証拠ね」ケイトリンはそう怒鳴り返してから、自分の迂闊《うかつ》さにあきれた。

耳のことを言ったのだが、コナー・マッキーのことだ、ベルトのバックルの下にあるもののことだと解釈するにちがいない。下唇がこんなに腫れていなければ、ぎゅっと噛みしめたいところだった。

案に相違して彼が何も言ってこなかったのでほっとしたが、笑い声が確かに聞こえた気がした。墓穴を掘った自分が腹立たしくて、ケイトリンは卵にフォークを突き刺した。そして、皿が空に、おなかがいっぱいになるまで、休むことなく食べ続けた。そこに至る過程においてへまをしたにしても、きちんと食事できたことは、気分をよくしてくれた。ケイトリンは椅子から立って皿とカトラリーをシンクへ運び、カップにコーヒーを注《つ》いだ。それを持って仕事部屋へ戻ろうとしていたところへ、電話が鳴った。

「もしもし？」

「ミス・ベネット、ミスター・ワークマンがお見えですよ」

「おはよう、マイク。上がってもらって」

「おはようございます。具合はよくなりましたか？」

ケイトリンはにっこり微笑《ほほえ》んだ。「元気よ。新入りのお孫さんは、どう？」守衛の笑顔を思い浮かべながらケイトリンは尋ねた。

「そりゃもう、かわいいもんですよ。気にかけていただいて、すみませんねえ」

受話器を置いたケイトリンの背後に、マックがやってきた。

「誰だった？」

振り向いたケイトリンは、二人のあいだの距離を目で測り、安全だと判断した。

「アーロンが来るわ。わたしは着替えるから、出迎えてあげて」

マックが片方の眉を上げた。「あいつのために着替えるのかい？」

ケイトリンは思わず笑って答えた。「ずっと寝間着でいると、野蛮人って言われちゃうの」

もう一方の眉毛も持ち上がった。「本当に一日中パジャマのままなのかい？」

ケイトリンは肩をすくめた。「ときどき……いえ、まあ、ほとんどは。それがなんだっていうの？　デヴリン・ベネットの娘だからって、いつもいつも着飾ってなくたってかまわないでしょう」

挑戦的に突き出されたケイトリンの顎。マックは微笑んでしまいそうになった。自己主張したい彼女の気持ちがわかりはじめていた。デヴリン・ベネットの娘であることは楽ではなかっただろう。あらゆる有名雑誌の表紙を飾り、新聞に載り、絶えずニュース番組に話題を提供するような父親だったのだから。

「落ち着けよ、ケイティー。いやみで言ったわけじゃないんだから。ずっと寝間着姿でいるなんて、むしろセクシーかもしれないじゃないか」

ケイトリンの目が丸くなり、心臓の鼓動が一拍飛んだ。

「どういう意味？　セクシー？」

「寝間着姿はベッドを思わせる。中には、それを誘いと受け取る男だっているかもしれない」

「ああ、なるほどね」ショックが表に出ないことを祈りながら、ケイトリンは言った。

「男性の中にも、いいかと思ってわざと食べ物を手で食べたりげっぷをしたりする人がいるけど、わたしはちっとも惹かれないわ。だからおあいこよ。そんなことより、アーロンが来たら中へ入れてあげてちょうだいね。そしてもうわたしをいじめるのはやめて。頭痛がするのよ。議論はしたくないわ」

たちまちマックの目からいたずらっぽい色が消えた。「ちゃんと薬をのんだのかい？　いったいいつから仕事をしていた？　そんな体でコンピュータの前に長時間座っているのがいいわけはないんだ」

思いがけない気遣いに驚いて、ケイトリンはしどろもどろになったが、ちょうどそのときドアがノックされたために救われた。

「アーロンだわ」ケイトリンはキッチンを飛び出して部屋へ急いだ。

マックは首を振り振り玄関のドアを開けた。

「おはよう、弟くん」颯爽《さっそう》と入ってきたアーロンに、マックは言った。

「おはよう」とアーロンも言った。「ケイトリンは？　少しは眠れたのかな？　兄さん、ちゃんとやってくれているだろうね？」

「彼女は着替えてるよ。たぶん眠れたんだろう……少なくともある程度は。おれが起きたら仕事部屋でコンピュータに向かっていたよ」そう言ってから、マックは眉をひそめた。

「この際はっきりさせておくが、おれがあてにならないみたいな言われ方をするのは、心外だな」

アーロンはため息をついた。「ぼくの言ってる意味、わかるだろう。そうぷりぷりしないでよ。とにかく仲良くやってほしいんだよ」

「これ以上仲良くなったら、子どもの養育費不払いで告訴されるような事態になりかねない」マックはぶつぶつとつぶやいた。「コーヒー、飲むか？」

アーロンは呆然《ぼうぜん》としたままうなずき、キッチンへ向かう兄の後ろ姿を見送った。ドアを開け閉めする大きな音。荒々しくカップを扱う音。養育費うんぬんといった冗談についてアーロンが考えていると、ケイトリンがやってきた。

「アーロン、来てくれてありがとう」

彼は目をぱちくりさせた。近づいてくるケイトリンは、妙に不自然な笑みを顔に張りつかせている。彼女の格好にアーロンが気づきもしなかったのは、これが初めてだった。アーロンはケイトリンに対して、女性相手に持てるだけの愛情を持っている。しかし結婚はできない。でも、マックはできる。もちろん双方の気持ち次第だが、あの兄の態度といい、ケイトリンの浮かべている不自然な笑いといい、どうやら何か変化があったらしい。ただ、それがいいことなのか悪いことなのか、アーロンにはわからなかった。

7

シルヴィア・ポランスキーの部屋は、予想とはまったく違っていた。インテリアはシックで、家具調度のたぐいは高価なものばかりだった。彼女が何を生業としていたにしろ、その道で成功を収めていたのは間違いなかった。

ポーリー・ハーンは羊飼いの女をかたどった磁器人形を手に取ると、引っくり返して底の刻印を見た。

「ドレスデンだ」そう言ってテーブルの上へ戻した。「シルヴィア・ポランスキーは売春婦だけど趣味がよかったんだな」

「売春婦かどうか、まだわからない」手がかりを求めて机の引き出しを探っていたアマートが言った。「ニールがそう言ったからって、決まったわけじゃないんだからな」

「あいつのこと、気に入らないみたいだな」ポーリーが言った。

アマートは肩をすくめた。「そんなことはない。ただ髪がふさふさしすぎているだけだ」

ポーリーはにやりと笑った。「二人の被害者を結びつけるようなものは出てきそうにないな」

アマートが体を起こして振り向いた。「おれが何を捜してるか、よくわかったな。超能力か？」

「二人があまりにも違いすぎるからさ。ドナ・ドーリアンはまだ母親と暮らす二十歳の大学生。監察医から聞いたんだが、レイプされるまで処女だったというじゃないか。かたやシルヴィア・ポランスキーは売春婦だ」

「まだそうと――」

「おれはニールの読みが正しいと思うね。彼女はきっと売春婦だ。おれたちをここへ入れてくれた管理人が言ってただろう。彼女は昼間はずっと寝ていて、ひと晩中出かけてるって。ここへは誰も連れてきたことはないって。ここはねぐらなんだ。つまり、マンハッタンのどこかに商売用の場所があるか、客の部屋を使っていたか」

「どうだろうな」アマートは引き出しを閉め、次の引き出しに移った。

ポーリーは肩をすくめた。「じゃあ、仮にだ。仮に売春婦だったとしたら、相当高級な部類だったんだな。こういう最上階の部屋は家賃だって高いだろう。かなりの資産家か、よほどのやり手か、どっちかだな」

「おい、これを見ろ」アマートがレシートの山の下から掘り出したのは、表紙が革の小さなノートだった。

「なんだ？」

アマートが歯の隙間《すきま》からひゅーという音を出した。「昔おやじが言ってた〝秘密の住所録〟ってやつだ」

「どれどれ」

アマートはノートをポーリーに手渡した。

「まったく、錚々《そうそう》たる顔ぶれだよ」

ポーリーはひととおりざっと見たノートを、またパートナーに返した。「やっぱりニールの言ったとおりだったわけだな」

「彼女が株屋か何かだったんなら別だが、まあ、間違いないな」

アマートは振り向き、次に捜索するべき場所を考えながら視線を巡らせた。と、窓近くの壁に飾られた写真が目に入った。よく見ようと、そちらへ歩み寄った。

「彼女だな」写真を指差してアマートは言った。「あのいかれた野郎の手に落ちる前は、こんなにきれいな顔をしていたんだ」

ポーリーもそばへやってきた。「ああ。この写真、署へ持って帰ろう。監察医が送ってきたやつよりずっといい」

アマートは写真を自分のコートの脇《わき》に置いて、さらに調べを続けた。しばらくすると、プライベート用とおぼしき小さな電話番号簿が出てきた。

「家族が見つかったみたいだぞ」とアマートは言った。「母親のものらしい番号がここにある」

ポーリーが顔をしかめた。「殺人事件で何がいやかって、これなんだよ。今度はそっちの番だぞ、家族に知らせるのは」

アマートはソファに腰を下ろして写真を手に取り、その女性の顔をじっと見つめた。肩までの茶色い髪、同じ焦げ茶の瞳に――美しい唇。彼は写真を置いた。

「たまらないな。一生懸命育てた子どもが、こんなことになるなんてな。売春婦を産むつもりの母親なんて、この世にいるわけないのに」

ポーリーは肩をすくめた。「考えすぎだよ、サール。さあ、もう行こう。なんだかここにいるとぞくぞくしてくる。電話番号簿が見つかったんだから、署へ帰ってから調べればいいじゃないか。とにかくここを出よう」

二日後

風の音に起こされたケイトリンは、部屋の温度がずいぶん下がっているのを感じた。目を開けるとまだ真っ暗だった。時計を見ると、午前三時前。暖房を強くしておかないと、朝にはすさまじい寒さにさらされることになる。ケイトリンはしぶしぶ明かりをつけ、ベッドから這《は》い出ると、靴下だけをはいた足でそっとリビングルームへ向かった。サーモスタットの位置はわかっているから、壁を手で探ってつまみを二段階ほど上げた。音が大きくなったのを確かめ、ベッドへ戻ろうとしたが、廊下へ出たとたん足が止まった。彼女の部屋の入口に、スウェットパンツをはいただけのコナーが立っていた。

「どうした？」

「寒くなってきたから。サーモスタットの設定を少し上げてきたの。ごめんなさい。起しちゃったわね」

「きみに起こされたんじゃない。もともと眠ってなかったんだ」

マックが一歩足を踏み出すと、部屋の明かりがいっぺんに彼を包んだ。温かな乳白色の光の中で、彼の体が輝いている。ケイトリンの息が止まった。きれいに割れて波打つ胸から腹にかけての筋肉。ああいうのを重量挙げの選手はシックスパックと呼ぶのだろう。それに、スウェットパンツを腰のあんな低いところではくなんて。ケイトリンはとっさに胸の前で腕組みをして、何を話していたのか思い出そうとした。眠れるとか、眠れないとか、たしかそういう話題だった。

「眠れないって、具合でも悪いの？」

「いや」

「もう三時よ」

マックは、うろたえたような彼女の表情を見つめた。こっちも同じ顔をしてしまっているのだろうか。ケイトリンに対するこの気持ちは実に厄介だ。

「わかってる」彼はさらにもう一歩彼女に近づいた。

ケイトリンは身を縮こまらせた。頭が混乱して足が動かない。

「つらいの？　不眠症なの？」そう言ったあとケイトリンは、マックのため息を聞いたように思った。

確かにつらい。だが、不眠症でつらいんじゃない。きみだよ、きみのせいなんだ。

ケイトリンの乱れた髪、打撲の跡、例のお粗末なフランネルのパジャマ。それらを見ながらマックは不思議でならなかった。いったいなぜ、彼女を抱く夢ばかり見るのか。

「まあ、そんなところだ」

「バスルームに睡眠薬があるけど。でも二つ以上のんじゃだめよ。明日の夜まで目が覚めないから」

「おれはドラッグはやらない」

ケイトリンは、かっとなるのが自分でもわかった。「わたしはやってるって遠回しに言ってるの？　もしそうだったら、はっきり――」

次に気づいたとき、ケイトリンは壁に押しつけられていた。それでも肩を押さえる彼の手は優しい。

「おれは遠回しに何かを言おうなんて思っちゃいないよ、このひねくれ者め。だが、もしもまたきみがおれを刺激したら、今度は本当にただじゃすまない」

ケイトリンが口を開く前に、マックの頭が下りてきた。彼の温かい吐息がかかり、続いて両手が肩から背中へ回って彼女の体を引き寄せた。

ケイトリンは反射的に手で防ごうとした。

それが間違いだった。

マックを押し戻す代わりに、気がつくと彼の胸に手のひらを当て、伝わってくる心臓の鼓動を感じていた。

そして彼女は、次の間違いを犯した。

顔を上げたのだった。

「警告したはずだ」マックはささやいた。

温かい唇。優しく、それでいてまとわりつくようにいつまでも、ぴったりと重ねられる唇。ケイトリンはわれを忘れた。命を狙《ねら》われていることも、降りしきる雪も――すべてが忘れ去られた。通り過ぎたものごとすべてが、取るに足りない些細《ささい》なことに思えた。今は――今、このときだけは――生まれ変わったように思えた。ただ一度のキスで、すべてをやり直せるような気がした。

ケイトリンのうめきを聞いて初めてマックは正気に返り、すぐさま彼女を離した。痛い思いをさせたにちがいなかった。

「ああ、ケイトリン、悪かった。傷つけるつもりはなかったんだ」そう言ってマックは両手で頭をかきむしり、顔をそむけた。彼女の非難の表情は、もうたくさんだった。「きみといておれがまともにできるのは、謝ることだけみたいだ」

ケイトリンは朦朧《もうろう》としたままマックを見つめた。懸命に彼の言葉に心を添わせようとしても、眩暈《めまい》がして胸の鼓動はあまりにも激しかった。唇にはキスの余韻が色濃く残っていて、二人が離れたことを確かめるためにはそこに触れてみなければならなかった。そうしてからようやく、ケイトリンは震える息を吐いた。

「どこで情報を仕入れたのか知らないけど、わたしは文句なんかつけてないわよ」

ケイトリンは顎をつんと上げて部屋へ入った。そして、彼を招じ入れたい衝動に自身が屈してしまう前に、急いでドアを閉めた。

マックは自分のしたことに動揺しながらも、彼女を追って部屋へ入るという選択もあり得ると真剣に考えた。しかし幸いなことに、理性がよみがえってきた。みずからの愚かな行いをののしりつつ、彼は回れ右をしてすたすたと自室へ戻った。密《ひそ》かな絶望を胸に、ベッドの端に腰を下ろす。

とっくに学んだはずだったのに。自制心は、午前零時から夜明けまでのあいだに失われがちになると。マックはケイトリンを守るためにここへやってきたのだ。彼女の人生を今以上に難しくするためじゃない。彼自身も、複雑な関係はごめんだ。マックは結婚して家庭を持つようなタイプではないし、ケイトリン・ベネットは戯れに男と寝るような女ではない。互いに惹《ひ》かれ合っても、彼女には怒りと混乱が、彼にはくすぶる欲望と傷心だけが残されるとは、なんと無惨なことだろう。

絶え間ない風のうなりに耳を傾けるうちに、マックの不安は本物の恐怖にまでふくらんでいった。激しい吹雪に閉じ込められた中で、二人とも、互いへの欲求をいつまで抑えていられるだろうか？


バディはアパートの中をそわそわと歩き回っていた。やはり仕事に出たほうがよかったか。まだ夜は明けたばかりだ。今日は休むと言ってあるが、取り消そうか。彼は窓辺で足を止めて顔をしかめた。

すさまじい風と、先が見えないほどの雪。車は這うようにのろのろとしか進まない。人影はまばらで、出かける勇気のあった人々も、特定の目的地へ向かって進むことより、コートを飛ばされないようにすることと立っていることのほうにずっと多くの時間を取られている。バディは身震いをして窓辺を離れた。考えはすっかり変わっていた。仕事なんてとんでもない。尻を凍えさせる以外にも、暇をつぶす方法はあるだろう。

売春婦を殺したときの高揚感は消え失《う》せ、不愉快な事実だけが残った。身代わりを何人殺そうと、本当のターゲットはまだ生きている、という事実。

リビングルームからベッドルームへと移動したバディは、新聞の切り抜きと、壁を埋め尽くす彼女の写真を眺めて心を落ち着けた。ベッドの上にはポスターサイズの写真がかかっていた。顔は繰り返し傷つけられて美しさが台なしだが、それぐらいでは彼の怒りは収まらない。バディが正義の裁きをしようというときにボディガードが現れたのは計算外だったが、大勢に影響はない。あの女を仕留める方法はいくらでもあるのだし、バディは辛抱強い性分だった。

じっと立っていると、静けさが身にしみた。ときおり風にあおられて窓ががたつくほかは、すべてが雪に埋もれたように静かだった。バディは目を閉じてゆっくりと深呼吸をした。自分自身の心臓の鼓動だけに精神を集中させる。しばらくそうしてから、ベッドにもぐり込んでカバーを引きかぶり、心を解き放った。じっと耳を澄ましていると、いつもはせわしなく頭の中を駆け巡っているものの動きが緩やかになり、胸のうちに平穏が広がっていった。

うとうとしかけたとき、部屋の静寂が破られた。何かを引っかくような音がひとしきりしていたかと思うと、ちゅうちゅうという鳴き声がはっきりと聞こえた。バディのまぶたがぱっと開き、怒りで鼻の穴がふくらんだ。給料のかなりの部分がここの家賃に消えるのだ。高級な部類に入る住宅地なのに、たった今、バディは間違いなくあれを聞いた。壁の中にねずみがいる。ねずみと暮らすのは子どものころだけでたくさんだ。あんなみじめな思いは、二度とごめんだった。

バディはベッドから出ると歩きながら服を着て、決然と部屋を出た。エレベーターの前まで来たとき、照明がちらちらと点滅した。エレベーターに閉じ込められるのはまっぴらだったから、階段を使って五階から管理人室まで下りた。一階へたどり着くころには、彼は激怒していた。ノックの激しさにもそれは表れていた。

「どなた？」管理人が答えた。

「おれだよ！」バディは声を張り上げた。「五〇五号室の住人」

がちゃりと鍵《かぎ》の音がして、チェーンをつないだままドアが開かれた。バディの顔を見てから、管理人はホールへ出てきた。

「どうかしましたかね？」

胸のうちとは裏腹に、バディは努めて穏やかな声で言った。

「部屋の壁にねずみがいるんだ」

管理人が不安げに目を見開いた。「まさか」

バディはゆっくりと息を吸って平静を保った。「その、まさかなんだよ。鳴き声が聞こえたんだから」

管理人が肩をすくめた。「おたくの言ってることが正しいとか間違ってるとかって話じゃなくて。わたしはね、ただここで仕事をして、ここで暮らしてるだけなんですわ。おたくと同じですよ」

「その仕事には、店子《たなこ》の苦情を処理することも含まれているだろう。地下室にねずみ捕りを仕掛けて、大家にも知らせてくれ。訴えられるような羽目になる前に駆除業者を入れたほうがいいってな」

管理人は眉根を寄せた。「ねずみで訴訟には勝てないでしょう。町中ねずみだらけなんだから」

バディはこぶしを握りしめた。このしたり顔を思いきり殴りつけたい。突き上げる衝動を、かろうじて抑え込んだ。

「これだけの家賃を取る部屋にねずみがいちゃあいけないな」バディは言った。「おれの仕事、知ってるだろう。上のほうにコネもあるんだ。あんたも大家も、厄介なことにならなきゃいいけど。まあ、考えておいてくれよ。ゆっくり、じっくりと。わかってもらえたかな？」

管理人はどぎまぎとうなずいた。相手の実際の力は不確かとはいえ、反論しようとは思わなかった。

「ええ、わかりましたよ」

「じゃあ、部屋へ戻るが」バディは管理人の柔らかい胸の肉に指を突きつけた。「かりかり壁を引っかく音や鳴き声を、これ以上おれが聞くことのないよう祈っていてくれよ」

バディは管理人の返事を待たずに勢いよくきびすを返すと、足音高く階段をのぼって部屋へ戻り、ドアを叩《たた》きつけて鍵を閉めた。

マックはジーンズのポケットに両手を入れてリビングルームの窓辺にたたずんでいた。ケイトリンと二人きりで雪に降り込められていると、どうにかなってしまいそうだった。一日の半分は彼女の首を絞めてやりたいと思い、残りの半分は彼女の服を脱がせたくてうずうずしている。

「まだ降ってる」

「そうね」ケイトリンは校正作業中の原稿から顔を上げずに応じた。

マックが小さく毒づいたようだったが、ケイトリンは聞き流した。いらいらするのはわかるけれど、天気を変えるわけにはいかないのだ。数日前から降り続いていた雪が夜半過ぎには本格的な吹雪になった。もちろん、二人が廊下で交わしたキスを吹雪のせいにはできない。あのあと臆病《おくびょう》者のようにこそこそと逃げ帰ったケイトリンだったが、夜が明けるまでには、あれには深い意味はなかったのだと自分を納得させることができた。それなのに、さっきからマックが獲物を狙う獣のように歩き回って、彼女を落ち着かなくさせている。彼がこちらを振り向いた。そして案の定、こう切り出した。

「ケイトリン、話があるんだ」
ケイトリンは原稿に赤ペンで小さなチェックを入れてから、顔を上げた。
「何？」
「おれたちのあいだにあることが起きつつある——おれが予想もしていなかったことが」
彼の率直さに不意を突かれて、ケイトリンはすぐには返事ができなかった。
「自分でもよくわからないんだ……ずっと二人きりで閉じこもっているせいかもしれない
し」マックは言った。「つらい目に遭っているきみに同情しているだけかもしれない。と
にかく、クライアントに気まぐれにキスしてしまうなんて、まったくおれらしくない」
開きかけていたケイトリンの唇が閉じ、目が険しくなった。「わたしはクライアントじ
ゃないわ。わたしはあなたを雇っていないでしょう？　出ていきたければいつでも出てい
ってくれてかまわないのよ」
マックはため息をつき、苛立《いらだ》たしげに両手を髪に突っ込んだ。
「ほらな？　おれたちは馬が合わない。きみはおれを嫌いだし、正直言っておれもきみを
好きじゃないと思っていた。それがこんなことになってしまったわけだが、誤解してほし
くないんだ」
「誤解なんかしてないわ」ケイトリンは言った。「あなたがわたしにキスをしたのは、二
度とも腹立ち紛れにだった。気持ちの切り換えに必要なカウンセリングみたいなものでし

ょう」

マックはまじまじと彼女を見つめ、それから高らかに笑いだした。まさか笑われるなんて、ケイトリンは思ってもいなかった。

「何よ？」彼女はむっとして言った。

ケイトリンの座っているところまでやってきても、まだマックは笑っていた。そして、犬をかわいがるようにして彼女の頭のてっぺんの髪をくしゃくしゃに乱した。

「いいことを教えてあげようか？　きみはなかなか鋭いかもしれない。もう二時過ぎだ。腹が減らないか？」

ケイトリンは肩をすくめた。「どうかしら。考えてなかったわ」

「じゃあ、考えてくれよ」マックはケイトリンの手をつかんでソファから立たせると、キッチンへ引っ張っていった。「おれは腹ぺこなんだ。退屈もしてる。だから食べさせるか、さもなければベッドへ行くか、どっちかだ」

ケイトリンは苦笑いをして彼の腕にパンチを入れた。初めての、親しみのこもったやりとりだということには気づいていなかった。

「天変地異でも起きない限り、わたしがあなたと一緒にベッドに近づくなんてこと、あり得ないから」

マックはにやりと笑って窓の外を指差した。「言葉の選び方には気をつけるんだな、ケイトリン。このところの天候はどうだい?」

ケイトリンは一瞬ぎょっとしたものの、すぐにまた笑いながら冷蔵庫へ歩み寄った。マックがついてきていないとも知らずに。

今のマックにはどんな動きも無理だった。ケイトリンの笑顔に魅せられ、笑い声を聞いたとたん動けなくなってしまった。気がつくと、冷蔵庫の中をのぞき込む彼女の揺れるお尻と、しなやかな動作にただ見とれている自分がいた。

おい、マック……まずいぞ。耐えるんだ。

そのときケイトリンがこちらへ向き直った。片手にピーナッツバターの瓶を、もう一方の手にはピクルスの瓶を持っている。

「マック?」

「うん?」

「ピーナッツバター・サンドウィッチは好き?」

緑色の大きなピクルスの詰まった瓶を、マックは呆然《ぼうぜん》と見た。「ピーナッツバターとピクルスのサンドウィッチ?」

「ジャムもあるけど」

「そっちがいい」

ケイトリンはまじまじと彼を見た。「あなたってもっと大胆な人かと思ってたのに」

「大胆なのと、げてもの食いとは違うよ」

両手の瓶をカウンターに置き、ケイトリンは冷蔵庫からパンとジャムを取り出した。マックは歯を食いしばってシンクへ向かい、手を洗った。耐えるんだ。絶対に。二人でピーナッツバター・サンドウィッチを食べる。いがみ合う。ときには笑い合ったりもするかもしれない。けれど、もうキスはしない。絶対にしない。

マックが手を拭《ふ》いているとき電話が鳴りだした。ケイトリンが受話器を取った。耳と肩で器用にそれを挟んで、パンにピーナッツバターを塗りはじめる。

「もしもし？」

「ミス・ベネット、ニール刑事です。具合はいかがです？」

ケイトリンは頬を緩め、ピーナッツバターを持ったまま壁にもたれた。

「ニール刑事、ありがとうございます、わざわざ電話をくださるなんて。おかげさまでずいぶんよくなりました。もちろんビューティーコンテストで優勝するのは無理ですけど、それは事故に遭わなくたってそうなんですものね」

「いや、決してそんなことはありません」ニールが言った。

ケイトリンはますます嬉《うれ》しそうに笑った。

「まあ、どうもありがとう。優しいのね」

彼女の顔にさまざまな感情が浮かんでは消えていくのを、マックは離れたところからじっと見ていた。なんだってあんなに大事そうに受話器を持つんだ。それに、あの間の抜けた笑い顔。まったくいまいましい。マックはピーナッツバターの瓶を彼女の手から奪い取ると、自分の皿にパンを二枚乱暴に置いて、片方にピーナッツバターを、もう片方にジャムを塗りつけた。叩きつけるように二枚を重ね合わせた瞬間、ケイトリンが楽しげに笑った。彼女が何をしようとかまうものか。どこの誰が彼女を嬉しがらせようと悲しませようと、知ったことじゃない。おれに必要なのは、食べるものとジョージア行きの航空券だ。

マックはむしゃむしゃとパンを噛《か》みながらコーヒーをカップに注《つ》ぎ、大股に窓辺へ向かった。歩きながらはたと気づいた。ここへ来てからというもの、ケイトリン相手に欲情することと窓の外を眺めること以外、ほとんど何もしていないではないか。

まったく、なんて雪だ。不愉快で忌まわしくて憎らしい、くそ雪め。

ケイトリンがまた笑った。マックは鼻の穴をふくらませてサンドウィッチにかぶりつくと、目を怒りに細めたまま上唇についたピーナッツバターを舐《な》め取り、パンを噛んだ。

憎らしいくそピーナッツバターめ。

そのときマックは、電話が終わりに近づきつつあることに気づいた。彼が振り向くのと同時に、ケイトリンがさようならと言った。

「そうしてくださるととても嬉しいわ」まだしゃべっている。「ええ。本当にどうもありがとう」

受話器を戻すときにも、ケイトリンの顔はまだ微笑《ほほえ》んでいた。その顔できょろきょろと周囲を見回してピーナッツバターを見つけ、サンドウィッチ作りの続きに取りかかった。マックはパンをのみ込みながらそんな彼女を観察した。皿に当たるナイフの音や、ほとんど聞こえないほどかすかな彼女の息遣いに耳を傾け、彼女が開けた瓶から立ちのぼるピクルスの刺激臭を嗅《か》いだ。とうとうマックは、我慢できなくなった。

「それで?」

ケイトリンが顔を上げた。マックの口調に驚いている。

「それでって?」

「あの刑事だったんだろう?」

「ああ……ええ、そうよ、あの人」

「何か新しい情報でも?」

ケイトリンは怪訝《けげん》そうな顔をして指先についたピーナッツバターを舐めた。

「そういうわけでもなかったわ。どうもわたしの具合を心配して電話をくれたみたい。ありがたいことだと思わない?」

マックは食べかけのサンドウィッチを皿に放《ほう》り出し、コーヒーカップを棚に置いた。その顔には、皮肉たっぷりの薄ら笑いが浮かんでいた。

「そうだな、ケイトリン、ありがたいよ……ありがたくて涙が出る。実際、そんなにすばらしい人は聞いたことも見たこともないよ」

あまりにも意地の悪い言い方に、ケイトリンは一瞬言葉を失った。

「そう」とつぶやいてしばらくしてから、彼女は立ち直った。「それってちょっと子どもっぽいんじゃないかしら。誰かがわたしの具合を心配してくれると、何か不都合でもあるの？」

「別に」

「だったら、妙な言いがかりをつけるのはやめてよ」ケイトリンはサンドウィッチ作りの続きに取りかかった。「何も知らなければ、あなたが嫉妬《しっと》してるんだと思っちゃうところだわ」

「あり得ないね」マックはくすくす笑ってみせたが、足が震えそうになった。ああ、そうなんだ。そうなんだよ。おれは嫉妬している。

何かをしなければと必死にあたりを見回したマックは、サンドウィッチを手に取ってがぶりとかぶりついた。けれども噛めば噛むほど、確信は深まるばかりだった。自分の人生をコントロールできなくなりつつある。ここへ来たのは、弟から助けを請われたからだったのに。マックのことを蛇か何かのように扱うお堅い本の虫に、惚《ほ》れるためではなかったのに。

ケイトリンは自分のサンドウィッチを四つに切り分けると、皿をテーブルに運んだ。

「うーん」最初のひと口を食べ、満足そうに目玉を回す。マックは思わず息をのんだ。あのおぞましいピーナッツバターとピクルスのサンドウィッチぐらい彼女に気に入られる方法がわかれば、どんなにいいだろう。

「何本か電話をかけなきゃならないんだ」と彼は言った。「仕事の関係とか……まあ、いろいろ」

「どうぞご自由に」ふた口目を頬張りながらケイトリンは言った。

「自由になるものなんか何もないよ、人生には」マックはつぶやき、キッチンから立ち去った。

8

マックは手紙の束を放《ほう》り出して腰を上げた。額には深い皺《しわ》が刻まれていた。ケイトリンあての脅迫状をはじめから全部読み直してみたのだが、一通ごとに悪意がエスカレートしているのは明らかだった。警察がこれを読んですぐに動かなかったとは、いまだに信じられない。明らかに常軌を逸している手紙なのに。

ＦＢＩでプロファイリングをしている友人に、すべてをファックスで送った。あとは、マックの考えた犯人像が当たっているかどうか、返事を待つしかなかった。ケイトリン・ベネットの命が、差し迫った危険にさらされているのは間違いない。だが、顔のない敵にどうやって立ち向かえばいい？　マックはかつて優秀な刑事だった。そして今は、自分でも思っていなかったほどの成功をビジネスの世界で収めている。しかし今回の件では、よほど有力な手がかりがつかめない限り、ケイトリンは今のまま――引き金が引かれるのをおとなしく待っている、いいかもでしかないのだ。

「どう思う？」

マックは振り返った。ケイトリンが両手を腰に当て、首をかしげて戸口に立っていた。

食べてしまいたいぐらいきれいだと思う……。「きみが心配するのは当然だと思う。これを書いたやつは完全にいかれちまってる」

ケイトリンが青ざめた。

彼女の顔が恐怖に歪《ゆが》むところなど見たくはなかったが、わかっていることを隠しだてするのはフェアではなかった。

「FBIにいる知り合いからの連絡を待っているんだ。彼女がきっと力になってくれる」

「知り合いって、何をしている人？」ケイトリンが興味深げに尋ねた。

「プロファイラー」

「まあ！」執筆中の作品のことを思い出したとたん、好奇心が不安にまさった。「電話がかかってきたら、プロファイリングのこと、ちょっと聞かせてもらってもかまわない？」

マックはため息をついた。「ケイティー、今のきみはそんなことを言ってる場合じゃ――」

「今、書いてる話の中にね」ケイトリンは続けた。「手こずってるシーンがあるのよ。もし本職に取材できれば――」

マックは笑いだした。「やれやれ、きみという人は。たいしたものだ」

「何がそんなにおかしいの？」

「命を脅かす脅迫状を受け取った。トラックにはねられた。それでもなお、隙《すき》あらば取材をしようとしている」

ケイトリンが照れ笑いを浮かべた。「わかったでしょう。わたしたちはみんなこんなふうなのよ」

「わたしたち?」

「作家よ。同業者はみんなそうだと思うけど、リスが木の実をため込むみたいに、実体験をためておかずにいられないの。作家の性《さが》ね。ためたうちの何をいつ使うことになるか、自分でもわからないんだけど」

マックが眉をひそめた。「恐ろしいな。きみの作品におれを登場させたりしないでくれよ」

ケイトリンはすまして言った。「もちろん、しないわよ……女性に対して偏見をいだいている男性優位主義者が必要にならない限り」

「おれは女性に偏見なんか持っていない」

男性優位主義者の部分は否定しないのね、とはケイトリンは言わずにおいた。

「持ってるわよ。賭《か》けてもいいわ」

つい乗せられてしまったマックは、気がつくと言ってしまっていた。「何を賭ける?」

ケイトリンは少し考えてから、にっこり笑った。「もしもわたしが勝ったら、公園へ行って雪だるまを作らせてもらう」

「冗談じゃないよ、ケイトリン。今、外へ出たら凍え死んでしまう」

「でも雪はもうやんだわ」

マックはため息をついた。「じゃあ、もしきみが負けたら、おれに何をしてくれる？」

ケイトリンはためらった。どの程度までなら休戦をあてにしていいのか、よくわからなかった。

「あなたが何を好きなのか、知らないもの」

マックの顔にゆっくりと笑みが広がった。「おれは女性が好きだ」

ケイトリンが唇を引き結んだ。「それはわかってる。アーロンからいつも聞いてるから、あなたの華々しい武勇伝」

マックの笑顔がしかめ面に変わった。「その言い方は違うだろう。おれは独り身なんだ。独身生活がどういうものか、きみだってわかってるはずだ」

「あなたの言う〝独身生活〟というのが、見境なく誰とでもつき合うという意味なら、いいえ、わたしにはわからないわ。わたしは軽々しいつき合いはしないのよ、コナー・マッキー」

「わかってるよ」マックはしみじみと言った。「それもあっておれは困ってるわけだから」

ケイトリンが怪訝《けげん》そうに目を見開いた。「どういう意味？」

「おれがこういう状況に陥ったのは初めてだと思うんだ」

「どういう状況？」

「本当のことが聞きたいかい？」

聞きたいのかどうか、ケイトリンは急に自分でもわからなくなった。「ああ……賭《かけ》の話はもう忘れて。ちょっと出かけてくる。一緒に来てくれてもかまわないけど」

「とにかくおれは偏見なんか持ってないから」

ケイトリンは探るような目つきでマックを見た。

「あなたは、大きなおっぱいと丸いお尻と折れそうなウエストの女性が好きでしょう。くすくす笑いながらしゃべる人なら、もっといい。赤毛がいちばんの好みだけど、青い目のブロンドからの誘いも断らない」ケイトリンは腕組みをしてにんまり笑った。「わたしの推理は、どう？」

スキーロッジで一緒だった赤毛の女を言い当てられたようで、マックは情けなく思った。いつからそんなに見え透いた男になってしまったんだ？

「コートを取ってくるよ」

「じゃあ、やっぱり賭はわたしの勝ちだって認めるのね？」

「調子に乗らないほうがいいな。外へ行きたいのならね」

「履き物はどうするの？　普通の靴じゃだめよ」

「無理やりつき合わせるくせに、人の体を心配してくれるのかい？」

「コナー、お願いだから――」

マックはにやりとして言った。「古いブーツを持ってきてる。それで大丈夫だろう」

「着替えてくるわ」ケイトリンはきっぱりと言った。「忠告しておくけど、あなたも着替えたほうがいいわよ。何枚も重ね着をするの。分厚いコートを一枚はおるよりそのほうが暖かいから。わかった？」

「わかったよ、母さん」

「わたしはあなたのお母さんじゃありません。神様、この人のお母様にご加護を」ケイトリンは足を踏み鳴らして出ていった。

そして神様、おれはささやかな思《おぼ》し召しに感謝します。こんな気持ちをいだいている今、ケイトリン・ベネットと血のつながりがなくて本当によかったと思う。

「どこ行くの？　来たばっかりじゃないの」

バディはコートをかかえて振り返った。

「ちょっと用があるんだ。二時間ほどで戻る」

あれこれ訊《き》かれる前に、バディは部屋を出た。コートに袖《そで》を通し、手袋をはめながら二段ずつ階段を下りる。

外へ出た彼は、コートのポケットのふくらみを叩《たた》いて、それがまだあることを確かめた。大丈夫、ちゃんとある。

顔を上げると、衝突寸前のタクシーが三台、けたたましくクラクションを鳴らし合っているところだった。交差点で鉢合わせしたものの、互いに譲る気配はない。衝突する、とバディは身構えた。が、すぐに笑いだした。三台のタクシーは、雪と罵声《ばせい》をまき散らしながらぎりぎりのところですれ違ったのだ。それぞれの乗客の心中は容易に察せられた。

吹雪に閉じ込められていた町はめざましい復活を遂げつつあったが、普段どおりの機能を取り戻すには、少なくともあと二十四時間、いや、四十八時間は必要だろう。そのあいだに成し遂げなければならない、雪とは無関係の使命が、彼にはあった。

通りを歩きだすとすぐに、寒さが平手打ちのように彼を襲った。四つ角で立ち止まったら、吐く息が小さな雲そっくりの形になった。生まれ出たところの暖かさから離れたくないとでもいうように、雲はなかなか消えようとしない。一世一代の賭をしてタクシーを拾うか、それとも時間はかかるが地下鉄を使うか、バディは決めかねていた。そのとき目の前に一台のタクシーがとまり、客を降ろした。神のお告げと受け取って、客が金を払い終わった座席に彼は飛び乗った。

「どちらまで?」運転手が訊いた。

「リバーサイド通り。降りる場所が近づいたら言うから」

バディが座り直してシートベルトを締めると同時に、タクシーは発進した。

雪道をひた走る車の外には、思いがけない光景が広がっていた。それぞれの建物の違いが雪で隠され、すべてが同じように見える。通過するブロックの道路標識がなかったら、堂々巡りをしているような気がしたかもしれない。除雪車はフル回転だが、幹線道路すべての処理を終えるのは夜になるだろうし、脇道《わきみち》まですっかりきれいになるまでにはそれからさらに三十六時間はかかるだろう。

商店主たちは、歩道の雪かきをして自分の店への道筋を確保しようと懸命だった。どこもかしこも雪だらけで、配達のトラックは、荷物を下ろすのに中途半端なとめ方しかできないでいた。

「ねえ、だんな《バディ》、ひどいありさまだねえ」

見知らぬ他人である運転手に名前を呼ばれて彼は仰天した。少したってからやっと、親しみを込めた呼びかけだったのだと気づいた。

「ごめん、なんだって？」

「雪さ。ひどいね」

バディは肩をすくめた。「人生そのものだ」それから不意に彼は防弾用の仕切り板へ顔を近づけた。「次の四つ角で降ろしてくれ」

運転手は車を路肩へ寄せた。金を払って外へ出たとたん、ブーツごと雪に足を取られてバディは小さく毒づいた。タクシーが走り去り、バディはおぼつかない足取りで歩道へ向かった。無事歩道へ上がった彼は、周囲を見回し、目的地に対して今どれぐらいのところにいるのか目算した。

自分のいる位置を割り出すと、バディはにやりと笑った。北へ一ブロック、それから東へ半ブロック行ったら、ベネット・ビルディングの裏へ出る。彼はポケットを押さえて届け物がちゃんとあるのを確かめると、頭を低くして歩きだした。

思っていたより人通りは多かった。変装してくればよかったという思いが、目的地へ近づくにつれて強くなった。しかし市役所に勤める知り合いのおかげで、手元にはあのビルの見取り図がある。それに、一度あそこへ入ったことがあるのを忘れてはいけない。計画どおりに行動するだけだ。そうすればこの身は安泰だ。

バディは腕時計に目をやり、ささやかな贈り物を届け終えるまであとどれぐらいかかるだろうと考えた。顔を上げた瞬間、心臓が止まりかけた。ケイトリン・ベネットとボディガードが半ブロック足らず先からこっちへ向かって歩いてくるではないか。とっさに目の前の店に飛び込んだら、そこは文具店だった。

「いらっしゃいませ」

「ちょっと見せてもらうよ」バディがそう言って入口の脇へ寄ったのと同時に、ケイトリンたちが店の前を通り過ぎた。

生き生きとした彼女の表情を、バディは息を詰めて見つめた。男が何か言ったのだろう、嬉《うれ》しそうな笑顔を仰向ける仕草がいまいましい。そして、不思議でたまらない。もうちょっと賢い女だったはずなのに。命が脅かされているときに、どうして笑ってなどいられるんだ？

二人の姿が見えなくなるころには、バディは怒りに震えていた。そろそろ本気になるべきときが来た。ポケットの中のこれは、ケイトリンのために準備してあるもののほんの一部だ。ああ、壁の蠅《はえ》になって、彼女がこの小さなびっくり箱を開けるところを見られたら。しかしそれが無理である以上、これのせいであの笑みが間違いなく消えるという確信だけで、満足しなくてはならないだろう。

やるべきことはわかっている。ビルの裏にあるメンテナンス用出入口をこじ開け、頭の中の地図をたどり、エレベーターのシャフトを伝って最上階へのぼる。〝贈り物〟を置いて、立ち去る。それだけだ。

マックは迷っていた。ケイトリンの機嫌がいいのだから喜ぶべきか、それとも、仲良くなりすぎないよう喧嘩《けんか》をふっかけるべきか。ケイトリンをむっとさせるたぐいの言葉を口にしようとするたびに、彼女がこっちを見上げてにっこり笑う。だからマックは、何を言おうとしていたのか忘れてしまう。ついに彼は、今日はこのまま成り行きに任せようと決めた。雪のせいで長いこと閉じ込められていたのだから、久しぶりの外出をわざわざ早々と終わらせることはないではないか。

「おなかがぺこぺこ」ケイトリンが指差したのは、大胆にもこの寒さの中で店開きしている屋台だった。「プレッツェルを買いましょう」

「あんなところで売ってるものを食べるのかい？」ショックを隠しきれない声でマックが言った。

あきれたような顔を見せながら、ケイトリンは小銭を取り出そうとポケットに手を入れた。

「意気地なしね。プレッツェルごときが食べられなくて、どうやってわたしを悪者から守ろうっていうの？　それから、わたしお金を忘れてきたわ。あなたが払って」

「おれは意気地なしじゃない」マックはつぶやき、ケイトリンと一緒に屋台の前で立ち止まった。子どもを二人連れた男性に続いて、列に並ぶ。露天商がプレッツェルを扱った手で代金を受け取り、釣り銭を数える様子を、マックは胡散《うさん》臭そうに観察した。「おれの口に入る食べ物を扱う人間には、ちゃんと手を洗ってほしいものだ」

ケイトリンはいたずらっぽく笑って彼のほうへ体を傾け、共謀者のようにささやいた。「あら、あの人だってきっとたまには洗ってるわよ。そう思わない？」

マックは彼女をにらんだ。「おれをからかってるだろう」

ケイトリンは笑い声をあげた。「あなたって単純なんだもの。からかい甲斐《がい》があるわ」

マックは反論しようとしたが、彼女のサングラスに映った自分の姿を見た瞬間、その気が失《う》せた。今の彼は恋煩いの間抜けそのものだった。

ケイトリンが顔を曇らせた。「怒らないで」と悲しげに言う。「そんなに傷つくと思わなかった」

「言い争う気分じゃないんだ」マックはそっけなく答えた。「ほら、注文して」

ケイトリンは前へ向き直った。彼らの番が来ていた。

「プレッツェルを二つ」

「四ドルね」と露天商。

「プレッツェル二つが？」マックは思わず言った。

「文句あるかい？」今日は独占市場であることを相手は十分承知だった。

ケイトリンがもうプレッツェルをかじってしまっていることを考えて、マックは代金を払い、自分の分を受け取って歩きだした。

「これもあっておれはニューヨークを離れたんだ」

ケイトリンが眉を寄せた。「屋台がいやだったの？」

「そうじゃない。何もかも高すぎるじゃないか」

「自分の故郷に値はつけられないけど」

その言葉の深さに、マックは思わず立ち止まった。

「どうしたの？」ケイトリンが訊いた。

マックは彼女の顔を見た。淡い日差しが、薄れつつある打撲の跡を照らしている。彼はため息をついた。

「どうもしないよ」と、そっと答える。「プレッツェルは熱々でうまいし、ケイティー、きみの表現のしかたは見事だ。作家として本物の才能があるってこと、誰かちゃんときみに言ったかな？」

マックに褒められるとか優しくされるとか、そんなことがあるとは思ってもみなかったから、ケイトリンは呆気《あっけ》にとられて見つめ返すしかなかった。

「寒いのかい？」

彼女は首を横に振った。

「帰りたくなったら言ってくれ」

すぐには口をきけずに、ケイトリンは黙ってうなずいた。それから二人は、目に映るものについてときおり言葉を交わしながら歩き、食べた。やがてプレッツェルはなくなり、ケイトリンの頬がばら色に火照りはじめた。

「もう一時間以上になる」マックが言った。「そろそろ帰ろう」

滑りやすいところを通るとき、ケイトリンが転ばないようマックは彼女の手を取った。

そしてそのまま放さなかった。歩けば歩くほど、ケイトリンの喉もとのつかえがふくらんでいった。気をつけていないと、本当に彼に好かれていると思ってしまいそうだった。このところを勘違いしてしまったら、悲惨なことになる。コナー・マッキーのようなタイプは、ケイトリンのような女が深く関《かか》わるべきではないのだ――心に傷を負いたいのでない限り。彼自身がそう言っていたではないか。向こうは女と永続的な関係を結ぶつもりはない。そしてケイトリンは、一夜限りの交わりでは満たされない。いつまでも続く愛が欲しい。家庭を持ち、子どもを産みたい。母親になることはケイトリンの夢だった。まだ見ぬ子どもたちと、共に生きていきたい。金銭であがなえるものには恵まれながら、それ以外のものといえばケイトリンはほとんど何も持っていないのだった。

けれど、もしも、もしも本当にコナーがこちらに好意を持っているのだとしたら。喧嘩してばかりの自分たちのあいだにそれ以外の何かが生まれるかもしれないという希望を、いだけるのだったら。

ベネット・ビルディングへ帰り着いたときには、ケイトリンのつま先の感覚はなくなり、頬は寒さで真っ赤になっていた。二人が入っていくと、守衛のマイクが顔を上げた。

「いい気晴らしになったでしょう、ミス・ベネット？」

「ええ。鼻が凍りついちゃったみたいだけど」

マイクは笑みを浮かべ、ケイトリンの隣に目を移した。「この町はどうです、気に入ってもらえましたかね、ミスター・マッキー？」

マックはにやりと笑った。「雪が解けてから訊いてくれたほうが、ちゃんと答えられると思うね」

「まったく、ひどい降りでしたねえ」マイクが言った。「まだしばらくはこちらにいらっしゃるんでしょう？」

「必要がなくなるまでは」マックは答え、ケイトリンに目をやった。「マイクにも……話しておきたいんだが。かまわないかな？」

ケイトリンは少しためらってから、うなずいた。彼女の住まいの安全を守る人物に、命を狙《ねら》われていることを知らせておかないのは確かに不注意だった。

「ええ。ただ、悪いんだけど、先に部屋へ戻っていていいかしら。ジーンズの裾《すそ》が濡《ぬ》れちゃって。熱いシャワーと乾いた服が必要なの、その順番でね」

マックは、だめだと言いかけてやめた。このまままっすぐ最上階へ上がるだけだ。自分もすぐにあとを追う。なんの問題があるだろう？

「わかった。こっちも長くはかからないから」

ケイトリンはマイクに手を振り、エレベーターへ向かった。歩きながらスカーフと手袋を取る。後ろのほうでは、ケイトリンが怪我《けが》をしたわけや、彼女が直面している危険について、マックが話しはじめている。

エレベーターはいつもどおり音もなく上昇し、ドアが開くと真っ先にホールのテーブルに飾られた花が目に入るのもいつもと変わらなかった。ケイトリンはアレンジメントの前で足を止めて大好きな花のにおいを嗅《か》いだあと、郵便受け代わりのバスケットから郵便物を取り、玄関のアラームを解除して中へ入った。

ドアを閉めると、室内の暖かさが彼女を包んだ。モノトーンのタイルを市松模様に敷きつめた廊下を進みながら、ケイトリンは無意識のうちに湿った手袋を床に落とし、脱いだコートをコート掛けにかけた。赤いマフラーもその上に放り投げた。凍えた足は感覚をなくしているとはいえ、濡れた靴はやはり不快だった。ケイトリンはベンチに座ってそれを脱ぎ、郵便物を持ってリビングルームへ入っていった。一刻も早くシャワーを浴びたかったが、まずは脅迫状のことが気になった。

封書のたぐいをざっと見たところ、問題はなさそうだった。脅迫者が好んで使う黒いブロック体の文字は、どれにも使われていなかった。ケイトリンはほっとしてその束を脇へ置くと、郵便物に紛れていた大きな封筒を手に取った。誰がこんなものをと不思議に思いながら封筒を引っくり返したとたん、彼女は凍りついた。

表には、黒々としたブロック体で記されたケイトリンの名前と、メリークリスマスの文字。中身を確かめるように、封筒を両手で押さえてみた。裏返してもみた。そして、火がつきそうなほど強いまなざしで折り返し部分を見つめた。

ついにケイトリンは深呼吸を一つして封を開けると、コーヒーテーブルの上で袋を逆さにして振った。

中身が落ちてきた。毛と血にまみれた塊が次々に。頭が現れたとき、ケイトリンの悲鳴が響き渡った。


なかなかいい一日だったとマックは感じていた。休戦の取り決めは完璧《かんぺき》とはいかないまでも順調に機能しているし、外へ出たのがどちらにとってもよかった。それに、マイク・マズーカに打ち明けたことによって、まだまだ終わりそうにない戦いの戦闘要員が一人増えたも同然になった。エレベーターに乗り込む足取りも軽い。上昇するエレベーターの中で、マックはケイトリンとの散歩を思い返した。日差しを受けてシルクのようにつややかに輝いていた髪。そういえば、昔からシルクをまとった女性には弱かった。マックがそんなことを思っていると、突然、頭の上から悲鳴が降ってきた。

愛する人が死んでいくのをなすすべもなく見ているしかないような、果てしない数秒が過ぎたあと、エレベーターはようやく止まった。ドアが開くと同時にマックはケイトリンの名前を叫びながら飛び出し、鍵《かぎ》のかかっていない玄関を走り抜け、悲鳴のするほうへ急いだ。

心臓が止まる思いを味わったあと、リビングルームの片隅でうずくまるケイトリンを見つけた。膝につくほどうなだれた頭を両手でかかえて、ちょうど誰かに殴られているときのような格好をしていた。昔、まだ刑事だったころに、車に閉じ込められたまま焼け死んでいく男を見たことがあった。その男の叫び声が、ちょうど今マックが聞いている声に似ていた。魂を揺るがす、真の恐怖に怯《おび》える声。

身構えたマックはすばやくリビングルームを見回したが、ケイトリンは一人だった。急いで彼女を立たせて、抱き寄せた。どこか傷つけられてはいないかとあちこち探ってみても、怯えきった顔以外、異常は見つからなかった。

「ケイティー！　ハニー……何があった？」

マックの声を聞いたとたん、ケイトリンは白目をむいて失神しかけた。

「しっかりするんだ！　何があったのか話してくれ！」マックは彼女の体を揺さぶって正気に戻らせようとした。危険が迫っているのならば、せめてそれがどの方向からやってくるのか知っておく必要があった。

うめき声と共にケイティーの意識が戻った。支えられていないと立っていられないほど、激しく震えている。悲鳴は、大きく喘《あえ》ぐような嗚咽《おえつ》に変わった。

マックは不安でたまらなかった。ケイトリンがこれほど怯えているというのに、自分はその正体を知らないのだ。

「ケイティー、教えてくれ。話してくれないと、助けようがないんだ」

ケイトリンは指差そうとして、顔を覆った。もう一度あれを見ることなど、とうていできなかった。

マックは後ろを振り返ってみたものの、答えはわからなかった。部屋の中を二度行き来した彼の視線が、コーヒーテーブルの上で止まった。目に映るものを理解するまでに、わずかな間があった。

「くそったれめ」マックはそうつぶやき、ケイトリンを窓辺の椅子へ導いた。「座っていてくれ、ハニー。すぐに戻る」

彼はテーブルに歩み寄ったが、そこにのっているものに手を触れることはしなかった。

「郵便で届いたのか？」

「消印はないみたい」

マックの胃が縮み上がった。つまり、そいつはここまでやってきたということだ――少なくとも、このビルの中へ。最悪の場合、ケイトリンの住まいの戸口まで。

しゃがんで封筒の中をのぞくと、何か白いものが入っているのが見えた。マックはさっと立ち上がってコートと手袋を脱ぎ、椅子の背にかけた。ナイフの刃を開き、もう一度しゃがんだ。余計なものに触れないよう慎重に白い紙切れを取り出すと、前かがみになっていた背中を起こした。

メッセージは簡潔だった。

〈次はおまえだ〉

マックはねずみを凝視した。ずたずたに切り刻まれたねずみ。

それが意味するところは明白だった。

ナイフの刃先を使ってメモを裏返してみると、ただの紙切れではなかった。写真の裏側だった――ケイトリンの写真の。

彼女の著作のカバーに使われた顔写真だが、無惨なありさまだった。

ケイトリンの顔を四つに切り分ける線。見つめるうちに、吐き気がこみ上げてきた。この手の犯罪は、アトランタ警察でさんざん見てきたからわかる。自分たちがこれから立ち向かおうとしている相手は、相当に危険だ。

マックは立ち上がりながらナイフを閉じ、注意深くポケットに納めた。おぞましいメッセージをもう一度読む。そして、ケイトリンのほうへ向き直った。彼の胸に渦巻く不安は、激しい怒りへと変わりつつあった。

そのとき、ケイトリンがこっちを向いた。彼の顔を一心に見つめて、希望の光を必死に探している。強烈なパンチを食らったような気がして、マックはうめいた。肉体の痛みとは違う。それよりもずっと苦しい。ときどきわき上がる嫉妬《しっと》と、純然たる欲望。それらが一緒になって生まれた感情に、決して屈しまいと誓いを立てたはずだったのに。

マックはケイトリンのそばへ行き、静かに彼女を腕に抱いた。ケイトリンの悲鳴を聞いてから、彼女が気を失いかけるまでのあいだのどこかで、恋に落ちたらしい。この身にそれが起きないよう、用心していた――生涯、避け通すつもりだった。それでもやはり、起きてしまった。

ケイトリンは、そうするために生まれてきたかのようにぴったりと彼の体に寄り添った。マックは目を閉じて彼女の頭に顎をのせ、腕に力を込めた。すすり泣きを懸命にこらえて、ケイトリンは震える声でささやいた。

「ああ、コナー」

「わかってる」マックは、子どもにするように彼女の背中をさすりながら答えた。

「わたし、死にたくない」

静かにたぎる怒りにマックは身を震わせた。正しかろうが間違っていようが、彼女がどう思おうが、ケイトリンはおれのものだ。

「きみは死なない。このおれが、死なせない」マックはささやいた。「約束するよ、ケイトリン。おれは必ずきみを守ってみせる」

9

ケニー・レイボーヴィッツがベネット・ビルディングのロビーに足を踏み入れたそのとき、携帯電話が鳴りだした。立ち止まった彼は、かかえていたプレゼントを器用に持ち替えて、コートのポケットから電話を引っ張り出した。

「はい、レイボーヴィッツ」

「スーザンです、ミスター・レイボーヴィッツ。二時の約束だった方から、少し時間を早めてもらえないかと連絡がありまして。一時には何も入っていませんが、それでよろしいでしょうか?」

ケニーはすばやく考えを巡らせた。ケイトリンと別れたあと回るつもりの場所がいくつかある。

「ちょっときついな」と彼は答えた。「明日じゃだめかどうか訊《き》いてみてくれ。今日はもうそっちへは戻らないから、電話をくれないか」

「わかりました」

携帯電話をポケットへ戻しながら、ケニーはマイクに向かって手を振った。

「ぼくが来るのは、彼女、知ってるから」と嘘《うそ》をついてエレベーターへ向かう。

「ええ、それはそうでしょうよ」守衛は言った。

ケニーは腑《ふ》に落ちない表情のままエレベーターに乗り込み、ボタンを押した。マズーカのやつめおかしなことを言うものだと思ったが、深くは考えないことに決めて、鏡張りの壁に映ったわが身に見惚《みほ》れた。最上階目指して静かにのぼっていく箱の中で、ケニーは髪を撫《な》でつけながら気取った笑みを浮かべた。ビルのワンフロアを独占するクライアントを持つのは喜ばしい。そのクライアントがビル全体を所有していれば、もっと喜ばしい。そう、ケイトリンのように。もしも彼女が自分のことを単なる広報担当者以上の存在として認めてくれたら、さらに嬉《うれ》しいのだが。そうなるにはまず、彼女との関係を修復しなければならない。そのために今日は来たのだ。

ケニーが腕にかかえた派手な包みは、ケイトリンへのクリスマスプレゼント兼お見舞いといったところだった。退院の日以来、彼女に会っていなかった。あの日、後味の悪い別れ方をさせられたことへのわだかまりは、まだ残っている。ケイトリンだけがクライアントではない。誰よりも金持ちではあるけれども、いちばん利益をもたらしてくれるクライアントでもなかった。しかし彼女と親しくなるために費やしてきた年月を思うと、今さらあきらめるわけにはいかなかった。コナー・マッキーが割り込んできたからといって――

比喩《ひゆ》的な意味でだが――ケニーがケイトリンをあきらめる理由にはならなかった。

だから彼は、エレベーターが止まるとプレゼントを反対の腕にかかえ直し、颯爽《さっそう》と廊下を歩いていってベルを鳴らした。待っているあいだに笑顔と挨拶《あいさつ》の練習をしたのに、出てきたのがアーロンだったせいで、練習の成果は発揮できずじまいだった。

脅迫事件の新たな展開とリビングルームにいる警察に気を取られていたために、ケニーを出迎えたアーロンの態度はひどくそっけなかった。

「ああ、きみか。ケイトリンと約束はしてるのかな？」

ケニーは顔をしかめ、脱いだコートを使用人か何かに渡すようにアーロンに手渡した。

「いいや。彼女の具合が心配で、ちょっと寄ってみたんだ。リビングルームにいるのかい？」

「待ってくれ！」脇《わき》をすり抜けようとするケニーの腕を、アーロンがつかんだ。「行っちゃだめだ」

「どうして？　どうなってるんだ？」

アーロンが声をひそめた。「警察が来てるんだよ。待つんなら、キッチンで待ってもらわないと」

ケニーは眉を寄せた。「警察？　事故の調べは病院にいるあいだに終わったんじゃないのか？」アーロンが目を合わせようとしないので、ケニーはどきっとした。「ワークマン……また何か起きたのか？」

アーロンは肩をすくめた。

ケニーはむっとした。何かが起きたのに違いなかった。クライアントの身に起きたことなのに、自分がそれを知るのはまたしても最後なのか。彼はアーロンの腕からコートを引ったくると、代わりにプレゼントを押しつけた。

「ほら。ケイトリンに渡して、よろしく伝えてくれ。しかし、なんでわざわざこんなことをしているのか、自分でもわからなくなってきたよ。ケイトリンのことならぼくがいちばんに知るべきなのに、いつもいつも最後に回される。秘密だらけの中で、どうやって仕事をしろというんだ？」ケニーは小さく毒づくと、コートに腕を突っ込んだ。「ミス・ベネットに、ぼくが来たとだけ言っておいてくれ。電話番号は彼女が知っている」

ケニーは後ろを振り返ることなく、すたすたと立ち去った。エレベーターに乗り込んだ彼は、すぐさま秘書に電話をかけた。

「スーザン、二時の予定はもう変更したのか？」

「いいえ。先方が話し中でして」

「そうか。電話が通じたら、やはり一時でかまわないと伝えてくれないか。場所は同じでいいんだな？」

「はい。ミスター・レイボーヴィッツさえ一時でよければ、あちらで予約の時間を変更しておいてくれるそうです」

「一時に行くよ」そう言ってケニーは電話を切った。

静かに下降するエレベーターの中で、ケニーはたぎる怒りを秘めた形相をしていた。ケイトリンのそばへ行こうとするたびにのけ者にされ、落ち込む羽目になる。どちらにもうううんざりだった。やるかたない憤懣《ふんまん》をかかえたまま、ケニーはエレベーターから降り立った。

新聞を読んでいたマイクが顔を上げて笑みを浮かべた。

「ずいぶんあっけないんですねえ」

「仲間外れとはそういうものだ」ケニーはつぶやき、歩き続けた。

アーロンは怪訝《けげん》な表情のまま包みをリビングルームへ運んだ。ケニー・レイボーヴィッツの態度はどこか妙だ。ケイトリンを自分の所有物か何かと思い込んでいるのではないか。アーロンの知る限り、彼がそんなふうに思える根拠はないはずなのに。でも、自分がケイトリンのすべてを知っているわけではないのだと、アーロンはみずからに言い聞かせた。もしかするとあの二人はかつてつき合っていて、ケイトリンがケニーを振ったのかもしれない。あるいは、いやがる彼女にケニーがしつこく言い寄っているだけか。アーロンは肩をすくめた。いくら想像したってわからないし、わかる必要もなかった。ただ、ケニーがアーロンを嫌っているのだけは確かだった。こっちがケイトリンと仕事以上の仲なものだから妬《や》いているのだろう。ただ単にゲイが嫌いなだけなのかもしれないし。いずれにしても、気にするだけ時間の無駄だった。なぜなら、アーロンもケニーのことが嫌いだから。

アーロンは手近な椅子に腰を下ろした。刑事たち、とくにコワルスキという女性のほうは、熱心にメモを取っている。ニールは個人的なレベルでケイトリンに関心をいだいているのか、彼女に寄り添うようにして座っている。彼がその席を占めたときの兄の顔を、アーロンは目撃した。どういうわけか、ただではおかないぞというような顔つきをしていた。さらにニールは、さも力づけるようなそぶりでケイトリンの肩に手を置いた。いくらなんでもそれはやりすぎだと、アーロンは密《ひそ》かに思った。

ケイトリンは、ソファの上でお気に入りのアフガンにくるまって丸くなっている。目に涙を浮かべて、怯《おび》えきった表情だ。アーロンの胸が締めつけられた。妹のように愛しているケイトリン。その彼女が命を狙《ねら》われている。脅迫の手口はどんどんエスカレートしてきている。それなのに、容疑者は見つかっていない——わずかな手がかりすらないのだ。

刑事たちの質問にぽつりぽつり答えるケイトリンを見守るうちに、アーロンの眉間《みけん》の皺《しわ》が深くなっていった。彼女は息をするのも苦しそうに見える。精神的に追いつめられているのは明らかだった。相手がちょっと大きな声を出したり、何か物音がしたりするだけで、尋常ではない怯え方をする。

女性刑事のバッグと一緒に床に置かれている大きな封筒をちらりと見て、アーロンは身を震わせた。ねずみは鑑識課に回されるということだが、警察は何が出てくるのを期待しているのだろう。ただのねずみの死骸《しがい》ではないか。ずたずたに切り刻まれているとはいっても……アーロンはまた身震いした。こんな所業を思いつくなんて、いったいどういう神経の持ち主なんだろう?

アーロンの視線がケイトリンからマックへと移った。と、見慣れないものがそこにはあった。これまでなら、二人が互いにいだき合っている反感ははた目にも明らかだった。それが今は、何か別の流れが彼らのあいだにあるようなのだ。それがなんであるか、はっきりとはわからないけれども。

しばらくして、不意にケイトリンがマックのほうを見た。無言でどんなやりとりがなされたものか、マックがすぐさま駆け寄った。隣に腰を下ろした彼の腕を、ケイトリンがつかんだ。こうしていさえすれば安全だとでもいうように、しっかりとすがりついた。アーロンは涙ぐんだ。マックが微笑《ほほえ》んでいる。ケイトリンの足が冷えないように優しい手つきでアフガンをかけ直してやっている。どうやらマックは、身も心も挺《てい》して彼女を世間から守ると決めてくれたらしい。そんなマックに挑もうとする者は、気の毒に、ひどい目に遭うだろう。アーロンは彼らの会話の中身を知りたくなって、椅子の位置を少しずらした。

ニールはケイトリンのほうへ体を傾けると、散漫になりがちな彼女の注意を引くべく、軽く膝に手を触れた。

ケイトリンが振り向き、その目がニールをとらえた。

「何かおっしゃった？」

ニールがうなずく。

「ごめんなさい。なんでしたっけ？」

間違いなく彼女の意識が自分に向いているのに満足して、彼は続けた。「難しい質問だとは思いますが、ミスター・マッキーと一緒に散歩から戻られたとき、ロビーで誰かを見ませんでしたか？」

「ロビーにはマイクしかいませんでした」

ニールの視線がマックに移った。

「ミスター・マッキー、ミス・ベネットと出かけているあいだに、何かいつもと違うようなことはありませんでしたか……たとえば、同じ人物を何度も見かけるといったような――」

「ありませんでしたね」

「確かですか？　よく思い出してみてください。不審な人影とか――」

「ねえ……これでも元刑事ですよ」マックはぶっきらぼうに言った。「つけられていたらわかります」

「そういえば警察を辞められたんでしたね」ニールが言った。

マックは彼に目を戻して眉をひそめた。

「くびになったわけじゃありませんよ。もしもそういうことをお訊きになりたいのなら」相変わらず無愛想な口調だった。「第一、わたしの転職が今回のこととどう関係してくるんです？　わたしじゃなくてケイトリンのバックグラウンドを調べるべきじゃありませんか」

「あらゆる角度から見る必要があるので」ニールはそう返した。

しかしマックの腹の虫は収まらなかった。ケイトリンに対する馴《な》れ馴《な》れしさ。人を見くだしたような態度。どちらも気に入らない。

「ケイトリンが事故に遭ったという知らせをもらったとき、わたしはヴェイルのスキーロッジにいましたよ。あなたたちは？」

思わぬ攻撃にニールがひるんでいるところへ、トゥルーディが割って入った。

「いろいろお尋ねするのは、別に個人的にどうこうという意味ではないんです。警察にお勤めだった方なら、わかってくださるでしょう？」

マックは冷ややかなまなざしをそちらへ向けた。「コワルスキ刑事、でしたね？」

彼女はうなずいた。

「取り調べを受ける側になったことは?」

「ありませんけど——」

「わたしもなかったが、今、はっきりわかりましたね。これは侮辱だ」

「はい?」

「質問内容……質問のしかた……何もかもわれわれを侮辱していますよ。言い方こそ違えど、きみたちは四度もミス・ベネットの記憶力と理性に疑問を呈した。彼女が誰も見ていないと言ったのなら、本当に見ていないんだ。覚えていないと言えば、覚えていないんだ。誰かにつけられていたら……絶対にこのわたしが気づいている」

マックは立ち上がると、トゥルーディの足もとにあるふくらんだ封筒を指差した。

「どこのろくでなしか知らないが、まったくご苦労なことだ。なんの罪もない女一人を驚かせるためだけに、わざわざ薄気味悪い生き物を捕まえて切り刻むとはね。個人的には、こいつはホラー映画の見すぎだと思いますよ。自分がケイトリンと同等になれないのを知っているからこそ、精神的にも肉体的にも彼女を苦しめようとしているんでしょう。さてと、これ以上何もないのならお引き取り願いましょうか。守衛からの聞き取りとビル周辺のチェックをお忘れなく。そうそう……これは覚えておいてもらったほうがいいかもしれない。この家のセキュリティシステムは万全です。設計も設置もわたしがしたんですから、確かです。つまり……犯人がどんながらくたを送りつけるのも勝手だが、彼女には指一本触れられないということです。おわかりですね？」

「爆弾が送られてくるかもしれません」ニールが言った。

「ねずみを切り刻むようなやつに、爆弾を作るほどの頭はない。それに、そんなことをしたらゲームが終わってしまうでしょう？　これは犯人にとってゲームなんですから」

それまで黙ってやりとりを聞いていたケイトリンだったが、マックの最後の言葉は聞き流せなかった。

「マック？」

彼が振り向いた。「なんだい、ハニー？」

「どういう意味？　ゲームって」

マックは苛立《いらだ》たしげに両手を宙へ振り上げた。

「考えてもみてくれよ、ケイトリン。脅迫状が届きはじめてから今までのあいだに、犯人がきみを殺すチャンスはいくらでもあったんだ。でも、殺さなかった。きみが怯えるのを見て楽しんでいるのさ」

ケイトリンが目を大きく見開いた。マックの言いたいことはよくわかった。

「そのとおりだわ」彼女の口調は落ち着いていた。「本当に、あなたの言うとおりよ。わたしはしょっちゅう一人で表を歩いていたんだもの。そのたびにチャンスはあったはずよ。

それなのに、彼は何をした？　手紙を書いただけ。結局、警察の見方が正しかったってことよね！」ケイトリンは勢いよく立ち上がった。「わたしの思い込みだったのかもしれない。トラックにひかれそうになったのは単なる事故だったのよ、きっと。この頭のおかしな人物は、脅迫状だけでしかわたしに接触してきていないんだわ」

アーロンを含む全員が呆気《あっけ》にとられた。ケイトリンの心はとうとう壊れてしまったのか。

「いったい何を言ってるんだ？」マックが訊いた。

「あなたが言ったんじゃない。この人物は、ものを書く。わたしも書く。だけど彼は脅迫状しか書けない。わたしは本を書く。本の中身は彼にとってどうでもいいの。恐怖以上のものをわたしは生み出せる、そのことが腹立たしいのよ、きっと」自分自身に納得させようとするかのように、ケイトリンは首を振った。「つまり、こういうこと」そう言って部屋の中を行ったり来たりしはじめた。「作家が新しい作品に取りかかるとき、彼なり彼女なりは、まったく新しい世界を創造するわけね。さまざまな葛藤《かっとう》や問題をかかえた人物たちをその世界に住まわせる。そして、物語が進行しているあいだは、作家がすべてをコントロールしている。そうね……登場人物が勝手に動きだすこともたまにはあるけど、それはまあ例外よ。要するにわたしが言いたいのはね……歪《ゆが》んだ見方をするならば、作家は生殺与奪の権利を握っているわけ、自分の作品の中では。ところがこの何者かは、なんの力も持っていない。支配できない。唯一、作り出せるものが、恐怖よ。脅迫状ではわたしを痛めつけることはできないけれども、怖がらせることはできる。わたしをコントロールできる」ケイトリンはテーブルを手のひらで叩《たた》いた。「でも、もうおしまいよ！　わたしはもう怖がらない」

ニールが立ち上がり、ケイトリンを追いかけるようにしてそばへ行った。「ミス・ベネット、ぜひとも考え直してください。思い込みは危険です。そんなふうにこじつけてはいけません。こういうやからは何をしでかすかわからないんですから」

「彼の言うとおりよ」トゥルーディも横から言った。

マックは眉をひそめた。そこまで追いつめる必要があるのか。ケイトリンのあの顔。不満と絶望に打ちひしがれているじゃないか。マックは思わず彼らのあいだに割って入った。刑事たちの注意をそらし、ケイトリンにひと息入れさせたかった。

「いいですか」と彼は言った。「今の段階では、次に何が起きるかなんて予測不能なんです。確かなのは、このろくでなし野郎がケイトリンに手を出そうとすれば、まずこのわたしを倒す必要があるということだけだ」

ケイトリンが息をのんだ。かすかな気配だったが、アーロンにははっきりわかった。突然騎士に変貌《へんぼう》した兄をからかおうとして、彼はケイトリンの顔を見た。そして、気づいた。自分たちは邪魔者だ。ケイトリンの力になる役割を、兄弟で交代するときが来たらしい。

「玄関までお見送りしますよ」アーロンは刑事たちに言いながらさっさと部屋を出た。言われたほうは従うしかなく、マックとケイトリンだけがあとに残った。

ケイトリンの驚きはまだ尾を引いていた。マックの言葉は確かに耳に入っていたのに、それが何を意味するのか、今になってやっとわかった。彼の顔をそっとうかがい、怒りに燃える瞳を目にすると、ケイトリンの胸は激しくとどろきはじめた。

「マック？」

口もとに険しい皺を寄せていた表情をわずかに緩めて、彼は答えた。「なんだい、ハニー？」

「わたしに手を出すならあなたを倒してから、ってさっき言ったわよね。あれは本心なの？」

マックの鼻腔《びこう》がふくらんだ。「もちろんだ」

「でも、どうして？　わたしはあなたに意地悪ばかりしてるのに。あなたには嫌われてるものとつい最近まで思ってた」

言葉を探すような様子でマックは大きく息をついた。そして、弱々しく微笑んだ。「おれも、つい最近まできみを好きかどうかわからなかったよ」

「何が変わったの？」

「おれたちだよ」

「でも、どうして——」

「つまり、こういうことだ。食べ物に関するきみの趣味はいただけないが、きみの率直さがおれは好きだ。これまで出会ったどんな女性よりもきみは頑張り屋だ。きみはきれいでセクシーで、キスする相手として申し分ない」マックの声が優しくなった。「最高だよ」

激しく震えだした手を、ケイトリンはぎゅっと握り合わせた。彼に気づかれたくなかった。

「どこをどう押せばセクシーなんていうせりふが出てくるのかわからないわ。こんな、青あざだらけの顔なのに」

「緑色の部分もある」マックは彼女の眉のあたりを指差した。「縫った跡のあたり」

ケイトリンは目玉を回してみせた。「ほんとに口の減らない人なんだから。よくそれで女性たちにもてるわね」

「おれは〝女性たち〟に興味はない。きみに興味があるんだ」

「興味を持ってほしくないわ」穏やかにケイトリンは言った。

マックが一歩近寄り、彼女の顔を両手で挟んだ。

「なぜだ、ケイトリン？　なぜおれがきみに惹《ひ》かれちゃいけない？」

ケイトリンが顔を上げた。真剣な目だった。

「なぜなら、続かないから。無理だから。わたしたち、違いすぎるわ。それに、傷つきたくないの」

「きみを傷つけたりするもんか」マックは、彼女の下唇を親指でなぞりながらささやいた。唇に、続いて頬に、彼の指を感じるうちに、ケイトリンのみぞおちのあたりがうずきはじめた。彼女は身震いをして、思った。もしもマックと深い関係になったとしたら、どれぐらいのあいだ夢を見ていられるのだろう。

「あなたにそのつもりがなくても、傷ついてしまうの。どうしようもないことなの」

「絶対に傷つけない」マックはもう一度繰り返すと、顔を近づけた。

温かい唇が、ケイトリンの唇を優しさで包んだ。やがてそこに力が加わると、ケイトリンは彼の首に両手を回してたくましい胸に身を添わせた。彼女が小さく震えてためらうほどに、マックの欲望はより激しく燃え上がっていった。

不意に聞こえてきた足音に、二人はさっと離れた。アーロンが戻ってきたとき、ケイトリンはキッチンへ向かうところで、マックはポケットに両手を入れて窓辺にたたずんでいた。

「何があったのかな？」アーロンが訊いた。

マックが振り向いた。無表情だった。「うん？」

「とぼけたってだめだよ。さっき見たんだ。二人のお互いを見る目がこれまでと違っていた。ぼくはそりゃあゲイだけど、性欲というものは理解できるよ」

「性欲なんかじゃない」マックは思わず反駁《はんばく》した。そして、小さく畜生とつぶやいた。

「ああ、アーロン、おれは自分がわからなくなった」

「どういうこと？」

「ケイトリンだよ。おれはこんな展開は望んでいなかったのに」

アーロンは手を叩きたいのを我慢して、知らないふりを続けた。「よくわからないけど。こんな展開って？」

ようやくこっちを向いたマックは、にやついている弟をにらみつけた。

「もしもおれがもっとばかだったら、すべてはおまえが仕組んだことじゃないかと思うところだ。おれたち二人をくっつけるためにな。以前からおまえは、そうなればいいのにとしつこく言い続けていただろう」

薄ら笑いを浮かべていたアーロンが、ぱっと顔を輝かせた。「そうなったのかい？」

マックの鋭いまなざしが翳《かげ》った。「そうなったっていうのが、彼女のことが気になって仕方ないってことを指すんなら、ああ、そうなったよ。終わらせないと――さっさと終わりにしないと、だめだ。早いところ脅迫者の正体を突き止めて、解決しないと、おれは後悔するようなことをしでかしてしまいそうだ」

アーロンの笑みが徐々に消え、やがてしかめ面に変わった。

「なぞかけみたいな言い方はやめてくれよ。もっとはっきり言ったらどうなんだい？」

マックはため息をついた。「ケイトリンを好きになった」

アーロンが目を見はった。「それのどこが問題なのか、ぼくにはちっともわからないよ。ケイトリンはすばらしい女性じゃないか。何がいけない？」

「おれは結婚しない主義だ。おまえも知ってるだろう」

「そりゃあ……兄さんは何年も前からそう言い続けてるからね。だけどね、はっきり言わせてもらえば、それは逃げだと思うよ。サラがいなくなってもう何年もたつのに、いまだに兄さんがつき合うのは、結婚という字も書けないような脳たりんばっかりだ。そういう相手だと、本気になるなんて論外だってはじめからわかってるからね」アーロンはふざけてマックの腕を殴りつけた。「やったじゃないか、兄さん、とうとう」

「とうとう？」

「とうとう、恋に落ちたんだよ。さてと、ぼくはケイトリンに挨拶して、さっさと帰るとしよう。二人きりにしてあげるよ」

マックの胃が縮み上がった。「やめてくれ、アーロン。まだ帰らないでくれ。夕飯を一緒に食べていけよ」

アーロンは少し考えてから、首を振った。「約束があるんだ。あと一時間足らずしかない。夕飯も無理だな。デートだから」

マックは両手をポケットに突っ込んで肩を落とした。「楽しんでこいよ」とぼそりとつぶやく。

「兄さんもね」とアーロンは言った。「それと、優しくしてあげるんだよ」

「問題はそこだ。優しくすることと楽しむことは、絶対に両立しない」

アーロンは声をあげて笑った。「そんなに背が高くなきゃよかったね」

マックが眉根を寄せた。「おれの背丈がなんで関係あるんだ？」

「女性の前にひざまずくにも大変だろうなって」

マックは降参のため息をついた。「帰るんじゃなかったのか？」

「帰るところだよ。そうだ……ケイトリンを感激させたくなったときのために、教えておくとね、彼女の好きなのは――」

マックがさえぎった。「彼女が何を好きであろうと、関係ない。おれたちはそんな関係にはならないから。脅迫状の件は、何かわかったら連絡する。さっさと行け。おれは何本か電話をかけなきゃならない。いったい本業のほうはどうなっていることやら」

「ケイトリンと深い仲になるのはいやだって言ってるわりには、彼女が困ったことになってるってぼくが電話したとき、仕事も何もかもそっちのけで飛んできてくれたよね。どうして？」アーロンは両手を掲げた。「ううん、気にしないで。答えなくていいから。だけど、ちょっと考えてみてくれないかな？　ほら、よく言うだろう。好きと嫌いは紙一重って。個人的には、兄さんとケイトリンはずっと前から惹かれ合っていたんだと思うよ。どっちもそれを認める勇気がなかっただけで」

アーロンは軽やかな足取りで出ていった。ケイトリンにじゃあねと言う声が聞こえ、続いて玄関のドアが閉まる音がした。直後に、電話が鳴った。ケイトリンが出るのはわかっていたから、マックは動かずにいた。すると、仕事部屋を出て廊下をこっちへ向かってくる彼女の足音がした。息をこらしてマックは待った。ケイトリンが、電話を手にして入ってきた。

「アトランタからよ……あなたに」

「ケイトリン、おれは――」

「しばらく仕事をするから。おなかがすいたら呼んで」

マックの存在はあっさりと退けられた。彼女の後ろ姿をにらみつけながら、彼は電話を耳に押し当てた。

10

「どう、きれいになったでしょ？」診察室から出てきたケイトリンが言った。傷を縫った糸が抜かれ、代わりに小さな絆創膏《ばんそうこう》が二枚貼《は》られている。

マックは彼女の眉毛を見やり、それから目をのぞき込んだ。

「泣いてただろう」

ケイトリンは顔をしかめた。「抜糸って痛いのよ。でも、きれいになったでしょう？」

「なったね」

「答えは正しいけど、口調が嘘《うそ》っぽい。罰として買い物に連れてってちょうだい」

「買い物？　そんなの予定に――」

「クリスマスはすぐそこなのよ。まだアーロンへのプレゼントを買っていないし、アンクル・ジョンにも何かあげたいわ」

マックが怪訝《けげん》な顔をした。「お父さんに身内はないんじゃなかったっけ」

「そうよ」

「じゃあ、アンクル・ジョンというのは？」

ケイトリンは微笑《ほほえ》んだ。「ジョン・シュタイナー。父のおかかえ運転手だった人。父が亡くなってからも、どうしても引退しないって言って、わたしのために働いてくれているの。血はつながってないけど、わたしの中では身内同然」

こんなにも優しい口調で彼女が話題にするその人物がうらやましくて、マックは思わず憎まれ口をたたいた。

「きみがそこまで忠誠心をいだかせる存在だったとはね」マックは言った。「驚きだよ」

ケイトリンが彼の鼻先で指を振った。「ストライク・ツー。夕食もおごってね」

「調子に乗らないほうがいいな、お嬢さん。さもないと、デザートはそっち持ちだぞ」マックはケイトリンにコートを着せかけながら言った。世話をされる彼女が頬を染めるのが少し嬉《うれ》しい。「で……まずはどこへ行く？」

「〈FAOシュワルツ〉」

「アーロンにおもちゃ？」

「なんでもかんでも反対するつもり？　だったら先に帰ってて。買い物も食事も一人でするわ。男の人にがっかりさせられるのは別に初めてじゃないから」

マックは彼女をにらみつけた。ケイトリンは朝からずっと喧嘩《けんか》腰だった。あのキスに関係があるのだろうと彼はにらんでいた。それなら、教えてやろう。こっちだって誰かに喧嘩をふっかけたくてうずうずしているんだ。ケイトリンは知らないかもしれないが、変化する二人の関係に足場を見つけようとあがいているのは、彼女だけではないのだ。

彼らは無言のままエレベーターの前まで来た。待っているあいだにマックは、彼女のコートのボタンがきちんと留まっていないのに気づいた。

「二つ、留まってないよ」彼女をそっと自分のほうへ向かせて、ボタンに手を伸ばした。「外はひどい寒さだ。今、病気になると困るだろう？」

互いへの反発心が不意になくなった。

「そうね」ケイトリンは、真剣な面持ちでボタンを留めてくれる彼を、静かに見つめた。そして、青い瞳の中にごく小さな金色の斑点《はんてん》があることに初めて気づいた。

「ほら、これでいい」マックは彼女を促し、ちょうどやってきたエレベーターに乗り込んだ。

オフィスビルから表通りへ出たとき、マックは肘にケイトリンの手が差し込まれるのを感じた。

「タクシーを拾おうか？」

「いいえ。〈FAOシュワルツ〉はすぐそこだもの」

二人は歩きだした。ときには人の流れに乗り、ときには逆らって進みながら、ケイトリンはいつになく無口だった。彼女の様子をうかがったマックは、何かおかしいと感じた。

真っ青な顔をして、大きく見開いた目ですれ違う人すべてを確かめるように見ている。考えてみれば、ねずみが届いて以来、これがケイトリンにとって初めての外出なのだ。

「大丈夫かい？」

ケイトリンは黙ってうなずいた。

一ブロック過ぎ、その次のブロックの終わりまで来たところで、信号が赤になった。信号待ちの集団の中にいるとき、マックは彼女の体の震えを感じ取った。彼は何も言わずに守るような仕草でケイトリンの肩に腕を回すと、しっかり引き寄せた。

その優しさに緊張の糸が切れ、ケイトリンは泣きだした。静かに彼の腕の中で向きを変えると、胸に顔をうずめ肩を震わせて、嗚咽《おえつ》しはじめた。

信号が青に変わっても二人は動かなかった。波のような人の流れが、自分たちのところできれいに二つに分かれることにも、マックは気づかなかった。ケイトリンを守ることしか頭になかった。彼は行き交う人々を注意深く観察して心配のないことを確かめると、人の数が少なくなるのを見計らい、建物の軒先へ移動した。腕に力を込めて抱き寄せても、ケイトリンは涙を流し続けていた。

「ケイティー？　どうした？」

「無理なの」と彼女は答えた。「がんばってみたけど、やっぱりできない」

「できないって、何が？」

ケイトリンが顔を上げた。涙が幾筋も頬を伝っている。

「何もなかったようなふりをすること。刑事さんたちにばかなことを言ったのは自分でもわかってる……トラックにはねられそうになったのはただの事故だったなんて。本当はそんなこと思ってないの。背中を押されたのをはっきり覚えてるんだから。誰かがわたしを殺そうとしている。なぜなのか、わたしにはわからない。怖いの。怖くて怖くてたまらないの」

マックは叫びたかった。ケイトリンの身に起きていることの理不尽さに我慢がならなかった。けれども彼にできることといえば、彼女に寄り添うことだけなのだ。

「おいで」彼女の腕をつかんだマックは、足早に縁石のほうへ向かった。車道にはタクシーが何台も走っている。

マックが手を上げると、いちばん近くにいたタクシーが近づいてきた。すぐさま乗り込み、彼はいっそう強くケイトリンを抱き寄せた。彼女はまだ震えていた。震えながら彼の胸に頭を預け、目を閉じた。マックがついていてくれる。ケイトリンは帰り着くまでのあいだそのことを神に感謝し続けた。自分一人ではとうてい乗りきれなかっただろうから。

やがて二人は、ベネット・ビルディングの最上階へ戻ってきた。マックは暗証番号を押してアラームを解除すると、ケイトリンのコートを脱がせた。

「横になるかい？　おなかは？　何か食べるものをこしらえようか？」

ケイトリンは振り向いた。その目はまだ涙をたたえて光っていた。彼女はマックの首に腕を回した。驚きの表情を浮かべるマック。これからしようとしていることは事態をよりややこしくするだけだということを、ケイトリンは自覚していた。

「わたしがどうしたいかって訊《き》いてくれたわね。わたしはあなたに抱いてほしい。怯《おび》えることにはもううんざり。喜びという感情を思い出したいの」

「ケイティー……それは……でも――」

「マック、お願いよ。これほどの理由がなくたってあなたが女性を抱くのは、知ってるのよ。そんなにいやがられるほど、わたしって魅力が――」

マックがひと声うめいた。次の瞬間、彼はケイトリンの足が床から浮くほど強く彼女を抱きすくめた。

「それが問題なんじゃないか。きみが魅力的すぎることが。おれはずいぶん前からきみを抱きたいと思っていた。でもおれが望むことと、おれたちがやるべきことは、まったく相容《あいい》れないんだ。きみを抱けるなら、こんなに嬉しいことはないよ。しかしそうすると、おれたちの関係がすっかり変わってしまうんだ」

「そうとも限らないでしょう」ケイトリンがささやいた。

「いや、変わるんだ」マックはそっと言いながら頭を低くして、涙で濡《ぬ》れた頬にキスをした。

ケイトリンは身を震わせて嗚咽をもらした。「わたしはただ、絶望以外のものを感じたいの。そうしなくちゃいけないの」

マックは彼女を見つめた。風に乱れた髪。わずかに腫《は》れの残る唇。眉の上の小さな絆創膏。頬の内出血はすっかり消えてはいない。それでもこれほど欲望をそそられた女はいなかった。そのことが間違っていると、これほど感じさせられた相手もいなかった。しかしマックには――今のマックには――彼女を拒む力はなかった。あんな泣き顔を目にしたあとでは。

「よし、ベッドへ行こう。喜びという感情をおれが思い出させてやる」

マックはケイトリンを抱き上げ、彼女のベッドルームへ向かった。ケイトリンを下ろしてまず自分の服を脱ぎにかかったのは、無意識のうちに彼女に考え直す時間を与えたかったのかもしれない。けれども彼がスラックスだけになったとき、ケイトリンはすでに靴とセーターを脱ぎ捨てていた。

「待って、ケイトリン……おれが」マックは優しい手つきで残りの服を脱がせると、ベッドカバーをはいで彼女を横たえた。

ケイトリンの胸は激しくとどろき、肌は火照っていた。マックの肉体はしなやかでたくましくて、中心のたかまりは無視しようがなかった。ケイトリンが手を伸ばしてそっとそれを包むと、彼の体が下りてきた。うめき声が聞こえて、熱い息が顔にかかった。あとはすべてが夢の中の出来事のようだった。マックの手。マックの唇。彼女を深くマットレスに沈めるマックの重み。そして、一つになった二人。マックは彼女の肉体を満たしてくれた。約束を果たしてくれた。

これが喜び……喜びという感情。

ケイトリンがマックの腕というシェルターの中でまどろんでいる。焦げ茶色の髪を彼の肩の上で乱して、片方の耳を彼の胸にぴったり押し当てて。マックのほうは呆然《ぼうぜん》と目を見開いて天井を見上げていた。自分に予知能力があると思ったことはなかったが、その考えは改めたほうがよさそうだった。予想したとおり、こうなったことですべてが変化した。彼そのものまでもが、変わった。一人の女に固執したことなど――少なくとも長くこだわったことなど――これまではなかった。なのに今では、ケイトリン以外の誰かと関係を持つのは裏切りのような気がするし、彼女をほかの男に取られるなんて、考えただけでも耐えがたい。

眠っているケイトリンの体がびくりと痙攣《けいれん》し、マックは腕に力を込めた。彼女の眉間《みけん》にはかすかに皺《しわ》が寄り、下唇が震えている。夢を見ているのだ。いったいどんな恐ろしい物語がこの頭の中で展開されているのだろう。

「大丈夫」マックはそっとささやいた。「おれはここにいるよ」

彼の声が届いたのか、こわばっていた彼女の体がほぐれた。

「心配いらない」もう一度ささやく。「きみはもう安全だ」

ケイトリンは吐息をもらしながら寝返りを打ち、彼に背中を向けた。片方の腕がベッドの端からだらりと垂れた。

マックも彼女と同じほうを向いて体を添わせると、カバーを引っ張り上げて自分たちを覆った。ケイトリンの温かさと柔らかさがたまらなく愛《いと》おしい。腕を回し、手をちょうど乳房の下あたりに置いてまぶたを閉じる。抱いてほしいと彼女に望まれたことは誇らしくて、その願いに屈したことは後ろめたかった。自宅に寝泊まりさせるぐらいだから、ケイトリンはマックを信頼してはいたのだ。そして今度は、ベッドに招じ入れた。これで、信頼以上のもの――彼女の知らないもの――が生まれた。それをいつ自分が彼女に告げるのか、いや、果たして告げるときが来るのか、マックにはわからなかった。だが、勇敢なボディガードの役を演じているあいだは、警戒を解いて、心に彼女を入り込ませてもかまわないだろう。

バディはもう一時間も前から時計をにらんでいたが、針が六時を回ったと見るや、机の前を離れてそそくさとドアへ向かった。感情が解き放たれないよう結わえておいた数々の紐《ひも》が、緩みはじめていた。それが明るみに出てしまう前に、同僚たちから離れる必要があった。

もっとまともに理性が働いているときには、後天的な体験も自然にその人の精神の一部になるのだと信じていられた。けれども今や、バディの世界に理性の存在しない時間のほうがずっと長かった。ケイトリン・ベネットに固執すればするほど、彼の精神は壊れていく。職場では責任ある仕事についている。人々が問題解決を求めて彼のもとへやってくる。そしてほとんどの場合、彼は期待を裏切らない。冷静で、理性的でいるために彼がどれほど悪戦苦闘しているか、誰も知らない。どこから見ても、怪しさとは無縁の男。それがひとたび仕事を離れたとたん、正気までどこかへ置き去りにされるのだった。

表へ出てみると、音という音が大きく聞こえ、色と色が交じり合って万華鏡をのぞいているようだった。人々の口が動いているのは見えるのに、何を話しているのかわからない。言葉は頭の中でこだましているものの、子音も母音も曖昧《あいまい》になってついには音の区別がつかなくなってしまった。

パニックに陥ったバディはだんだん足早になり、とうとう駅目指して走りだした。地下鉄に飛び乗って席に体を滑り込ませ、すぐさま頭を窓にもたせかけた。電車が動きだすと、隣の乗客がしきりに腕にぶつかってくる。自分が壊れてしまう恐怖に、彼はおののいた。降りるべき駅名を耳にしたとたん弾《はじ》かれたように席を立ち、乗客を押しのけて電車から降りた。人の流れに乗って地上へと向かう。大都市の胎内から外界へ現れたときのバディは、放《ほう》り込まれた世界の様子を探る新生児のような、苦しげな息をしていた。

「おい、そこ、邪魔だよ」誰かが言った。

「すみません」バディは小さくつぶやいた。ポケットに手を突っ込み、背中を丸めて風をよけながら、彼は歩きだした。

部屋へ帰り着くころにはもう、叫びだす寸前だった。震える手で鍵穴《かぎあな》に鍵を差し込み、玄関に飛び込んだ。力任せにドアを閉めてロックをし、たまった埃《ほこり》も汚れた皿も無視してベッドルームへ向かった。手のひらでスイッチを叩《たた》くようにして照明をともすと、狂気そのものの光景が浮かび上がった。至るところにケイトリンがいる。壁。天井。そして床にまでケイトリンの断片が。何もないのはベッドの上だけだった。バディはコートと手袋をその場に脱ぎ捨てた。続いて、靴と服も。しまいに全裸になった彼は、衣類の山にかまわずベッドにもぐり込み、頭からカバーを引きかぶった。眠るんだ。眠らなければならない。ぐっすり眠れば、すべては正常に戻る。

「バディ……バディ……どこ？」

「ここにいるよ、母さん……ベッドのすぐそばに」

「なんとかして、バディ。お願いだから、この痛みをなんとかしてちょうだい」

バディは耳をふさいだ。もうこれ以上聞きたくなかった。ひと月ほど前から、痛みを取ってくれと毎日懇願され続けてきた。母が闘ってきた相手、癌細胞《がん》が、とうとう勝利を収めたのだった。母の肉の下で腫れ物は大きくふくれ上がり、生命をつかさどる数々の臓器にその毒をしみ込ませていく――母はひと呼吸ごとに肉体の力を奪い取られていく。自分の頭に銃を突きつけるわけにいかない以上、母は死ぬのを待つしかなかった。そして、あ……こんなにも母を愛しているのに、そのときが一日も早く来るようにとバディは祈っていた。

そう思うことへの罪悪感はバディをひどくさいなんだ。自分まで少しずつ死に近づいているような気がするほどだった。母は、バディを愛してくれたただ一人の人だった――何度も自分を犠牲にして、息子に同級生たちと同じ贅沢《ぜいたく》をさせてくれた――そんな母が、死にたいとこれほど望んでいるのに、それをかなえる優しさがおまえにはないのか？　どうしてだ？　どうしておまえはそんなに弱いんだ？

母が咳《せ》き込んで、うめいた。

バディは息を詰めて母を見つめた。次の息を、母がしないことを祈った。が、生まれてこのかた彼の祈りが聞き届けられたことなどなかった。今回もやはり同じだった。

母は大きく喘《あえ》ぎ、シーツに爪を立てた。

バディはベッドの端に頭をのせて目を閉じた。

「お願いです」彼は懇願した。「お願いですから、神様、もうやめてください。母さんはこれ以上耐えられません……このおれも」

「何か……ご用はありませんか？」

顔を上げると、看護師がベッドのかたわらに立っていた。いつの間にやってきたのか、全然気づかなかった。

「いえ……いいえ……結構です」

看護師は優しく微笑むと、母の腕をそっと叩いた。

「かなりおつらそうですね」

かなりつらそう？　バディは看護師を見上げた。なぜ人はみな、そういう言い方しかしないのか。母は死にかけているんだ。どうして〝もうすぐ死にそうですね？〟と言わないんだ？

「かなり痛いみたいで」と彼は言った。

「これ以上痛み止めは使えないんですよ」

「わかってます」

看護師はため息をつき、声をひそめた。

「この痛みもそう長くは続きませんから」

一分が果てしなく長く感じられるのだとバディは言いたかったが、口には出さなかった。

「何かあったら呼んでくださいね」看護師はそう言い置いて立ち去った。

母がうめいた。バディはいきなり立ち上がると、窓に歩み寄った。朽ちていくばかりの土気色の肌を、見続けることはできなかった。

「バディはいい子。母さんの言いつけをよく守る」

背中にナイフを突き立てられたような気がした。バディは、病院の塀の外に広がる夜の闇《やみ》に目をやった。雪が降りはじめていた。寒いのは嫌いだ。早く春になってほしい。春が来たら……。

バディの思考が止まった。春になったら、母はひつぎに閉じ込められて地下二メートルのところにいるだろう。母の春は過ぎ去った。今、母は人生の冬——最後の冬を過ごしている。一刻も早く終わってほしいとバディが願う冬だった。

「痛いのよ、バディ。キスして。母さんを楽にして」

バディは振り返った。苦悩に顔を歪《ゆが》めて、ベッドのそばへ戻った。あたりには死のにおいが立ち込めている。バディは腰をかがめ、息を止める自分を恥じながら母の頬に短いキスをした。

一週間以上も意識の混濁が続いている母だったが、この瞬間は、確かに息子のことがわかっていた。バディの唇が触れたとたん母はもがくのをやめ、呼吸は緩やかになり、体のこわばりがほぐれた。

バディはため息をついた。「愛してるよ、母さん」

母がぱっちりと目を開けたので、バディは後ずさりするほど驚いた。

「痛いの……楽になりたいの」

「無理だよ」バディはささやいた。「無理を言わないでくれよ」

母がまばたきをした。すると、両方の目尻に涙がにじんで流れ落ちた。

「わたしの息子でしょう」

「そうだけど」

「母さんのお願いを聞いて」

そのとき、バディは気づいた。突然はっきりひらめいたわけではなく、ゆっくりとそれは胸に落ちていった。自分が母に何かしてあげられるのは、これが最後なのだ、と。あらゆる感情を押し殺して、バディはベッドサイドの箱からティッシュを取り出すと、手の中で小さく丸めた。

「目を閉じて」バディの優しい言葉に母が従うと、彼は母の鼻にティッシュを押し当てた。跡が残らないよう細心の注意を払った。それから手で口をふさぎ、すべてが終わるのを待った。

手の下で母が大きく身をはずませたので、バディはぎょっとした。静かに死んでいくものとばかり思っていたのに。しかし、息をしようともがく母を見ながら、自分に言い聞かせた。これは生きようとする肉体の本能なのだ、自分は母に頼まれたことを実行しているだけなのだ、と。

か細い指がバディの手首にまとわりつき、しなびた爪が肉に食い込んでも、彼は手を緩めなかった。母に酸素を与えなかった。

突然、終わりがやってきた。母の手が彼の腕から離れてベッドに落ちた。ティッシュをポケットに突っ込んだバディは、心電図モニターにすばやく目をやりラインが平坦《へいたん》になったのを確かめると、ドアへ駆け寄った。

「看護師さん！　看護師さん！」廊下を走りながら叫ぶ。「早く来てください。母が息をしていないんです」

いきなり目を覚ましたバディは、息を喘がせ、信じられない思いで周囲を見回した。ここは母の病室ではない、母は数年前に亡くなった、それを思い出すまでに少し時間がかかった。バディははずみをつけてベッドから出ると、窓辺へ行った。ガラスの向こうを、羽毛のような白い雪片が地上へと舞い降りていく。

畜生、まだ降ってやがる。寒いのは嫌いだ。おまけに雪だ。雪も大嫌いだ。母の葬儀の日は一面の雪景色だった。

身支度をしている最中に、腹の虫が鳴いた。何か食べようと、バディはキッチンへ向かった。

冷蔵庫は文字どおり空っぽだった。食料品の棚をすばやく探った結果、食べたければデリバリーを頼むか外へ出るか、どちらかしかないことが判明した。今夜もまたこの部屋で一人過ごすのかと思うと、急に耐えがたくなった。バディは足早にベッドルームへ戻ると、外出の支度にかかった。ふと思いついて盗聴器の受信機のスイッチを入れてみたが、何も聞こえてこなかった。眠っているのだろう。スピーカーを切ったバディは、腰をかがめてブーツを履いた。また時間のあるときに録音テープを聞こう。とりあえず今は、何か食べたい。

バディは足を止めて首をかしげた。壁の中で何かを引っかくような音がしたように思った。しかしすぐに彼はにやりとした。ねずみがいるわけはないんだ、絶対に。愛しいケイトリンに贈ったのだから――もちろんばらばらにした上でだが、とにかくもうここにはいない。あれは彼女にぴったりの贈り物だった。バディにとってケイトリンは目障りなねずみと同じだから。

建物の外へ出て初めて、時計を見ることを思いついた。午前零時に近かった。急げば、閉店前に〈ドゥバイズ・マーケット〉に着けるだろう。バディは駆け足になった。

十ブロックを走って角を曲がったところで、バディはほっと息をついた。明かりはまだついている。口の中はすでに、ライ麦パンのパストラミ・サンドウィッチの味がしていた。ところが店まであと半ブロックというときに明かりが消え、バディはぎょっとした。中から女性が出てきた。通りに背を向けている。バディはまた走りだした。

「待ってくれ！」必死に叫んだ。「待ってくれ！」

アンジェラ・ドゥバイが振り向いた。闇を突いてこっちへ向かってくる男を見るなり、その顔が恐怖に歪んだ。

鍵束を探りながら、彼女は今ロックしたばかりのドアのほうへ急いで向き直った。店の中なら安全なような気がした。心臓の鼓動が鼓膜に響く。足音はどんどん近くなる。ようやく鍵が開いた。店内へ飛び込んだが、ドアを閉める前に、肩に手が置かれた。悲鳴と共に振り向いた彼女は、無我夢中でこぶしを振り回した。

バディが思わず殴りつけると、相手は床にくずおれ、鍵束が手から滑り落ちた。横たわる彼女を目にして、バディは驚いた。

「ばかな女だ。おれはただ、食べ物を買いたかっただけなのに」

バディは鍵を拾い上げてドアをロックした。

女は首をおかしな角度にねじ曲げてぐったりしている。死んだらしい。

「自業自得だからな」バディはつぶやくと、中央の通路をずるずる引きずって店の奥へと遺体を移した。

引きずっている途中、常夜灯の光が女の顔に当たった。この店へは数えきれないぐらい何度も来たことがあるから、彼女のことも知っていた。経営者の娘だ。アンジーとかアグネスとか、たしかそんな名前だった。焦げ茶色のセミロングの髪が、頭にかぶったスカーフからこぼれている。しかし、悪夢から醒《さ》めたばかりのバディには、それがケイトリンに見えた。

「ケイトリン？　ケイトリン？　なんでこんなところにいるんだ？　何度も何度も殺してやったのに、どうしてずっと死んでてくれない？」

不意に猛烈な怒りに駆られ、バディはナイフを取り出し彼女の顔めがけて切りつけた。心臓が止まっているから、血はわずかににじむ程度だった。

「おれは食べ物を買いに来ただけなんだ」彼女のコートでぬぐったナイフを、何ごともなかったかのようにポケットに納めた。

どこに何があるか知り尽くしているバディは、パンと肉とビールの六本パックを勝手に取った。鍵を持って出たあとは、きちんとドアをロックした。数ブロック離れたところで雨水管に鍵を投げ捨て、さらに歩き続けた。

息苦しさを感じて夢から醒めたケイトリンは、恐ろしげに目を見開いた。そこはマックの腕の中だった。とたんに、すべてがよみがえってきた——彼にした大胆な要求。彼をベッドに誘った自分の奔放さ。マックを起こすのも、自分がしたことを直視するのもはばかられて、ケイトリンはじっとしていたが、頭の中ではまだ嵐《あらし》が吹き荒れていた。

後悔はしていない。あんなにもすばらしい出来事を、悔やんだりはできない。でも、わたしはこれを――そして彼を――利用したのだ。フェアじゃない――彼にも、わたし自身にも。こんなことぐらいマックにとってはなんでもないのだろう。でもわたしは、新しい自分を発見できた。これまでずっと、自分で自分に嘘をついていた。本当はアーロンの兄を嫌いではなかった。正反対だった。彼に夢中だったのだ。いつからそうだったのかは、わからない。たぶん、はじめから好きだったのだろう。

無意識のうちに、欲望と嫌悪をすり替えていた。でも、わたしは彼の好みのタイプじゃない。そのつらさに耐えなくてはいけない。だけど、どうやって？　ボディガードとして、彼はずっとそばにいると宣言しているのに。

お節介なアーロンのせいだ。マックが今ここにいるのも彼のせい。ボディガードなら、プロを雇ったってよかったのだ。お金はあるのだから。それに、劇的な何かが起きない限り、このストーカー騒ぎは永遠に続くかもしれない。次から次へとありとあらゆるシナリオが思い浮かぶ。マックと分かち合った情熱の記憶と、現実的な窮状とのはざまで、ケイトリンの思いは千々に乱れた。

彼女は時計に目をやった。午前二時を過ぎたばかりだった。少し眠ってからまた続きを考えよう。そう決めると、ケイトリンはマックの腕の中で寝返りを打ち、厚い胸に顔を寄せた。彼のそばにいるだけで心は安らぐ――たとえ長くは続かないとわかっていても。そうして、ケイトリンは夢を見た。

「でも、パパ、チャーリーはいい子よ。どうして彼と出かけちゃいけないの？」

ケイトリンは固唾《かたず》をのんで父の答えを待った。今度こそ許してもらえることを心から祈った。

デヴリン・ベネットが机から顔を上げた。娘に邪魔をされ、気が散ってしまった。一時間以内にこの書類を仕上げてしまわないと、会議に間に合わないというのに。

「いいか、ケイトリン、先週も言っただろう。わたしの答えは同じだ。あいつとわれわれでは住む世界が違う。いいかげんにわかったらどうだ？」

ケイトリンは目に涙をためながらも、泣きはしなかった。娘が泣くのを父は嫌う。言い分を聞いてもらうためには、父の機嫌をそこねてはならない。チャーリーとプロムに行けなかったら、もう死ぬしかなかった。

「彼のお父さんは保険会社を経営してるのよ」

デヴリンが腹立たしげに顎を突き出した。「その会社はもうじき倒産する」

ケイトリンの頬が真っ赤に染まった。

「どうしてそんなことわかるの？」

デヴリンは肩をすくめた。「二、三、電話をかけた。娘が負け犬と関《かか》わりを持っては困るからな」

ケイトリンはこぶしを握りしめた。「チャーリーは負け犬じゃないわ。彼の成績はクラスでトップよ」

デヴリンは彼女をにらみつけた。「口答えするな、ケイトリン。わたしがだめと言ったらだめなんだ」

ケイトリンは立ち尽くしたまま、涙でかすむ目で彼を見つめた。わたしの父であるこの男性。愛しているけれど、憎いと思うことも多い。この人の社会的地位へのこだわりと完《かん》璧《ぺき》主義には、ついていけないものがある。

「わたしは忙しいんだ」デヴリンはそっけなく言った。

ぶたれでもしたようにびくりとしながら、ケイトリンは顎を上げた。

「わかったわ。じゃあ、人生でいちばん大事なことに励んでください」そう言い捨てて、彼女は部屋を出た。

娘がいなくなってすぐデヴリンは自分の間違いに気づいたが、呼び戻すより先に電話が鳴りだした。父親としての義務と、大きな契約を成立させたい欲求との板挟みになった彼の心は、受話器を取り上げた瞬間、あっけなく決まった。

ケイトリンは家の中を走った。豪華な調度品も目に入らなかった。自分の部屋へたどり着いたときには、感覚というものがすっかり失《う》せていた。ベッドに身を投げ出して、むせび泣いた。何をもってしても、父を満足させることはできないのだ——娘という存在でも。父が本当に愛しているのは、金と——権力。力のあるものだけを、父は愛している。

頭がずきずき痛み目が開かなくなるまで、ケイトリンは泣き続けた。家政婦が二度、ドアをノックしたが、どちらのときもケイトリンはあっちへ行ってと大声で叫んだ。今は何を言われてもこの胸の痛みは癒《いや》されない。でも、いつか必ず状況は変わる。ケイトリンが大人になれば、誰もああしろこうしろとは言わなくなる。デヴリン・ベネットの財産ではなく、彼女そのものを愛してくれる人が、きっと見つかる。二人が結婚をして、子どもが生まれる。そうすればケイトリンが寂しい思いをすることは、二度とない。

はっと目を覚ますと、頬が涙で濡れていた。ケイトリンはごろりと仰向けになり、両手で顔を覆った。あの出来事はもう何年も忘れていた。それなのになぜ、こんなに胸が痛むの？　なぜこんなに涙が流れるの？

しばらくそうして横たわっていたが、やがて水の音が聞こえてきて、ケイトリンは突然思い出した。

マック！

二人は結ばれたのだった。ああ、なんとすばらしいひとときだっただろう！　優しさと、魂そのものが焦がされるような情熱と。心が研ぎ澄まされ、同時に、未知の喜びに満たされて。

こんなふうにして、あれはやってくるもの？　これが愛というもの？　大嫌いだと思っていた相手に不意打ちを食らうのが、愛？　彼に対して感じるこの気持ちは、何？——邪険にせず受け入れてくれてありがたい、そう思っているだけ？　わたしはコナー・マッキーを愛してしまったの？　それとも昨夜《ゆうべ》二人が分かち合ったものは、緊張状態が生み出したただの副産物？

ケイトリンは寝返りを打ってまぶたを閉じ、昨夜の甘い記憶をたどった。真実がなんであるかはわからないけれども、今、ここにある感覚は確かだった。マックは、ケイトリンがこれまで知らなかった感覚を味わわせてくれた。安らぎと、喜びを与えてくれた。ああ、これで彼が、ひとところに落ち着くタイプの人でありさえすれば。

11

問題の答えは、ケイトリンが朝のシャワーを浴びている最中に見つかった。それはあまりにも簡単で、なぜ今まで思いつかなかったのかと自分でも不思議なほどだった。もちろん個人的なリスクを背負うことにはなるけれど、それは今も同じことだった。これが適切な方法であって、ストーカーを物陰からおびき出せるのであれば、あと少し不安なときを過ごすぐらい、なんでもなかった。

一刻も早く計画を実行に移したい。ケイトリンは大急ぎで体を拭《ふ》いて服を着た。濡《ぬ》れた髪をざっととかしつけただけで、ローブを引っかけ厚手の靴下と靴を履いて、電話へ向かう。

「朝飯、できてるよ」マックの声がした。

「電話を一本かけたらすぐに行くわ」ケイトリンはそう答えておいて、仕事部屋へ入った。

呼び出し音が鳴りはじめてから、気づいた。ケニーが出勤してくるまで、少なくともあと一時間はある。そんなに待ちたくはなかったから、留守番電話が応答する前に受話器を置いて、代わりに自宅の番号を押した。三度目の呼び出し音でケニーが出た。耳もとで何かを噛《か》む音がするのは、朝食の真っ最中だったのだろう。

「ケニー、わたしよ、ケイトリン」

いつもならにこやかな挨拶《あいさつ》が返ってくるのに、一瞬沈黙が流れた。ケイトリンはため息をついた。ケニーは怒っているのだ。無理もない。

「このあいだはチョコレートをどうもありがとう」

彼がぶつぶつ何かつぶやくのが聞こえた。

「わたしの好物をよくわかってくれてるのね」

「どういたしまして」またぼそりと言う。「何か用かな？」

「ええ。ただ、絶対秘密にすると約束してほしいの」

ケニーは急いで口の中のものをのみ込んだ。あやうく喉に詰まらせるところだった。秘密だって？　ぼくたち二人だけの？　それはいい。すごくいい。

「秘密って、どんな？」

ケイトリンはそっと後ろを振り返って人影のないのを確かめると、声をひそめた。

「脅迫状が送りつけられたこととか、それで警察が動いてることは、あなたも知ってるでしょう」

「薄々はね」皮肉っぽい口ぶりだった。

「ちゃんと話さなかったのは悪かったわ。でも、怒らないで、ケニー。話してもあなたが困るだけだろうと思ったし、あまりいろんな人に知られたくなかったの」

「ぼくはその他大勢じゃないだろう」

「ええ、ええ、もちろんよ。わたしが意気地なしだったの。誰も知らなければ、なかったことにできるような気がしていたのよ。でも、ここへ来てちょっと深刻になってきたの。あなたがうちへ寄ってくれた日……警察が来ていたでしょう……」

「うん」

「脅迫状じゃないものが送られてきたの……恐ろしいものが」

ケニーは少しずつ興味を持ちはじめている。

「恐ろしいもの？」

「ねずみよ……ばらばらにされたねずみの死骸《しがい》と、わたしの写真。それに、次はおまえだって書かれたメモ」

「ケイトリン！　そんなことになっているなんて、全然知らなかった。そいつはひどい……あんまりだ」

「それだけじゃないの。ハドソン・ハウスにも同じ人物から脅迫状が届いてるのよ。爆破予告も。わたし、怖いの、ケニー。わかってもらえるかしら？」

受話器を通してため息が伝わってきた。ケニーは機嫌を直してくれたらしい。

「わかるとも。相手の意図は明白だな。それで、ぼくは何をすればいい?」

「マスコミにリークしてほしいの。わたしが異常なファンに狙《ねら》われていること。殺されかけて入院していたことも」

ケニーの声が一オクターブ高くなった。「どうして?」

「マスコミがこのことを知ったら、わたしのところへインタビューに来るでしょう。そうなったら——」

「でもきみはインタビューされるのが嫌いじゃないか。その手の仕事が多すぎるっていつもぼくに文句を言うだろう。まさか、これを宣伝に使おうっていうんじゃないだろうね? それはケイトリンらしくないよ」ケニーはくすくす笑った。「ぼくが言うのならわかるけど」

ケイトリンは微笑《ほほえ》んだ。「反論はしないわ。それはともかくとして、マスコミに知らせたいのはね、コメントを求められたときにこの犯人を侮辱してやりたいからなの」

「怒らせることにならないかな? 決定的な行動に出られたら、どうする?」

「そうなればこっちの思う壺《つぼ》よ。もう逃げ隠れするのはいやなの。さっさと終わりにしたいの」

「おいおい、ケイトリン。そんな危険な計画には乗れないな。ぼくがマスコミにリークしたせいできみが殺されたりしたら、寝覚めが悪いじゃないか」

「でもね、ケニー、わたしはもうすでに殺されそうになったのよ。ここで立ち向かわなかったら、わたしのほうこそ寝覚めが悪いわ」

またひとしきり沈黙が流れ、やがてケニーはため息をついた。彼が出す結論を、ケイトリンは唇を噛んで待った。

「ケニー？」

「わかった、わかった。しかし、よくよく慎重にやらないといけない。ぼくに任せてくれ。これから二、三本電話をかける。夜までには大騒ぎになるだろうから、そのつもりでいてくれよ」

「ありがとう、ケニー。恩に着るわ」

「恩を返してもらわないといけないから、絶対に死んじゃだめだ」ケニーは低い声でそう言った。「このこと、超人ハルクにも話すのかい？」

「ハルク？　ハルクって、誰？」

「たんこぶみたいにいつもきみにくっついてる、あのグラディエーターだよ。あいつにも話すのかい？」

「いいえ。だけど彼にもすぐ知れるでしょう。じゃあ、お願いね。また連絡するわ」

「きみにお願いされると弱いよ」穏やかな言葉のあと、電話は切れた。

ケイトリンは息をついた。ありがとうと言ったぐらいでケニーの機嫌が本当に直るとは思えなかったが、今は細かいことにかまっていられなかった。やると決めたことをやるだけだ。

キッチンへ向かうケイトリンの足取りは軽かった。怖いことは怖いけれども、事態をコントロールする力を取り戻したことで気分は高揚していた。これでもデヴリン・ベネットの娘だ。自分を苦しめた悪党の一人ぐらい、駆除できなくてどうするのだ。

キッチンへ入っていくと、マックが振り向いた。

「なんだか楽しそうだね」

ケイトリンはにっこり笑った。「あなたのおかげでね」はにかみながら言って彼の頰にキスをした。そして、フライパンの中身に気づいた。「嬉《うれ》しい、パンケーキ」

マックは安心した。昨夜《ゆうべ》は彼女のほうから言いだしてあいうことになったのだが、そのせいでケイトリンが気まずい思いをしてはいないかと、心配していたのだった。

「うん、パンケーキだ。昨夜のことだけど、おれはすごく嬉しかったよ」

「ほんとかしら」ケイトリンは片方の眉を上げて彼の表情を探った。

マックがにやりと笑った。「嘘《うそ》だと思うんなら、このパンケーキ、好きなだけきみのものにしてかまわない」

ケイトリンは噴き出した。

なごやかな食事だった。関係の変化にいくらか戸惑いつつ、どちらもせいいっぱい相手を思いやっていた。ケイトリンにとっては大切な、つかの間の平穏だった。今夜、すべてが変わってしまうのだ。それを思うと少し悲しい。もしもコナー・マッキーがひとところに落ち着くタイプの人だったら……彼に少しでもその気があるのなら……心のままに彼を愛せたかもしれないのに。


「クリスマスまであと二週間か。で、おれたちへのプレゼントはこれだ」サール・アマートは黄色いテープをくぐり、新たな被害者が発見された小さな食料品店へと足を向けた。

「そうそう。これぱっかりだ」ポーリーが相づちを打つ。

「念を押すなよ」アマートが警察官たちの先へ目をやると、一人の女性が店から出てくるところだった。「おおい、ブッカー、ちょっと待ってくれ」

若い検屍《けんし》官は、車へ向かう途中で足を止めた。

「あなたたち、まじめに仕事してないでしょう」と彼女は言った。「わたしの勘定だと、同じ犯人の犠牲になった被害者はこれで三人目よ」

「貴重なご意見をどうも」アマートはつぶやいた。「訊《き》きたいことがあったんだが、もう答えてもらったよ」

「何を訊きたかったの？」

「同一犯かどうかってこと。じゃあ、同じように顔を切られてるんだな？」

「もちろん。それもやっぱり死後にね。ただ、今回はレイプはされてないわ」

アマートが驚いたように目を見はった。「確かなのか？」

「着衣に乱れはないし、レイプされたあとでまた着せられたとは考えられないし。その点だけがこれまでと違うわね。解剖後ならもっとはっきりするけど」

「模倣犯だと思うかね？」

ブッカーは肩をすくめた。「刑事はそっちでしょう。でも、模倣犯ではあり得ないんじゃない？　わたしの知る限り、どのメディアも連続殺人事件とは報じていないもの。本物の犯人以外、誰がこんなことを思いつく？」

「確かに」アマートは少しでも暖を取ろうと足踏みをしながら言った。「解剖が終わったら至急報告書を送ってくれ。頼んだぞ」

「了解」彼女は車へ向かって歩きだした。

アマートがポーリーを見やった。「早いところすませようぜ」

建物の中へ足を踏み入れた彼らは、店の造りを頭に入れ、奥の部屋で泣いている老人に目をやった。

「あれは？」アマートは入口近くにいた制服の警察官に尋ねた。

「経営者のアリ・ドゥバイです。彼が今朝、店を開けに来て遺体を発見したんです。被害者は娘です」

「被害者の名は？」

「アンジェラ・ドゥバイ」

アマートはうなずいた。「遺体はどこだ？」

「三番通路に」

凄惨《せいさん》な光景を目の当たりにする覚悟を決めて、二人の刑事はくだんの通路へ入っていった。ちょうど、検屍局の職員が二人がかりで遺体を袋に納めているところだった。

「おい、待ってくれ。ちょっと見たいんだ」

「気持ちのいいものじゃありませんよ」職員の片方が言った。

「気持ちのいい遺体なんてないよ」アマートは遺体袋のファスナーを、顔が見えるところまで下ろした。これまで同様、斜交《はすか》いに二度切りつけられて四分割されている。「くそったれめ」アマートはつぶやき、ファスナーをさらに開いて、レイプに関するアンジェラ・ブッカーの読みを確かめた。着衣は皺《しわ》くちゃで血に染まっているものの、脱がされた形跡はなかった。「ポーリー？」

パートナーはうなずいた。「ああ、同じだと思うよ、おれも」

アマートはファスナーを上げると、検屍局の職員に向かってもういいと目顔で合図をした。

「頼んだよ。丁寧に扱ってあげてくれ」

「父親に話を聞こう」ポーリーが言った。「運がよけりゃ、何か聞き出せるだろう」

その老人は背を丸めて椅子に座り、両手で顔を覆っていた。

アマートが彼の背中に触れた。「ミスター・ドゥバイ？」

老人が顔を上げた。

「刑事のアマートといいます。こっちはパートナーのハーン刑事です。何点かうかがいたいことがあるんですが」

アリ・ドゥバイは涙ぐみ、顎を震わせた。「こっちも訊きたいことがある。お巡りさんが話していたのを小耳に挟んだんだが、うちのアンジェラと同じ死に方をした娘さんがほかにもいるというじゃないか」

アマートは顔をしかめた。まったく、おしゃべりなやつらめ。事件に関することをどうしてそう簡単に口外してしまうのか。

「いや、まだわからないんですよ。司法解剖の結果が出ないことには――」

「うちの子みたいに顔を切られた娘さんがいるのかね？」

「ええ」

アマートはため息をついた。嘘はつけない――この老人には。

「何人？」

「二人。ですが――」

老人が腰を浮かせた。「新聞には何も出ていなかった」

「確実なことがわかるまでは、発表しても一般市民を怯《おび》えさせるだけなので――」

「そんな危険があるとわかっていたら、一人で店じまいさせたりは絶対にしなかった」立ち上がった彼は、怒りと苦悩に目をぎらつかせた。「老いたりといえども、わしは男だ」強がって言った声は、すぐ涙声に変わった。「子どもに先立たれるなんて間違っている。こんなのは間違っている」

「まったくです」とアマートは言った。「こんなときに心苦しいのですが、お尋ねしなくてはならないことがあります」

老人は身を震わせ、それからまた椅子に座り込んだ。

「お嬢さんと最後に話されたのはいつです？」

「昨夜、店じまいする少し前だから、夜中の十二時ごろだったか。クリスマス前は遅くまで開けているんでね」

「なるほど。電話で会話なさったんですね？」

「そう。これから戸締まりをするんだと娘は言っていたよ。今日の売り上げはちゃんと金庫にしまった、じゃあまた明日、と」

「一緒に住んでいらっしゃらないんですか？」

「ああ。あの子はここから五ブロックほどのところで一人暮らしをしている……していたんだ」

「何かなくなっているものはないか、もうご覧になりましたか？　金庫はいじられていませんでしたか？」

「金庫はなんともなかった。肉のショーケースが開いていたが、ほかに変わったところは何もなかった」老人はまた声を潤ませた。「わしの娘……娘だけがあんなことに……」

アマートはちらりとポーリーに目をやってから、老人に向き直った。

「肉のショーケースですか？」

老人は震える息を吸った。

「スライド式の扉になっているんだが……片方が開いたままだった。アンジェラが閉め忘れたとは思えない。肉は全部だめになってた。あの子がそんなことするわけないんだ」とうとう彼は泣きだした。「肉がなんだというんだ？　肉など腐ろうがどうなろうが、かまうものか。娘はもういないんだ」

今度はポーリーがアマートに目配せをして、天井へ向けて顎をしゃくった。その先へ視線を向けたアマートが、大きく目を見はった。

「ねえ、ご主人？　この店には監視カメラが設置されているんですね？」

「ああ。だが、動いているのは表の一台だけだ。こっちのも修理してもらうつもりだったんだが、クリスマスやら何やらで暇がなかった」

「でも、一台は動いているんですね？」

老人はうなずいた。「入口のドアの上にあるのは」

「テープをお借りできますかね？娘さんを殺した犯人を捕まえる手がかりが、映っているかもしれない」

「いいとも、いいとも。この悪魔が捕まるのなら、なんだって持っていってくれてかまわない」老人はいったん奥へ引っ込んだが、ビデオテープを手にしてすぐ戻ってきた。「これだよ。再生したら画面の下のほうに日付と時間が出るようになってる」

「ありがとうございます、ミスター・ドゥバイ。非常に助かります」

二人が立ち去ろうとすると、老人がアマートの手首をつかんだ。

「必ず捕まえてくれ。一日も早く……こいつがまたどこかの娘さんに同じことをしでかす前に」

「ええ。全力を尽くしますよ」

サール・アマートは店の奥で老人と別れた。この罪悪感とも別れられたらどれほど楽だろう。

「これは起きちゃいけない事件だった」彼はつぶやいた。

「どの事件もそうさ」ポーリーが言った。「でも、彼女たちが死んだのはおれたちのせいじゃないんだ」

「だが、今後の犯行を阻止できなかったら、おれたちのせいになる」

「きっとこのテープが突破口になるよ」

「ああ、おそらくな。こいつだけが頼みの綱だ」

「ほら、ニールとコワルスキだ」ポーリーが通りの先を指差した。

「助かった。警部補から言われてるんだ。今回はあらゆる助けを利用するようにとな。あの二人には周辺の聞き込みをやってもらおう」

「またですって?」トゥルーディと連れ立ってアマートとハーンの前までやってくると、ニールが言った。

「ああ、おそらく」アマートが答えた。

「おそらく? 何か今までと違うところでも?」トゥルーディ・コワルスキが訊いた。

「顔はほかの二名と同じように切られているんだが、ブッカーが言うには、レイプはされていないらしい」

トゥルーディが肩をすくめた。「その気になれなかったってだけでしょ。うちの亭主も二回に一回はそうだもの」

みんながにやにや笑った。トゥルーディの夫のミックが大酒飲みであることは周知の事実だった。

「きみたちは見物に来たのか、手伝いに来たのか、どっちなんだ?」アマートが言った。

「なんでも言いつけてください」ニールが言った。

「このあたりの聞き込みを頼む。夜中の十二時ごろ、不審な人影を見たり物音を聞いたりした者がいないかどうか」

「その時間に殺されたんですか？」

「たぶんな」アマートは答えた。「聞き込みで新たな情報が出てくるかもしれん」

「わかりました」ニールはそう言って、アマートが持っているテープを指差した。「それはなんですか？」

アマートはにやりとした。「防犯カメラが一台、作動していたんだ。きっと何か映っているはずだ」

ニールはテープを見つめ、それからまたアマートを見た。

「捜査は進展しそうですね。被害者の女性の運は昨夜尽きてしまったけど、あなたには運が向いてきたのかもしれない」

アマートは顔をしかめた。「そう願うしかないな。じゃあ、署で会おう」

ニールとトゥルーディはうなずき、歩きだした。ひとしきり話し合って、聞き込みのためそれぞれの方向へ散っていく。

「彼、悪くないじゃないか」車へ向かいながらポーリーが言った。

「彼って？」

「おいおい、悪いとは言ってないだろう。頭の毛が気にくわないだけだ」

「ニール」

ポーリーがにやにやしながら言った。「自分にはそれがないってことも、気にくわないんだろう？　おれの背丈が百六十センチそこそこでよかったよ。さもないとこっちまで気にくわないリストに入れられてただろうからな」

アマートも笑って言い返した。「いやいや。その顔じゃあ、嫉妬《しっと》する気にもならないって」

ポーリーは笑い声と共に車に乗り込んだ。

数分後、警察署へ向かう車の中で彼らは焦《じ》れていた。一刻も早くテープを見たいのに、ひどい渋滞だった。予定より遅れてようやく帰り着いてみると、警察署は上を下への大騒ぎだった。停電のためにすべてのコンピュータがダウンしてしまったのだった。業務の停止した庁舎の表には、電力会社のパネルトラックが二台、とまっていた。

「こりゃいったいどうなってるんだ？」とめた車から降りながら、アマートがつぶやいた。

「さあな」ポーリーはそう言うと、ちょうど近くの車に乗り込もうとしていた同僚に声をかけた。「おおい、マーフィー、何があった？」

「停電だ」と彼は答えた。「復旧はしたんだが、もうめちゃくちゃだ。コンピュータのデータは壊れるし、取り調べ中の犯人が半ダースほど、騒ぎに乗じて逃亡しかけるし」

「そういうことを防ぐために予備の発電機があるんじゃないのか?」

マーフィーが笑った。「警部補と同じことを考えるんだな。おやじさん、ものすごい剣幕だぞ。誰のせいでこうなったのか知らないが、そいつは間違いなく張り倒されるね。警部補に会うつもりなら、笑顔で行け。向こうはそりゃもう不機嫌だから」

アマートはポーリーを見て、テープの入ったポケットを叩《たた》いた。

「おれたちの持ってるもので機嫌が直るぞ、きっと」

「わからないよ」ポーリーが言った。「勝ち誇るのは、中身を見てからのほうがいいんじゃないかな」

「うん、もっともだ」

早く寒さから逃れたくて、彼らは足早に庁舎へ入っていった。マーフィーの言葉どおり、署内は混乱の極みだった。修理をする作業員、日常業務をこなす署員、犯罪者、警察官、被害者。それらが入り乱れている。

警部補の部屋の外で、二人は足を止めた。アマートがうなずき、ポーリーがノックをした。

「なんだ?」

怒鳴り声が返ってきた。顔を見合わせた二人は、やれやれというように目玉を回してから、中へ入った。

「警部補、ただいま現場から戻りました。検屍局の見解によりますと、食料品店での犯行は、ドーリアン、ポランスキー両名を殺害したのと同一犯人によるものと見て、ほぼ間違いないだろうとのことです」

停電騒ぎのおかげで、言葉遣いや礼儀に気配りしている暇はデル・フランコーニにはなかった。「なんだ、その〝ほぼ〟ってのは、ああ?」

「今回の被害者はレイプされていないようなんです」

フランコーニは、机をばしんと叩いて立ち上がった。

「推測はいらん、推測は。わたしが欲しいのは答えだ。検屍局の言うとおりだとしたら、これで三人目だぞ。連続殺人だ。となると、出てくるのはお決まりのくそったれだ。模倣犯だよ。あれは実にいやなやつらだ。それから、どこからともなくわいて出る変態野郎ども。この連続殺人は自分がやりましたなんてほざきやがる。実際に自分がやった犯行を白状する根性がないからそんなことを言いだすんだ!」フランコーニはがなりたてた。さらに机の上に両手を突っ張って身を乗り出すと、ほとんど叫ぶような声で言った。「マスコミにどう発表しろというんだ。若い娘が次々に死んでいくのをわれわれは見ているしかありません、どうしてこんなことになるのかわけがわかりません、てか」

アマートはポケットからビデオテープを引っ張り出すと、机越しに差し出した。

「これが手がかりになるかもしれません」

「なんだ、これは?」

「食料品店の防犯カメラに入っていたビデオテープです」

フランコーニはテープを引ったくった。「なぜもっと早く言わん?」彼はつかつかとテレビの前へ行った。

アマートとハーンは祈るような気持ちで見守った。フランコーニがテレビとビデオデッキのスイッチを入れ、テープを差し込む。

「こっちへ椅子を持ってこい。じっくり見ようじゃないか」

まだ何も映っていない画面を、アマートもハーンも固唾《かたず》をのんで見つめた。警部補が再生ボタンを押した。三人は膝に肘をついて身を乗り出し、画面を凝視した。

一時間半が過ぎても、彼らはまだ見続けていた。そこへニールとトゥルーディがノックをして入ってきた。

「食料品店のテープですか?」ニールが尋ねる。

「ああ。こっちへ来てドアを閉めてくれ」フランコーニが言うと、ニールとトゥルーディはそばへやってきた。

「使えそう?」トゥルーディが訊いた。

「今のところ、まだ何もない」アマートが答え、画面の下のほうを指差した。「だが、もうすぐだ。ほら……今、十一時四十五分」

ニールは警部補の机の端に腰をのせ、一つだけ空いていた椅子には彼のパートナーが座った。

「犯行は午前零時前後に行われたと検屍官は言ったんですね？」ニールが確認した。

「そうだ」アマートが答える。「見ろ、彼女が戸締まりを始めた。レジから金を出して袋に入れてる。さあ、姿が見えなくなった」

「お金はなくなっていたの？」トゥルーディが訊く。

アマートは首を横に振った。「いいや。今朝父親が店を開けに来たとき、金は金庫にあった」

「見てくれ」ポーリーが言った。「彼女、肉のショーケースを拭いてるぞ。扉はちゃんと閉まってる。開けっ放しになってたと父親が言ってなかったか？」

アマートが眉間《みけん》に皺を寄せた。「ああ、確かにそう言ってたな。それなのに、今は閉まっている。しかもほら……彼女はそのまま行ってしまう」彼の顔はますます険しくなった。

「おかしいじゃないか」

「コートを着て手袋をはめてるな。ポケットに財布をしまって……あれは何をしてるのかな？　ああ……電話をかけに行くのか」

またポーリーが同僚たちの沈黙を埋めた。

「店を出る直前に父親に電話をしたんだっただろう？　あの電話がそれだ」

アマートが指を差した。「いよいよ外へ出るぞ。顔がわからないな。頭の後ろしか見えない。カメラのアングルを変えるべきだ。レジじゃなくて入口のほうへ向けないと」

「そうとも限らないぞ」フランコーニが言った。「泥棒を捕まえるためには現場を押さえる必要がある。狙われるのは普通、金のある場所、つまりはレジだ」

「そうですね」アマートはぶつぶつと言った。「しかし入口が見えないのでは、今回の事件の役には立ちません」

「まだそうと決まったわけじゃあるまい」フランコーニは言った。

一同が見守る中、彼女は店内の照明を落とした。防犯のための常夜灯だけが光を放っている。それからしばらくは、通路や缶詰や、表を走り過ぎる車のヘッドライトだけが画面に映し出されていた。

不意にまた彼女が現れた。口を大きく開けて、こちら側には聞こえない悲鳴をあげている。男の手が後ろから彼女のコートの襟をつかんで引っ張ると、トゥルーディが息をのんだ。引きずり回される彼女の顔ははっきり見える。そのうちに彼女は、こぶしをめちゃくちゃに振り回して男を殴りはじめた。

「かわいそうに」トゥルーディがつぶやいた。「正気じゃなくなるぐらい恐ろしかったのね」

「見ろ」ポーリーが言った。「こいつだ。犯人だ!」

全員が食い入るように画面を見つめ、男が振り向くことを祈った。

「こっちを向けよ、変態野郎」アマートが言った。「さあ……腐った面を早く見せろ」

しかし、男は振り向かなかった。見えたのは、後頭部と肩だけだった。特徴は何もない。この大都市に暮らす無数の男たちとの違いは、何もなかった。

男が彼女を殴りつけた。アンジェラ・ドゥバイであると彼ら全員が知っている女性。彼女が床に倒れてぐったりしている。男は彼女を引きずって通路を曲がり、カメラの視界から消えた。

「やめろ」アマートがつぶやいた。「あんまりだ！」

一同はおののきと共に画面を見つめた。缶詰の列の向こう側で起きていることを、誰もが知っていた。

一分が過ぎた。二分。三分。終わったのだとみなが思いはじめたとき、カメラと陳列棚のあいだを男が通った。

「やはり顔は見えないな」アマートがうめいた。「畜生、顔だけが見えない」

「待って！」トゥルーディが叫んだ。「テープを巻き戻して。何か手に持ってたわよ」

フランコーニがテープを巻き戻し、ふたたび再生ボタンを押した。彼らの前に男がまた現れた。

「ここ」トゥルーディが指差した。

警部補が一時停止を押す。

全員で、画面に見入った。

ポーリーがいきなり飛び上がって周りを驚かせた。

「肉のショーケースだ」彼は言った。「こいつだったんだよ。この野郎、食べ物を持ち出したんだ。片手にパンを持ってるし、腕の下に小さな白い包みが見えるだろう？　自分で肉を包んだのにちがいない」

警部補が再生ボタンを押した。

「おまえの言うとおりだ、ハーン。それに、ほら、もう一方の手。あれはビールのパックじゃないか？」

机から下りたニールが、表情を変えずに言った。

「彼女を殺して、食べるものを盗《と》った……いや、それとも食べ物を調達しにあそこへ行き、思いつきで彼女を殺したのか」

気でもふれたのかという顔で、全員がニールを見た。

「何が言いたいんだ？」フランコーニ警部補が言った。

「レイプはされていなかったんですね？」

アマートがうなずく。「ほぼ間違いない」

「ということは……これまでの二件とはちょっと違いますね？」

「まあ、そうだ。しかし――」

「しかしはやめましょう。考えてみてください」ニールは言った。「なぜ、今回はレイプしなかったんでしょう？　先の二回は、力ずくで支配する形だった。自分は強い、だから殺す。しかも、被害者の何かが犯人の憎悪をかき立てた。だから究極の侮蔑《ぶべつ》として、レイプした」

フランコーニが椅子から立った。「続けるんだ」

広げた手のひらの、親指のつけ根あたりで顎をこすりつつ、ニールは自説を展開していった。

「つまり……今回に限り、犯人は被害者をレイプしなかった。なぜか？　おそらく、そもその目的が食料だったからです。殺害するつもりははじめはなかった。何がきっかけで殺す気になったか、それはわかりません。動機は不明、とにかく連続殺人が起きていることしかわからない。しかし今回、やつは食べ物を持ち出している。それはみなさんも見ましたね。その点でほかの二件とは異なっている。それに、これまでの犯行現場はどちらもひとけのない場所でした。ところが今回はそうじゃない。食料品店の中です。確かに閉店後ではあるけれども、人目につきやすいことに変わりはありません。常夜灯もついていますしね。ですからこれは、計画された殺人ではないように思われます。偶発的なものではないでしょうか」

フランコーニがニールを見つめてうなずいた。「なかなか鋭い見方だ」と彼は言った。「おまえが刑事になって……ええと……一年とちょっとだったか？　たいしたもんだ。すでに一丁前じゃないか」

ニールは褒められて嬉しそうな顔を見せたが、何も言わなかった。警察の掟《おきて》をわきまえていた。本当に尊敬されたければ、実績で示さなければならないのだ。

「で、今後の捜査はどのように進めますか？」アマートが質問した。

「通常の殺人事件と同様だ」フランコーニは答えた。「全員で捜査にあたってくれ。ドゥバイの娘のバックグラウンドを徹底的に洗う。三人の被害者たちには、われわれが見落としている接点が必ずあるはずだ」

「わかりました」アマートが答えた。「もうごめんこうむりたいですからね。若い女性のあんな姿を見るのも、娘さんが肉屋の肉みたいに切られましたなんて親に知らせるのも」

「アマートが本件の捜査主任だ」フランコーニが言った。「全員、アマートに報告すること。そしてアマートがわたしに報告する」

一同はうなずき、いっせいに警部補の部屋をあとにした。

「おれたちは何をすればいいですか？」アマートの席にみんなが集まると、ニールが言った。

「アンジェラ・ドゥバイのことを調べてくれ。あらゆることをだ。クリーニング屋はどこを使っていたか？　交友関係は？　結婚はしていたか？　婚約は？　やり方はわかっているな。ポーリーとおれはもう一度、前の二人について調べ直す。見落としがあったかもしれないから」

　ニールはパートナーを見やった。「別々に動いたほうが手広くやれそうだ。きみはアンジェラの父親をあたってみてくれ。彼女に親友がいればいいんだが。たいてい、異性関係については父親よりも親友のほうに話すものだからね」

「あなたはどうする？」

　ニールはアマートのほうを向いた。「ドゥバイ一家はカトリック教徒です。だからまず、一家が通う教会の司祭に話を聞いてみようかと思っているんですが。もちろん細かいことまでは教えてもらえないでしょうが、彼女が重大な懺悔《ざんげ》をしたかどうかぐらいは聞き出せるんじゃないでしょうか」

「いい考えだな」アマートは言った。「それと並行して彼女の経済状態も探ってみてくれ。おそらく金銭がらみではないだろうが、今までとは違う角度から事件を見直してみようと思うんだ」

　トゥルーディが眉をひそめた。「取り立てに来た高利貸しの犯行かもしれないってこと？」

　アマートは肩をすくめた。「まあ、それはないだろうが、一つずつつぶしていくしかないだろう？　警部補が言ったように、あらゆる可能性を想定しないとな」

彼らはおのおのの持ち場へ散っていった。ニールとトゥルーディは聞き込みへ赴き、アマートとハーンはそれぞれの席へ戻り、電話をかけたり書類を繰ったりしはじめた。これまでの事実の裏づけが一つでも多く取れれば、それだけ犯人逮捕が近くなるのだった。

12

四時を十五分ほど過ぎたころ、電話が鳴った。執筆中のシーンに没頭していたケイトリンは、呼び出し音が鳴るに任せていた。留守番電話が作動するのがわかっていたからだが、マックの存在と、ケニーに依頼した件を、すっかり忘れていた。頭には、作品中のヒロインのことしかなかった。身長百五十五センチそこそこの女性がどう動いたら、この……。

「ケイトリン！」

突然の大声にびくりとした拍子に、思考の糸が切れた。ケイトリンはため息をつきながら保存キーを押すと、すっくと立ち上がって猛然と仕事部屋を出た。作家が産みの苦しみのただ中にいるときには絶対邪魔をしてはいけないのだと、コナー・マッキーに言ってやるつもりだった。廊下の中ほどまで来たところでふと気づいた。いくら真剣に話しても、この格好ではまともに取り合ってもらえないかもしれない。いいかげんなお団子に結った髪の毛。上がグレー、下がオレンジと、ちぐはぐなスウェット。おまけに茶色い子犬のスリッパ——去年のクリスマスにアーロンから贈られたプレゼント——の耳をぱたぱたさせていたのでは。

「今、怒鳴ったでしょう？」リビングルームへ入っていきながら、ケイトリンはゆっくりと言った。

マックは青い顔をして目をぎらつかせていた。

「誰から電話があったと思う？」

ケイトリンの記憶がいっぺんによみがえった。おやおや……秘密がばれちゃったわ。嘘《うそ》を見抜かれないことを祈りつつ、彼女は首を横に振った。

「『タイムズ』の記者だ」

「新作が出るたびにインタビューを受けるのよ。それはまあ、ケニーを通じて話が来るのが普通だけど。何か問題でもある？」

マックはコードレスの電話機をソファに放《ほう》り投げて小さく毒づいた。

「問題だって？　そんななまやさしいものじゃないよ、ケイトリン。記者は、脅迫状のことできみに話を聞きたいと言ってきたんだ。それから、異常なファンに襲われて入院していたというのは本当か、だと」

「あら、まあ」

マックは彼女をにらみつけた。「言うことはそれだけか？」

ケイトリンは肩をすくめた。「遅かれ早かれ、マスコミにはわかることだわ」

「どうして？　おれは絶対にしゃべらないつもりだった。アーロンも同じに決まっている。残るは――」

不意にマックが疑わしげに目を細めた。ケイトリンは唇を噛《か》み、スウェットシャツの裾《すそ》を引っ張った。

「その記者にあなたはなんて答えたの？」

「今の段階で本人からコメントはできない、と」

「ありがとう。そう言っておくのがいちばん無難だと思うわ、とりあえず」

「とりあえず？」

「だって、いつかは話さなきゃ――」

「だめだ……いつになったって、きみは話しちゃいけない」

「でも――」

マックは彼女の両腕をつかんだ。本当は強く揺さぶりたかったが、我慢した。「ケイトリン！」

「痛いわ」彼女はつぶやいた。

「おれがきみを痛い目に遭わせるわけはない。きみはそれをわかってる。さあ、おれの目を見るんだ」

ケイトリンは顔を上げ、後ろめたさを表に出さないよう用心しながら彼と目を合わせた。

「なんでもよく知ってるのね……そういう態度がいやなのよ」

マックはののしりの言葉をつぶやいた。「知ってるのはそっちだろう。いくらとぼけたっておれは信じない」

「わたしは真剣よ」

彼女を引き寄せてそっと抱きしめると、マックは声をやわらげた。

「それでいいんだ、ケイトリン。これはゲームじゃない。深刻な話なんだから」

ケイトリンはマックの胸に顔をすり寄せた。自分のせいで彼に心配をかけてしまって申し訳ないと思う一方で、正しいことをしたのだと信じたかった。

「刑事に電話をするよ。こういうことになっていると、知らせておくべきだ」

「でも――」

「でもは、なしだ。さすがに警察も、そろそろ本気できみを守ることを考えはじめるだろう」

「そんな必要はないわ。わたしにはあなたがいるもの」

マックの心が舞い上がり、続いて急降下した。

ああ、困った。どんどん深みにはまっていく。手に負えない跳ねっ返りに恋をした。彼女を守ると約束した。そして今、文字どおり彼女の命がこの手にゆだねられているのだ。援軍が必要だ。強力な武器を携えた強力な援軍が。マックはため息をつくと、ケイトリンを軽く抱きしめて頭のてっぺんにキスをした。

「やっぱりニール刑事に連絡をするよ」

ケイトリンはそばの椅子に腰を下ろした。すべては計画どおりだったが、こんなに後ろめたさを感じるとは思っていなかった。彼女は椅子の背にもたれて両手を膝に置き、電話を取り上げるマックを見守った。

呼び出し音を聞きながらケイトリンを振り返ったマックは、笑いをこらえた。彼女が実は大金持ちだなんて、ちょっと想像がつかない。今のケイトリンはまるでガレージセールの売れ残り品みたいだ。あの姿をセクシーだと感じるのは、恋をしている男だけだろう。

「そのすごいスリッパ、どこで手に入れた？」相手が出る前に、マックは言った。

「去年のクリスマスにアーロンがプレゼントしてくれたのよ」

マックはぐるりと目玉を回したが、電話が通じた瞬間、また後ろを向いた。

「ニール刑事をお願いしたいんですが」

「業務で外出しております」女性の声が返ってきた。「ほかの者でもよろしいですか？」

マックは眉間《みけん》に皺《しわ》を寄せた。「彼と組んでるコワルスキ刑事は？」

「やはり出ていますね」

「実は」マックは言った。「大事な用件なんです。連絡を取ってもらえませんか？」

「ええ、それはかまいませんが、ご返事がいつになるかは――」

「もう結構。こっちから出向きます」

「ですが――」

マックは電話を切ると、ケイトリンを指差した。

「着替えるんだ。出かけるぞ」

ケイトリンは目を丸くした。「だけど――」

「行かなきゃならないいんだ。きみ一人置いていくわけにいかない。頼むから着替えてくれ。それも、大急ぎで。ラッシュアワーの渋滞に巻き込まれたくないから」

「ニューヨークシティはいつだってラッシュアワーよ」ケイトリンは腰を上げた。

「ケイトリン……」

有無を言わせせない口調だった。

「行くわよ、行くわよ」ケイトリンはしぶしぶつぶやいたが、もしかするとこの外出が功を奏するかもしれないと気づいた。

きっと今ごろは記者たちが外にいて、彼女が出ていくのを待ちかまえているだろう。だとすれば、それこそケイトリンが狙《ねら》っていたチャンスではないか。そうとなれば決着をつけるのは早いほうがいい。ケイトリンは急いで着替えに取りかかった。ブルーのバルキーセーターに黒いウールのパンツを合わせ、雪道に備えて膝まであるコサックブーツを履いた。

髪は下ろしたままにした。そのほうが肩の周りが暖かい。冷たい外気から肌を守るため顔にモイスチャライザーを軽く塗り、唇に明るい色を差せば、それで支度は万全だった。

「いいわよ」リビングルームへ戻って、彼女は言った。

マックが小さく吐息をついた。

「とてもきれいだ」

「あら、ありがとう。あなたも、まあまあよ」

マックは渋い顔をした。「ほら、コートを着て」むっつりと言う。「下でタクシーが待ってる」

「手回しがいいのね」エレベーターへ向かって廊下を歩きながら、ケイトリンはコートを着た。マックの表情はどんどん険しくなっていく。「どうしたの?」

「なんでもない」と彼は答えたが、それは嘘だった。

考えてみれば、自分はひどく突飛なことをしているのだ。こんな男が深く関《かか》われば、ケイトリン・ベネットという人物の価値はそこなわれるに決まっている。確かにセックスはしたが、だからといって二人が本当に結ばれるわけではない——あまりにも非現実的だ。経済状態も違いすぎる。考えるまでもない。自分と彼女では住む世界が違う、その事実を直視しなければならない。けれども彼女と別れることを思うと憂鬱《ゆううつ》になり、胸が痛む。

彼らは無言のままエレベーターを降りたが、静けさは長くは続かなかった。表には口々に彼女の名を呼ぶ三人の人間が待ち受けていた。

　驚いたマックは彼らとケイトリンのあいだに割って入り、彼女をロビーへ押し戻して危険を避けようとした。

「待ってください！」女性が声を張り上げた。「すみません、ミス・ベネット。ストーカーの件でお話をうかがわせていただけませんか？」

「マック、あの人たち、記者よ。応対したほうがいいわ」ケイトリンは言った。「早く終わらせればそれだけ早く解放してもらえるんだから」

「ちょっと待ってて！」マックは記者たちに指を突きつけて怒鳴った。そして、ケイトリンの体を自分のほうへ向けて壁に押しつけた。

「おれはいやだ」

「わたしもいやよ、頭のおかしなどこかの誰かに狙われるのは。あなたにはわからないのよ。ドアのベルが鳴るたびにびくっとするのよ。郵便物を開封するのだってどきどきしながらよ。こんなこと、もうおしまいにしなくちゃ。記者に話すことで少しでも早くそのときが来るなら、喜んで話そうと思うわ」

　マックは険しい顔をして、押し殺した声で言った。「きみが自分でリークしたんだろう？」

　ケイトリンは答えなかった。その代わりに彼の腕をすり抜けて記者たちと向かい合った。

「お話しする前に、みなさんの身分を証明するものを見せていただけますか？」

三人それぞれが大手の新聞社に所属する記者だということがはっきりした。ケイトリンはうなずいた。

「どうぞ質問なさってください」と彼女は言った。

女性記者が口火を切った。

「ミス・ベネット、しばらく前から脅迫状を受け取ってらしたというのは本当ですか？」

「はい」

「その送り主について、何か情報は？」

「ありません。ただ、幼稚で臆病《おくびょう》な人物だというのはわかっています」

「なぜわかるんですか？」

「文面がやけに芝居じみているし、赤いペンで書かれているんですよ。文末には血のような小さなしみまでつけて。まるでホラー映画です。最近では切断したねずみを送りつけてくるまでにエスカレートしています。わたしに言わせれば、精神の不安定なティーンエージャーと同じですね。怖くなんかありません。ただもう鬱陶《うっとう》しいだけで」

マックが息を吸い込む音を聞いて、ケイトリンは歯を食いしばった。

男性記者が会話に加わった。

「つい最近、そのファンに襲われて入院なさっていたとうかがいましたが、本当ですか？

眉の上のその傷は、そのときのものですか？」

「どちらの答えも、はい、です」

「そのときは恐怖を感じたんじゃありませんか？」

「トラックに対しては、ええ。この人物のことは怖いと思いませんでした、まったく。だって、わたしと向き合う勇気もなくて、子どもみたいに背中を押したんですよ」

最後の記者が質問を投げかけた。独自の視点で記事を書こうとしているのがはっきりわかる。

「顔は見なかったんですか？　警察は身元をつかんでいないんでしょうか？」

「見ていません。人の大勢いる交差点でしたから。近づいてくるトラックの真正面に押し出されたんです。助かったのは、ひとえに運転手のとっさの判断のおかげです。警察に関して言えば、現在捜査をしてくれています。お話しできることは以上です。では、これで失礼させていただきますね。予定が入っているものですから」

「ありがとうございました、ミス・ベネット」

「どういたしまして」悠然とした足取りで、待たせてあったタクシーに一人向かうケイトリンを、マックは追いかけた。

車に乗り込んでからのマックの沈黙は、好意的なものではなかった。彼はケイトリンをじろりとにらみ、それから運転手にぞんざいな口調で行き先を告げた。

「マック？」

彼は見向きもしない。

ケイトリンはため息をついた。「ああ言うしかなかったのよ」

またしても、沈黙。

「いいかげんにしてよ、コナー。わたしの人生よ。自分の人生をどう生きるか決めるのに、いちいちおうかがいを立てなくちゃいけないの？」

「なんでおれに訊《き》く？」マックがつぶやいた。「主導権はきみにあるんだろう？」

「だけど――」

「もうすんだことだ、ケイトリン。これからのことを考えるしかないじゃないか。ただ、これだけは言っておく。あの変態野郎が切れやすいやつじゃないことを祈るんだな。さもないと、死んだねずみどころじゃないものが送られてくるぞ」

脅すようなマックの口調にケイトリンのうなじのあたりが粟立《あわだ》ったが、すぐに彼女は恐怖心を振り払った。デヴリン・ベネットなら、こんなことにも真っ向から立ち向かっただろう。その娘たるもの、同じようにできなくてどうするのだ。

ほどなくタクシーは警察署に到着した。料金を払い終わったマックはケイトリンが車から降りるのに手を貸し、彼女を支えて、ところどころ凍りついた歩道を歩きだした。空には陰鬱《いんうつ》な灰色の雲が垂れこめているものの、雪の予報は――少なくとも数日先までは――

出ていなかった。

　庁舎へ足を踏み入れると、暖かさと騒々しさが彼らを出迎えた。ホームレスらしき老女が入口脇《わき》に陣取っているが、案内所の巡査部長は寛大にも見て見ぬふりをしている。マックがちらりと老女に目をやったのをケイトリンは見た。どこへ向かうべきかと二人で立ち止まって考えているときにも、マックはまた彼女を振り返った。留置手続きの窓口では、引ったくりの犯人を処理しているところだった。そばで被害者の中年女性がわめいているのは、係官と犯人の両方に向かって、バッグと現金を返せと言いつのっているのだった。

「どこへ行けばいいの？」ケイトリンが言った。

「さあ。まあ、すぐにわかるさ」マックはそう言うと彼女の手を取って案内所へ向かった。

　巡査部長はろくに顔も上げずに言った。「どうしました？」

「ニール刑事かコワルスキ刑事にお目にかかりたいんです」

「どちらも外出中です」と彼は言った。「氏名と電話番号をここに書いてください。のちほど連絡させますから」

「それは困る」

　唐突な答えが、やっと相手の注意を引きつけた。

「困る？　名前と電話番号を書きたくないということですか？　それとも、連絡はいらない、と？」

「どっちも困るんですよ」マックは言った。「ねえ、巡査部長。わたしもアトランタ警察に八年以上いたので、警察の決まり事は承知しています。でも、ニール刑事とコワルスキ刑事は、この女性、ケイトリン・ベネットの事件を担当しているんですよ。新しい情報は当然知っておいてもらうべきじゃありませんか」

巡査部長は目を輝かせた。「ミステリー作家のC・D・ベネット？」

ケイトリンがさっとマックの前へ進み出てにっこり微笑《ほほえ》んだ。

「あなたの作品は全部読んでますよ。実を言うと、今ここに最新作を持ってます。ほら」

彼が机の下から『デッド・ライン』を引っ張り出すと、ケイトリンはいちだんと愛想よく笑った。

「サインしていただけますか？」彼女の答えを待たずに、巡査部長は本を差し出した。

「ええ、喜んで。ファーストネームは？」

巡査部長は頬を赤らめんばかりに照れながら答えた。「ウォルターです」自分の本にケイトリンのサインが書き込まれていくのを嬉《うれ》しそうに見守っている。彼女が本を返すと、すぐにまた開いて、声に出して読んだ。「ウォルター・ブラム巡査部長へ。よくしてくださってありがとう」

ケイトリンは無邪気な顔を装って身を乗り出した。

「どなたか……ほんとにどなたでもいいの、ニール刑事に代わって話を聞いてくださる方、いらっしゃらないかしら？　とっても大事な話なんですけど」

「ええ、ええ。いるはずですよ。ちょっと待っていてください。すぐ調べますから」

ケイトリンはにっこり笑ってみせてから後ろへ向き直り、マックのコートの胸もとを叩《たた》いた。

「調べてくださるんですって」と、にこやかに告げる。

「聞こえたよ」マックはむっつりと言った。ケイトリンのとりこになった男がまた一人増えたのだ。ただし、今度は彼女の父親ほどの年だ。それがマックにはせめてもの救いだった。返答を待つあいだに、彼はもう一度後ろを振り向いて入口近くの女性を見つめた。どこかで見たことがあるような……。

「ミス・ベネット？」巡査部長が言った。

ケイトリンが振り返った。「はい？」

「二階へ上がってください。左側の手前から二つ目の部屋です。アマートという刑事がいます」

「どうもありがとう、ブラム巡査部長。本当に助かったわ」

「どういたしまして、ミス・ベネット。これからも面白い作品を書き続けてくださいよ」

「ええ、もちろん」

カウンターを離れ、階段へ向かって歩きだしたケイトリンは、マックがついてきていないのに気づいて足を止めた。

「マック、どうした――」

一瞬、姿を見失ったが、彼はドアのそばで例の老女に話しかけていた。腰をかがめ、相手の肩に手を置いて。マックはやけに勢い込んだしゃべり方をしているようだが、老女のほうは不審そうな顔をしている。やがてマックはポケットに手を入れて紙幣らしきものを取り出した。それを手に持たせると、老女は泣きだした。

この瞬間、ケイトリンはマックの新たな一面を見た気がした。彼の行いにこれほど心を揺さぶられるとは思ってもみなかった。裕福なくせに施しをすることなど考えもせずに通り過ぎた自分が恥ずかしくて、ケイトリンは目をそらした。視線を戻したときには老女の姿はなく、マックがこちらへ向かって歩いてくるところだった。

階段の下で彼は立ち止まった。その目はいつも以上に輝き、顔もいくらか上気していた。

「待たせたね」

ケイトリンは何も言わずに彼の顔を両手で挟むと、ためらうことなく唇を重ねた。

「いいなあ、次はぼくかな?」

しぶしぶキスを終わらせたケイトリンは、ぶしつけな若い警察官をちらりと見た。

「おあいにくさま」そう返して、彼女は階段をのぼりはじめた。今度はマックも一緒だった。

「文句を言っているわけじゃないが」最初の踊り場まで来ると、彼が言った。「今のキスはなんの褒美かな？」

ケイトリンは彼を見上げた。

「あなたがヒーローだから」

「おれはヒーローなんかじゃない」

「さっきのおばあさんは、その考えに反対だと思うわ」ケイトリンは静かに言った。

マックは視線を外した。「あの人、教師だったんだ」

「あんなに短いあいだによくそこまで聞き出せたわね。普通、ホームレスの人たちって自分のことは話さないものだけど」

「訊くまでもなかった。おれとアーロンが家族になった最初の年に、彼女はおれの担任だったんだ」

「そんな……マック……」ケイトリンはため息をついた。「人生って悲しいわね。いったい何があってホームレスになったのかしら？　あの人をもう一度見つけましょうよ。わたしがなんとか——」

「いや」マックは言った。「おれも助けようとした。だが、プライドだけは残っているんだ、ケイティー。それまで奪い去ってしまう気にはなれなかった。ペンシルヴァニアのエリーに妹がいると言ってた。おそらくあの金は、そこへ行くバス代になるだろう」

はきみ持ちだ」
マックは肩をすくめた。「有り金全部。四百ドルぐらいかな。だから帰りのタクシー代
「いくらあげたの？」

「喜んで」ケイトリンは穏やかに言った。「ご褒美がキスだけじゃ足りないと思うもの」

マックは彼女を見た。心は、欲しがる権利のないものを求めていた。

「そのこと、覚えておいてくれよ」と彼は言った。「きみの部屋へ帰ったら、その足りない分を――」

ケイトリンは彼の腕をぴしゃりと叩いた。

「せっかくいい行いをしたのに、台なしにするようなことを言わないで。さあ、アマートとかいう刑事さんに話をして、早く帰りましょう。わたし、仕事が残ってるんだから」


アマートはこの部屋を〝戦争部屋〟と呼ぶのが気に入っていた。関連性のある複数の事件について事実や手がかりを集め、固く誓い合った犯人逮捕のための作戦を練る。ここはそのための部屋だった。緊急時に備えて常に空けられているこの部屋が、目下のところ、三名の女性が殺害された連続殺人事件の資料室となっているのだった。最新の犠牲者の写真をほかの二枚の隣に画鋲《がびょう》で留めているとき、ドアがノックされた。

アマートは振り向いた。

「おい、アマート。ブラムに言われておまえに会いに来たと言ってる人たちがいるぞ」

「なんだろう？」

応対に出た刑事は肩をすくめた。「本人たちに訊いてくれ」と、ドアを開けたままマックとケイトリンを残して、自分の席へ戻ってしまった。

邪魔が入ったことにむっとしながら、アマートは手に持っていた画鋲をテーブルに戻すと、顔に笑みを張りつけた。


ケイトリンの注意はまず、自分たちのほうへ歩いてくる髪の薄い中年男性に向いたが、その視線はやがて、彼の顔から、後ろの壁の写真へと移った。写っている場面は凄惨《せいさん》そのものだったが、ケイトリンは作品中の犠牲者をもっとひどい目に遭わせたこともあった。彼女が驚いたのは、どこかで見たことのある感じがしたからだった。この女性たちを知っているような気がする。でも、どうして？　ケイトリンは、現場写真から、生前の被害者たちの写真へと目を移した。彼女たちのいったい何が……？

現像液に浸した写真の像が浮き上がってくるように、じわじわと、確信が深まっていった。彼女たちの顔の輪郭。髪の毛の色と長さ。さらには目鼻立ちまでも。

ピントの甘い、ケイトリン自身の写真を見ているようだった。もう一度、現場写真を、とくに顔のクローズアップを、じっくりと眺めた。やはり似ている。ケイトリンはその場にくずおれそうになった。

まさか、そんな。お願いです、神様。こんなことってあるでしょうか。

しかし、現実を無視するのは不可能だった。胃がむかつき、部屋が回りはじめた。パニックに陥ったケイトリンはマックの腕にすがったが、足が言うことを聞かなかった。驚きの表情を浮かべたマックの顔を目にしたのを最後に、彼女は床に崩れ落ちた。

「気がついたぞ」アマートが言った。

ケイトリンはうめいた。何か冷たいもので額を拭《ふ》かれるのがわかる。遠い話し声を聞きながら、彼女は徐々に意識を取り戻した。

「ケイティー……ハニー……聞こえるかい？」

舌が重く、耳鳴りがした。絞り出した声は樽《たる》の底から響いてくるかのようだった。震えるまぶたがようやく開いた。

「マック？　わたし、いったい――」

「よかった」マックは、誰かが手渡してくれた濡《ぬ》れタオルを脇へ置いた。「きみは気絶したんだよ」

「わたし、気絶なんてしないわ」

マックはアマート刑事を見上げてにやりとした。「もう、大丈夫です」

「どうしてわかるんだね？」

「わたしの言ったことに反論するから」

すっかり事態がのみ込めたケイトリンは、床に横たわって半ダースもの人々にじろじろ見られていることに当惑し、マックの腕をつかんだ。

「起こして」と彼女はつぶやいた。

マックは手近な椅子にケイトリンを座らせた。

「どうしたんだ、ハニー？　さっきまでなんともなかったのに、いきなり倒れたりして」

「どうしてって――」記憶がよみがえり、ケイトリンの顔が青ざめた。彼女は突然立ち上がると、男たちを押しのけて写真の貼《は》られた壁へ向かった。

マックがあとを追い、アマートは声を張り上げた。「だめだ！　そっちは――」

二人とも聞いていなかった。アマートはののしりの言葉をつぶやきながら彼らを追いかけた。

「きみたち、そっちへ行っちゃだめだ。そこは――」

しかしケイトリンの耳には入っていなかった。ひたすら写真に見入っていた。見れば見るほど、確信は深まっていった。やはり最初の印象は正しかったのだ。彼女はくるりと後ろを向くと、まっすぐマックを見据えて震える声で言った。

「わからない？」

マックは彼女の腕を取った。「ハニー、ここにいちゃいけない。重大な捜査が行われている場所だ。取材するようなところじゃない」

ケイトリンは叫びだしたいのをこらえて彼の手を振りほどき、写真のほうへ向き直った。

「取材なんかじゃないの！　ねえ、本当にわからないの？」

ケイトリンは、殺される前の女性たちの写真を指差した。一枚はスナップを引き伸ばしたもので、あとの二枚は明らかにスタジオでポーズをつけて撮られていたが、三人は驚くほどよく似ていた。

「何がだね？」アマートが訊いた。

ケイトリンは大きく腕を振って苛立《いらだ》たしげに写真を示した。

「そっくりでしょう。ほら……見て！」

そう言うなり壁際へ行ったケイトリンは、三番目の写真の隣にまるで列に並ぶようにして立ち、二人の男たちと向かい合った。

マックが最初に気づいた。彼は、全員の――ケイトリンと、死亡した三名の――顔を凝視した。まったく同じというわけではなかったが、ケイトリンを含めて全員が、同じタイプだった――焦げ茶色の髪を肩まで伸ばした、スリムで魅力的な若い女性。別々に見れば共通点には気づかない。が、ケイトリンの顔をそこに足したとたん、はたと思い当たる。

最初の女性の目と鼻はケイトリンのそれらとほとんど瓜《うり》二つだが、口や顎は似ていない。

二番目の女性の笑った表情はケイトリン・ベネットのクローンのようで、最後の女性の口もとはケイトリンのそれの相似形だった。そして、全員のヘアスタイルがそっくりだった。マックは、被害者たちの笑顔から、彼女たちの身に降りかかった災いを写し取った写真へと目を移した。二つの事件では、半裸の遺体が雪の上に横たわり、顔が無惨に切られていた。この切り方は……。

ねずみと一緒に送りつけられた写真を、マックは思い出した。

「そんなばかな。いや、信じられない」

「わかったでしょう?」ケイトリンが言った。

マックは、不意にこみ上げた吐き気をこらえた。アマート刑事のほうへ振り向き、その腕を荒々しくつかんだ。

「ニール刑事を呼んでください」

「今はいないんだ」とアマートは言った。「それに、何がどうなってるのか話してもらわないと。きみたちが誰なのかもわからないのに、ニール刑事を呼べと言われても――」

「彼女はケイトリン・ベネットです。ミステリー作家の。ニール刑事とコワルスキ刑事が一週間ほど前から彼女の事件を担当してくれているんです。この半年間、ミス・ベネットは脅迫状を何通も受け取っています。彼女の本を出版している会社には、同じ差出人から爆破予告まで届きました。先週は彼女、外出中に背中を押されて、走ってくるトラックの正面に突き出されたんです。死ななかったのは奇跡ですよ。退院して二日後にはまた郵便物が届きました。ずたずたのねずみと、顔を斜めに切りつけた彼女の写真です。次はおまえだという脅迫文も。ニール刑事が持っています。その写真を今すぐ見てみてください」

「あのねえ、そりゃあお気の毒だと思いますよ。しかし、それとこれとは——」

マックはアマートの体をケイトリンのほうへ向けた。「よく見てください。三人とも、彼女によく似ているでしょう。それに、顔の切られ方。彼女の写真——切り刻まれたねずみと一緒に送られてきた写真——それもまったく同じように切られていたんですよ」

アマートがぽかんと口を開けた。まさか。本当にそれが、探し求めていた突破口なのか？　ここで初めて彼は、邪魔をされた不快感を乗り越え、目の前の女性を眺めた。見れば見るほど、彼らの言う意味がより深く胸に落ちていった。

「ここで待っててください」アマートは部屋を飛び出した。

マックはケイトリンのそばへ行った。彼女はショックのためにずっと無表情のままだった。

「ケイティー……ダーリン——」

「ああ、マック。わたしったら、なんてことをしてしまったの？」

「なんのことだい？」

「記者に……新聞社に、話したでしょう。やれるものならやってごらんなさい、みたいなこと」

マックは、忘れていたそのやりとりを思い出した。が、ケイトリンの前で不安を表に出すわけにはいかない。パニックに陥るのはどちらか一人で十分だった。

「心配いらないよ」彼は言った。「絶対に大丈夫だ。今はこんなこと聞きたくないかもしれないが、おれはきみと離れるわけにいかないんだ、ケイトリン」

「じゃあ、離さないで」彼女はささやき、マックの胸に顔をうずめた。

ほどなく、アマートが戻ってきた。連れてきたもう一人は上司だろうとマックは推測した。果たして、そのとおりだった。

「フランコーニ警部補です」とアマートが紹介した。「あなたたちの考えを伝えたら、自分の目で見て判断すると言うので」

アマートはJ・R・ニールのファイルを繰って血染めの写真を取り出すと、ほかの三人のものと並べて壁に留めた。

そして、ケイトリンに言った。「ミス・ベネット、さっきみたいにそこへ立ってもらえますか?」

ケイトリンは言われたとおりに立ち、三人の男たちの表情を見つめた。

マックは苦しげな顔をしている。確信しているのだ。

だが、警察が納得しないことには始まらなかった。

「なんてことだ」アマートが言った。「間違いないな」

デル・フランコーニが渋い顔になった。「もっと早く気づくべきじゃないか。担当は誰だ？」

「ニールとコワルスキです。ただ、彼らを弁護するわけじゃありませんが、ほぼ全員が通常業務を離れてこっちの連続殺人のほうにかかりきりでしたから、ほかの事件に皺寄せがいくのも当然かと」

「二人を呼べ」フランコーニが命じた。「大至急呼び戻して、おまえたち四名で新たに捜査を始めるんだ。ミス・ベネット、部下になり代わってお詫《わ》びします。ご安心ください。今後はそちらの脅迫事件に全力で取り組みますので。もし差しつかえなければ、もう少しお時間をいただけますか？　きっと刑事たちからお尋ねすることがあると思います」

「わかりました」とマックが答えた。

「あなたは？」

マックが答えるより先に、ケイトリンは彼の腕の下にもぐり込んで胸に頭を預けた。

「一緒に暮らしているんです」彼女はそっと言った。

フランコーニは肩をすくめた。「なるほど」それから彼はアマートに指を突きつけた。

「待望のとっかかりが見えてきたじゃないか。無駄にするなよ」

13

ケイトリンはうなだれた頭を両手で支えて、テーブルを見下ろしていた。頭がずきずきするし、空っぽの胃は悲鳴をあげていた。すでに何時間も事情聴取されているように感じられて、泣きだしたい気分だった。

「ニール刑事、最後にもう一度だけ言いますけど、わたしは敵をこしらえた覚えはありません。この人物は……どこの誰だか知りませんが……とにかく、理由もなくわたしに執着しているんです」

「必ず理由はあるはずです」

ケイトリンは顔を上げ、傷ついた子鹿《こじか》のようなまなざしでニール刑事を見つめた。

「だったら、説明してください」顎を震わせて言う。「どんな理由があるのか、わたしにはどうしてもわからないので」

このときまでマックはあえて沈黙を守っていたが、今にも泣きだしそうなケイトリンを見て、限界だと判断した。

「もう、いいでしょう。彼女が退院してまだ一週間たっていないんですよ。何時間も食べていないし、あの表情からして、頭痛がひどくなっているにちがいない。知っていることはすべて話したじゃありませんか。そろそろ別の角度から考えてみたらどうです。あなた方がわかっていることをケイトリンに提示してみて、彼女が何か思い出さないか、とか」

ニールは眉をひそめた。彼がケイトリンのボディガードのことを快く思っていないのは、はた目にも明らかだった。

「それはどうかと――」

ニールの言葉をアマートがさえぎった。「それはいい考えだ」と彼は言った。「あなた、優秀な刑事になれただろうに。誰かに言われたことないですか？」

マックは笑った。彼の過去と、彼がケイトリンの力になっている理由について、すでにみんなが知っていた。彼らもケイトリンも知らないのは、弟への義理立てより、彼女への愛のほうが今や大きいのだという事実だった。

アマートがパートナーのポーリーを指差した。

「おい、ポーリー。ドゥバイのビデオテープを持ってきてくれ。われわれが見た限りではたいした収穫はなかったが、ひょっとするとミス・ベネットの記憶が呼び覚まされるかもしれん」

「警部補の部屋にあるな。すぐ戻る」ポーリーは言った。

トゥルーディ・コワルスキが身を乗り出すようにしてケイトリンの手を軽く握った。

「つらいのはわかります、ミス・ベネット。あたしたちと一緒にがんばりましょうね」

ケイトリンはうなずいた。

「彼女の父親のバックグラウンドについてはもう調べたんですか?」鋭い視線をニールに当ててマックが訊《き》いた。

非難の気配を察したニールは、防御の態勢を取る代わりに立ち上がった。

「彼女のお父さんが今回の件に関係していると考える根拠はありません。脅迫状が、錯乱したファンからのものであるのは明らかです。作家はミス・ベネットであって、お父さんではありません」

「わたしが連絡を取ったプロファイラーはこう言っています。脅迫者は彼女の仕事については言及していない、報いを受けなければならないと主張しているだけだ、とね」

ニールの顔に血がのぼった。「プロファイラー?　いったいどこからわいて出た男ですか、それは?」

「女性です」マックが訂正した。「どこからって、ヴァージニア州クワンティコあたりですよ。知り合いがFBIのプロファイラーでしてね。あなた方はどんな資格をお持ちですか?」

ニールの顔はますます赤くなった。

「ＦＢＩに連絡したんですか？　われわれに断りもなしに？」

「あなた方が本腰を入れて捜査してくださらなかったのでね。それに、犯罪は個人の所有物じゃないんです、刑事さん。仮にそうだとしても、所有権は被害者にある」

アマートが二人のあいだに割って入った。「紳士諸君――この言葉は便宜上、使うだけだ――一度しか言わないぞ。いいかげんにしろ！」

双方とも数歩ずつ後ずさった。

「それでよし。二度と言い争いはしないように」

「わたしはあなたの部下じゃありませんよ」マックがそっけなく言った。「ケイトリンの身の安全だけを考えているんです」

「わかっています」アマートは言った。「しかし、お互いに反感をいだかないほうが、捜査上得るものはずっと大きいと思いますよ。お知り合いのプロファイラーのご意見、詳しく教えてください。お願いします」

マックはうなずいた。「脅迫状の差出人は個人的な恨みを持つ者だろうということです。年齢は三十代はじめから半ば、結婚したことはない」

ニールが鼻を鳴らして不愉快そうに両手を投げ上げた。「ほほう……その〝プロファイラー〟さんは、いったいなぜそんなことがわかるんです？」

「さあね。手紙にテイクアウトのピザのソースがついていたとか、そういうことかもしれないし……そんなのこっちにわかるわけないでしょう？」マックは言った。「専門家はわたしじゃなくて、彼女なんですから」

アマートににらまれて、ニールはしぶしぶ椅子に座った。

ケイトリンはあれこれ尋ねられたことで疲れ果てていた。先のことを心配する心のゆとりはなかった。とにかく早く帰りたかった。

「ほかには？」アマートがまたマックに訊いた。

「ケイトリンは、ほかの誰かが犯した罪を償わされるユダの山羊《やぎ》にすぎないんじゃないか。彼女はそんなことを言っていました。相手がケイトリンでなければならない手紙ではない、と。言い換えれば……ケイトリンを非難しているわけでも、彼女が何か悪いことをしたと指摘しているわけでもない。償いをしろ、とひたすら繰り返すだけで。この捜査官の名前と電話番号をお教えしますよ。喜んで協力してくれるはずです。わたしから聞いたと言ってください」

アマートはうなずいた。

「ミス・ベネット、お父さんに敵はいましたかね？」

ケイトリンは笑いだしたいのをこらえた。「父のような人は、一生のうちに何百人も何千人も敵をこしらえるんじゃありませんか。財産も権力もあって、しかも気むずかしいときているんですから」

アマートは眉根を寄せた。「思い出してみてください。心当たり、ありませんか？」

「刑事さん、父の仕事関係のことは、わたしはほとんど知らないんです。父はわたしたちに仕事の話はしませんでしたから」

「わたしたちというのは、あなたと、お母さんですね？」

「はい」

「お母さんならわかりますかね？」

「父の亡くなる数年前に母も亡くなりました。父が逝《い》ってもう五年以上になります。わたしは一人っ子ですし、おじもおばもいとこも、誰もいないんです」ケイトリンはマックをちらりと見上げて言い添えた。「ごく少数の大切な友人がいるだけで」

マックは反論したかった。ケイトリンの友人になどなりたくなかった。なりたいのは……そこで彼は眉をひそめた。正確には何に、自分はなりたいのだ？　もちろん恋人だ。それは当然だ。愛し、愛される、恋人同士。だが、その先は？　カジュアルでありながらエレガントそのものといった姿でそこに座るケイトリンを、マックは見つめた。そして、家を出る前の彼女の格好を思い返した。上と下がちぐはぐなスウェット。ふざけた子犬のスリッパ。とたんにマックは胸苦しさを感じた。自分が求めているのはあれだ。ケイトリンその人なのだ。永遠にだ。どんな身なりをしていようと――あら探しをしてはマックを責め立て、そして夜ごと彼の腕に抱かれて眠るケイトリン。

マックの喉の奥で息が詰まった。大人になってからは、自分は結婚には向いていない男だと信じて生きてきた。ところが今や、結婚こそが最大の望みになった。ケイトリンの指に指輪をはめたい。彼女に自分の姓を名乗らせたい。子どもを産んでもらいたい。この順序ですべて実現したい。

「ええ、友人です」マックは彼女の言葉を繰り返した。

「仕事関係の人たちは？」アマートが言った。「お父さんの会社の方たちなら、あなたよりよくご存じじゃないですかね？」

「弁護士の名前はバーンスタインとステラですけど。彼らならわたしが気づかなかったような仕事上のことも知っているかもしれません」

「ほかに心当たりは？」

ありませんと答えかけたケイトリンの頭に、ふと一人の顔が浮かんだ。「ジャニータ・デラローサ！」

「誰です？」

「三十五年以上も父の秘書をしていた女性です。父が亡くなったので退職しましたけど。今はニュージャージーに住んでいます」

「住所はわかりますか？」

「たぶん」ケイトリンは答えた。「マック、わたしのバッグを取ってもらえる？」

マックはバッグをケイトリンに渡し、彼女が小さな住所録を取り出すのを見守った。やがて、彼女は顔を上げた。

「ありました、ほら、これです」ケイトリンは名前と住所を示し、アマートがそれを書き取ると、手帳をバッグに戻した。「父の仕事関係で何かあったとすれば、彼女がきっと知っているはずです」

「ありがとうございます」アマートが言った。「至急、連絡を取ってみますよ」

ほどなくポーリーが戻ってきた。

「これがそのテープです」ポーリーはそう言ってテレビのスイッチを入れ、ビデオデッキにテープをセットした。

マックがケイトリンを見やった。「ハニー……見ても平気かい?」

ケイトリンは肩をすくめた。「胃はむかむかするし、頭は割れそうに痛むけど、それ以外は平気よ」

「さっさとすませてしまってください」マックは言った。「早く彼女を連れて帰りたいので」

ニールが険しい目でマックを見た。続いてその視線はケイトリンに流れた。ニールが見ても、彼女の顔色の悪さははっきりわかった。苦悩がくっきりと表れている。彼は身を乗り出してケイトリンの両手を自分の手で軽く包んだ。

「本当に申し訳ありません、ミス・ベネット。でも、どうしても避けて通れないいやなことも、人生にはあるものです」それからニールは、無表情な顔をマックに向けた。「ほんの二、三分です。そのあとはお帰りになって結構。お二人にとって幸いなことに、ミス・ドゥバイはあっという間に死んでくれますから」

ケイトリンがショックを露《あら》わにした。

「つまり、被害者が殺される場面のテープがありながら、誰の仕業かわからないというんですか？」

「とにかく見てください。そうすればわかっていただけるはずです」ポーリーがリモコン片手にそう言った。

ケイトリンはいきなり椅子から立ち上がった。すると真後ろにマックがいた。

「ここにいるよ」彼はそっと言うと、ケイトリンの体に腕を回した。

ケイトリンは彼の胸に背中を預けた。マックがいてくれるだけで、力強い体がそこにあるだけで、安心できた。

テープが回りはじめた。見終わったとき、ケイトリンはすすり泣いていた。

「最後のところ、もう一度見せてください」マックが言った。

ケイトリンは顔を覆った。「ああ、マック、わたしはもうこれ以上――」

「お願いします」マックはハーン刑事に向かって繰り返した。「ちょっと気がついたことがあるんです。巻き戻してください」

ポーリーは肩をすくめ、数秒間テープを巻き戻したあと、ふたたび再生ボタンを押した。殺人犯が食べ物とビールを持って店を出るところが映し出された。

突然テレビに駆け寄ったマックが、画面を指差した。

「今のところ」彼は言った。「もう一度お願いします」

トゥルーディが眉を寄せた。「何も見えなかったけど——」

「見えるから」マックはもう一度言った。「ハーン刑事?」

ポーリーはもう一度、最後の数秒間を再生した。

「そこだ!」マックが叫んだ。

カウンターの上方に据えられたカメラのとらえた映像が、画面上で静止していた。家族経営の小さな食料品店の通路二列分。そして、通りかかった車のヘッドライトに、出ていこうとしている犯人の後頭部から肩にかけてが浮かび上がっている。

「後頭部しか見えないが」アマートが言った。

マックは男の向こう側で光っているガラスを指差した。

「ここを見てください」と彼は言った。「ガラスに映っているもの。何が見えますか?」

身を乗り出したニールは、マックが指差した箇所に目をやって、大きく息をついた。画面から顔を上げた彼は、なんともいえない、申し訳なさそうにも見える笑みを浮かべていた。

「犯人の顔がかすかにガラスに映っていますね？」

「どこだ？　どこにだ？」アマートが言った。「おれには見えないぞ」

「眼鏡をかければ」トゥルーディが言った。「ほら、そこにあるわよ」

アマートは机の上から眼鏡を取って鼻にのせた。

「畜生」と彼はつぶやいた。「どうして今まで気づかなかったんだ？」

「わたしも見えたわ」ケイトリンが言った。

「誰だかわかりますかね？」アマートが訊く。

ケイトリンは画面に顔を近づけ、それから首を振った。「いいえ。ぼやけているから」

「鑑識に送りますよ」アマートは言った。

「もしそちらでもわからなければ、クワンティコの例の捜査官に送ってください」マックが言った。「人工衛星でとらえた馬の尻の蠅《はえ》さえ識別できますから。ここに何か映っていれば、必ず発見されるはずです」

アマートがポーリーに指示した。「テープのコピーを二本こしらえるんだ。一本はうちの鑑識に、もう一本はFBIに送ってくれ。ミスター・マッキーからの紹介だと書き添えてな」

ポーリーがデッキからテープを取り出してドアへ向かい、アマートは冷めたコーヒーを飲み干した。

「さてと、お二人はもうお引き取りいただいてかまいませんよ」アマートが言った。「ミス・ベネット、また何か思い出したら、すぐに連絡をください。ミスター・マッキーに名刺を渡してありますのでね」

ほっとしたとたんケイトリンは脱力感に襲われ、コートを取ろうと力なく振り向くと、ニール刑事がすでにそれを持っていた。

「着せてあげましょう」

「ありがとう」着慣れたコートに包まれるといくらか気持ちは落ち着いたものの、ここ数時間のやりとりや見せられたもののおかげで、もう一度襲われたも同然の苦痛を感じていた。

すぐには動けないでいると、ニールが彼女の手を取った。

「わたしの名刺はお渡ししましたね。前にも言いましたが、必要なときには……どんなことでもかまいません、いつでもお電話ください。昼でも夜でも」

格別な配慮に対して礼を言うのも億劫《おっくう》なほど疲れていたから、ケイトリンは弱々しく微《ほほ》笑《え》んでうなずいただけだった。マックがそばにいてくれればそれでよかった。その彼はアマートとトゥルーディと何やら話し込んでいる。

「マック？」

振り向いた彼の表情がたちまちやわらいだ。

「支度はできたかい？」

ケイトリンはうなずいた。

「おなかはまだすいてる？」

ケイトリンの視線が、殺害された女性たちの写真のあたりをさまよった。その目に涙が盛り上がる。「おなかがすくことなんて、二度とないような気がするわ」

マックは彼女を胸に引き寄せた。「きみのせいじゃないんだ、ケイトリン。それは理解しないといけない」

トゥルーディ・コワルスキがケイトリンの肩を優しく叩《たた》いた。

「そうですよ、ミス・ベネット。彼女たちの死に責任を感じてはだめ。責められるべきは犯人であって、あなたじゃないんですから」

「頭ではわかってるの」ケイトリンは言った。「わかってはいても、気持ちは楽にはならないの」

マックは一瞬しっかりと彼女を抱きしめ、それからハンカチを差し出した。「涙を拭《ふ》いて。パスタでも食べに行こう。しっかり腹にたまるものがいい。そうしたら少しは気分も晴れるだろう」

ケイトリンはこっくりうなずいて、サール・アマートと握手を交わした。

「刑事さん、お世話になりました」そして、トゥルーディとニールにも。「みなさん、力になってくださって、ありがとう。もうくよくよ悩むのはやめにしないといけませんね」

トゥルーディがにっこり笑ってウィンクをした。「困っている人の力になるのがあたしたちの仕事だから。こちらこそ、お礼を言わなくちゃ。おかげで捜査の新たな方向が見えてきたんですもの」

マックがケイトリンの腕を取った。二人がまだ外へ出ないうちからサール・アマートは大声で指示を出し、トゥルーディとニールを別々の方向へ走らせた。

とりあえず、自分たちだけで思い悩むことがなくなったのはよかった。マックとケイトリンは足早に部屋を出た。警察からも、警察が象徴するものからも、一刻も早く離れたかった。しかし、通りへ出てタクシーを拾い、レストランへ向かうあいだも、ケイトリンにはわかっていた。どんなに遠くへ行こうとも、苦しみからは逃れられない。犯人逮捕までの時間は、天から与えられた余禄《よろく》でしかないのだ、と。

ケニーは満足の笑みを浮かべながら電話を切った。新聞社の記者に確認したところ、ケイトリン・ベネット本人へのインタビューに成功したという。これで、夕方のニュースを騒がせるのは確実になった。ケニーはくつろいだ気分で椅子にもたれた。ケイトリンは喜ぶぞ。この恩はきっと返してくれるはずだ。彼女に引っついているボディガードがなんだ。

じきにケイトリンは正気に戻る。そうすれば、自分にとって誰が本当に大切なのか、悟るに決まっている。

いつもどおり忙しく仕事をこなすうちに一日が終わった。電話が鳴るたびに、ケイトリンからだと思った。褒めそやされるに違いない、と。しかし、彼女からではなかった。帰宅する時間が近づいた今も、まだ連絡はなかった。ただの一度も。ありがとうのひと言も。プライドを傷つけられたことよりも、ケイトリンに雇い人としか思われていない可能性に気づいたことのほうが、ショックだった。ケイトリンはケニーに金を払い、必要な仕事をさせる。彼がその仕事をきちんとこなしている限り、二人の関係は今のままいつまでも続く。今以上のことは何も起きない。受け入れたくないことだが、よく母親が言っていたものだ。〝真実というのは固い卵と同じで、のみ込みにくいものなのよ〟と。

重い心、重い足取りで、ケニーはオフィスをあとにした。傷口をさらに広げるような猛烈な寒さにさらされながら、タクシーを拾おうとしたが、うまくいかない。寒風の中、頭をうなだれ肩を落として、ケニーは家路をたどりはじめた。

ケイトリン・ベネットが狙《ねら》われた事件は、その夜のメディアをにぎわせた。複数の夕刊紙のトップを飾り、二つのローカルテレビがニュースで取り上げた。ケイトリンのあざけりは、狙いどおりに届けられたのだった。

バディが最初にその見出しを目にしたのは、仕事から帰る途中のことだった。信じられない思いで新聞を買い、地下鉄の中で読んだ。自宅へ帰り着くころには、怒りで体が震えていた。

雌犬め。おれが幼稚だと！　怖くないと言ったな。本物の恐怖を味わわせてやろう。だがその前に、まったく別の方法で、後悔させてやる。

バディは玄関へ入るなり新聞を床に落とし、それで足を拭いた。靴底の泥が、ページに汚いしみをつけた。

仕事はくそ面白くもなかったが、神経を集中してやれることがほかになかった。朝はベーグル一つ、昼飯は抜き。この頭痛は、すきっ腹にがぶがぶコーヒーを流し込んだせいかもしれない。しかし、食事はあとだ――ケイトリン・ベネットへのささやかな〝贈り物〟を仕上げてから。これが先方に届いたあかつきには、彼女ももう、怖くないなどとほざいてはいられなくなるだろう。

勝手のわからない者にとって、アーロン・ワークマンのオフィスは混沌《こんとん》の極みだったが、彼自身は何がどこにあるか、それぞれの期限がいつか、すべて把握していた。机の後ろの棚には、不採用の原稿が山積みになっている。これは順番にアシスタントが書き手に送り返していく。

椅子の脇《わき》の床に積み上げられているのは、未開封の封筒。机の右側にあるのは、契約している作家の原稿と、これから編集に取りかかるもの。左側の山がいちばん低い。有望な原稿だ。短くしたり加筆したり、手直しの必要はあるにしても、ちゃんと物語になっている。アーロンのもっとも好きな一群だった。新人を発掘する楽しみのために、この仕事を選んだようなものなのだ。

編集者として最初に働いたのは、今はすでにないペンシルヴァニアの小さな出版社だったが、自分がこの仕事に向いていると知るには十分だった。ハドソン・ハウスに移って十年。会社の経営状態は良好だし、アーロンの人生も順風満帆だった。

ただし、ケイトリンの一件を除けば、だ。編集者が作家と個人的に親しくなるのは異例だが、アーロンはケイトリンを、実生活では持ったことのない妹のように愛していた。初めて一緒に本を作ったときから友情はどんどん深まっていき、今ではいちばんの親友は彼女だと思っている。昼間は懸念を忘れていられても、夜、一人で部屋にいると心配でたまらなくなる。頭がおかしくならずにすんでいるのは、兄が彼女を助けに来てくれた、ひとえにその事実のおかげだった。

マックのことを思い出したアーロンは、キーボードを叩く手を止めて微笑んだ。あんな兄を持てた自分は幸せ者だ。ケイトリンも今ならきっと同意してくれるだろう。マックとケイトリンの初めての対面には、本当にがっかりさせられた。この世でアーロンがいちばん好きな二人が、あんなに反発し合うとは。それも今思えば、好意の裏返しだったのだ。はじめから惹《ひ》かれ合っていたのに、双方が認めようとしなかっただけなのだ。

アーロンは時計を見て、また画面に目を戻すと、書きかけだった手紙の続きに取りかかった。これを書き上げたらマックに電話を入れるつもりだった。昨日は何度電話をかけても留守だったから、何が起きているのかよくわからない。今夜あたり一緒に食事でもしよう。ちょっと強引に誘わないと、ケイトリンは家にこもりっぱなしになってしまうから。

数分後、アーロンは保存キーを押し、印刷に取りかかった。席を立ってコーヒーをいれ、手紙がプリントアウトされるのを待った。

「ミスター・ワークマン、今日送られてきた分です」

振り向いたアーロンは、アシスタントが机に置いた新しい山を見て目玉を回した。

「果てしなく続くのかな？」と彼はこぼした。

アシスタントがにっこり笑った。「続くでしょうね。来なくなったら寂しいんじゃありませんか？」

アーロンはため息をついた。「確かに。うん、ご苦労様」彼はコーヒーカップを置き、原稿の山にざっと目を通した。「面白そうなのはあるかい？」

「いつもどおりですね。課題への応募が三本と、持ち込み原稿が二本です」

アーロンは手を振り払う仕草をした。「リーダーに送ってもらえるかな。最初からぼくが全部読んでる暇はないよ」

「わかりました」アシスタントは原稿を選《え》り分けた。「ああ、忘れるところでした。この優先郵便、親展となっていましたから、開封していません」

アーロンはそれを受け取り、コーヒーをすすりながら差出人欄を見た。そして、肩をすくめた。

「ありがとう、テリーザ。これを飲み終わったら開けてみるよ。もうコーヒーをこぼしてシャツを汚すのはごめんだからね」

彼女は笑った。アーロンが二つのことを同時にこなそうとすると必ず失敗するのは、社内では有名な話だった。読むことと飲むことも両立しない。彼がこぼした液体で原稿が台なしになったことも一度や二度ではなかった。

アシスタントが出ていってしまうと、アーロンはコーヒーを持ったまま窓辺へ寄って眼下の町を眺めた。八階からでも、道路が薄汚れているのが見て取れる。白百合《ゆり》のようだった雪がぬかるみ、交差点の隅でどす黒い山となり、縁石の上では踏み越えるのも困難なバリアを形作っている。このまま降らない日が二日以上続けば自然に解けていくのだろうが、今のところ、町は雪をもてあましているようだった。

ひどいありさまに顔をしかめてコーヒーをさらにひと口飲むと、アーロンは机の前へ戻った。優先郵便専用封筒のトリコロールカラーが、好奇心をそそる。作家志望の誰かが、自分の作品を目立たせようとして奇をてらったのに違いなかった。そうとわかってはいても、机の上のそれは、クリスマス翌日になっても開封されていないプレゼントのように気がかりな存在だった。

やるべきことを後回しにする自分の癖を呪《のろ》いつつ、アーロンはカップを置き、封筒に手を伸ばした。ニューヨークシティの消印以外、差出人の手がかりはない。アーロンは開け口をつまんで引っ張った。

閃光《せんこう》がひらめき、爆発が起きた。肌を焦がす熱を感じ、悲鳴を聞いた。それが自分の悲鳴だと気づかないまま、アーロンは闇《やみ》に落ちていった。

電話が鳴ったとき、ケイトリンはアイビーに水をやっているところだった。マックは携帯電話で部下と話し中だった。彼の手を煩わせないよう、ケイトリンは急いで受話器を取った。

「ベネットです」

「ミス・ベネット！　ハドソン・ハウスのテリーザ・レインです」

「あら、こんにちは、テリーザ。お元気？」

「ああ、ミス・ベネット。大変なことになりました」

ケイトリンの笑みが凍りついた。昨日、朝から晩までニューヨーク市警の刑事四人と過ごしたばかりだというのに、ここでまた何かあったら、もう耐えられる自信はない。

「どうしたの？」

「ミスター・ワークマンのお兄さんがそちらにいらっしゃると聞いたんですが。本当ですか？」

受話器を握るケイトリンの手に、わずかに力がこもった。

「ええ……ええ……いるわよ。何があったの、テリーザ？」

「ミスター・ワークマンが。爆発が起きて……」

「ああ、神様」足から力が抜け、ケイトリンは床にくずおれた。「まさか、まさか、アーロンは——」

「いいえ、いいえ、そんなことはありません。でも、ニューヨーク総合病院へ運ばれました」

「すぐ行くわ」電話を切りながら、彼女はすでにマックの名前を叫んでいた。

銃を手にケイトリンの仕事部屋から飛び出してきたマックは、廊下で彼女と鉢合わせした。彼が武器を持っていたことをケイトリンは初めて知ったが、深く考えている余裕などなかった。

「どうした？」

ケイトリンは彼の両腕をつかむと、叫びたいのを懸命にこらえて、こう言った。

「アーロンよ。アーロンが怪我《けが》をしたの。すぐ病院へ行きましょう」

マックの顔から血の気が引き、体から力が抜けていった。

「なんだって？　どうして？」

ケイトリンは必死に言葉を絞り出した。

「オフィスで爆発が起きたんですって。聞かされたのはそれだけ」

「畜生」マックはくるりときびすを返すと、ベッドルームめがけて駆けだした。「きみも着替えて。さあ、早く」

言われるまでもなかった。例の脅迫者はハドソン・ハウスに爆弾を仕掛けると予告していた。メディアに向けたケイトリンのコメントが、それを実行に移す引き金になったのだろうか。今はしかし、マック相手にそんな話をしている場合ではなかった。病院へ着いたときアーロンが生きていてくれることを、ひたすら祈るばかりだった。

14

アマート刑事は救急治療室の入口でマックとケイトリンに会った。

「弟は……どこですか？」息せき切ってマックが訊《き》いた。

「十五分ほど前に手術室へ入りました」

「ああ、アーロン」マックはうめきながら壁に寄りかかった。アーロンを失うなんて、考えることすら不可能だった。互いにただ一人の身内であり、血はつながっていなくとも、長年の愛と友情がはぐくんだ固い絆《きずな》で結ばれている。

「爆発が起きたと聞きましたけど」ケイトリンが言った。「爆弾ですか？」

アマートはうなずいた。「手紙爆弾です。爆弾としては小さいが、開封した人物にダメージを与えるだけの威力は十分あるやつです」

ケイトリンはマックのほうへ振り向くと、その手を握った。「アーロンの状態は……悪いんでしょうか？」

「それは医者に訊いてください」とアマートは答えた。「顔と手に火傷《やけど》を負ったことだけはわかっているんですが。目もやられているかもしれない。とにかく怪我《けが》の程度については、手術が終わってみないとわかりませんね」

最初のパニックが去るとマックの感覚は麻痺《まひ》したようになり、アマートに向けるまなざしも虚《うつ》ろだった。

「アマート刑事、これは爆弾事件なんですよね？」

「ええ」

「だったら、なぜあなたがここにいるんです？　あなたは殺人課の刑事でしょう？」

「爆風でミスター・ワークマンの背後の窓が割れ、大きな破片が道路に落下したんです。ちょうどタクシーから降りようとしていた男性がその直撃を受けて、死亡しました。その時点で殺人事件になったわけです」

ケイトリンの表情が凍りついた。大声で叫びたかった。いつまでも叫び続けたかった。すべてが悪いほう、悪いほうへと進んでいく。

「ああ……わたしのせいで……わたしのせいで」

マックが彼女の腕をつかんで引き寄せた。激しい感情で彼の声は震えていた。

「やめてくれ、ケイティー！　きみまで動揺しないでくれ。今のおれは、きみに支えてもらわないとだめなんだ」

切羽詰まったマックの口調は、たった今アマートから聞かされた知らせよりも驚きだった。ケイトリンにとって、マックは揺るがぬよりどころだった。彼はうろたえたりしないはずだった。ケイトリンの体を冷たい震えが走った。途方に暮れたような彼の顔を目の前にして、ケイトリンはひたすら謝ることしかできなかった。

「ごめんなさい……本当にごめんなさい」

「いいんだ」声は穏やかになった。「おれのそばにいてくれるね？」

ケイトリンは涙をこらえてアマート刑事のほうへ向き直った。

「どの程度のことがわかっているんですか？　爆弾事件についてですけど」

「まだ、あまり。現在、爆発物処理班が現場に出向いています。一両日中に報告が上がってくるでしょう。それまではとにかく、あなたも郵便物に気をつけるようにとしか申し上げられません。いや本当に、いっさい開封しないほうがいい。うちのほうへ持ってきて、専門家のチェックを経てからにしてください」

不信感の新たな波がケイトリンに襲いかかった。苛立《いらだ》ちと怒りはつのる一方だった。

「こんなの、ひどすぎるわ」彼女はつぶやいた。「どこの誰だかわからないけど、この犯人は勝手気ままに殺人を犯したうえに、わたしの生活のあらゆる場面に侵入してくる。せめて理由がわかれば、正体もわかるかもしれないのに」

「ニールとコワルスキに、お父さんの仕事関係を調べさせています。そっち方面から何か出てくるかもしれません」

「父の秘書だったジャニータ・デラローサとは話しました?」

「コワルスキが何度も電話をかけているんですが、捕まえられないでいるんです。ニールと一緒に明日、ニュージャージーへ行くと言っています。住所が変わっていないかどうか、確かめに」アマートは腕時計に目をやってため息をついた。「すみませんが、わたしはそろそろ署に戻らないと。何かわれわれが力になれることがあるようでしたら、連絡をください」彼はマックの肩をそっと叩《たた》いた。「弟さんの回復を祈っていますよ」

ケイトリンは一瞬躊躇《ちゅうちょ》したが、罪を白状するかのように言葉を吐き出した。「やっぱりわたしのせいだわ」

アマートはいよいよわけがわからなくなった。「どういうことです?」

ケイトリンは気持ちを静めようと、唇の内側を噛《か》んだ。「昨日の新聞やニュースで、わたしのコメントが取り上げられたのはご覧になりました?」

「ええ、見ましたが――」

マックがケイトリンの肩を抱き、その腕に力を込めた。「メディアにリークしたのは彼女自身なんです」

アマートは仰天した。「なんだってまた――」

「自分がおとりになろうとしたんでしょうね」マックは言った。

良心の呵責《かしゃく》に押しつぶされそうになりながら、ケイトリンは打ち明けた。

「連続殺人のことはまったく知らなかったんです。まさか、わたしに似た女性たちが殺されているなんて思いもしなかった。わたしはただ、終わりにしたかっただけなんです。わたしにばかにされたと知ったら、犯人は何かミスをして、尻尾《しっぽ》を出すんじゃないかって」涙がひと筋、静かに頬を伝った。「終わりにしたかったのに、ますます悪い事態を招いてしまったんですね、わたしが」

アマートは呆気《あっけ》にとられたように頭を振った。「もし事前に相談されていたら、わたしはそれは危険だと忠告したでしょう。しかしたいしたものですよ、ミス・ベネット。あなたは勇敢な人だ。それに、普通ならその方法はうまくいったかもしれません。ところが、われわれが相手にしているのは、どうやら普通の人間ではないらしい。常軌を逸した精神、異常なほどの残酷さ、そのうえずる賢いときている。どうか慎重になってください。くれぐれも気をつけて」

「ええ、そうします。でも、今はただ、アーロンのことしか考えられなくて。彼にはなんとしても元気になってもらわないと」

「医者は全力を尽くしてくれていますよ」

ケイトリンはうなずいた。「何か新しい情報が入ったら、知らせてくださいね」

「そりゃあ、もちろん」アマートはそう言うと、足早に立ち去った。

ケイトリンはマックを振り返った。彼には憎まれて当然だと思った。「もしもアーロンが死んじゃったら、わたしのせいだわ」

マックの目に涙が光った。しかし口調はきっぱりとしていた。「いや、違うよ、ケイティー。頼むから二度とそれを言わないでくれ。前にも言ったけど、もう一度言う。悪いのはただ一人、犯人だけだ」

ケイトリンはマックの腰を抱き、彼のコートに頬を寄せた。

「アーロンを愛してるの。本当のお兄さんみたいな気がするの」

「わかってるよ」マックは笑顔を見せて言った。「向こうもきみを愛してる」

「ありがとう、コナー。なんてお礼を言えばいいのかわからないぐらい、感謝してるわ」

「さあ、おれたち家族が来てることを誰かに知らせておかないと。手術が終わったら、医者から説明があるだろうから」

ケイトリンはマックのあとについてナースステーションへ向かったが、彼が看護師と話しているあいだも、頭にあるのは今しがたのマックの言葉だった。おれたち家族。彼はケイトリンを家族の一員に含めた。天涯孤独の身になって久しいケイトリンにとって、身内があると思えるのは嬉《うれ》しかった。たとえこの気持ちが、兄に対する妹のものと同じであっても。

その後二人は、手術室そばの家族待合室へ移った。ケイトリンはすでにそこにいる人々を見て、苦しいのは自分だけではないのだということを思い出した。

「壁際の席が二つ空いてる」マックが彼女の肘を支えて部屋の奥へ向かった。「コートはいらないね」マックは彼女のコートを脱がせ、自分のと一緒に小さなソファの背にかけた。周りからの視線を感じたケイトリンは、そそくさと腰を下ろしてうつむいた。素性がばれて、あれこれ尋ねられては困ると思った。

マックがケイトリンの体に腕を回して抱き寄せた。見上げる彼女の顎は震え、目には涙がたまっていた。

「ああ、マック」

「わかってる」彼は優しく言った。

「アーロン、大丈夫よね」

マックの口の脇《わき》がぴくりと動いた。つかの間、彼自身も激しい感情を押し殺しているのが垣間見えた。

「大丈夫だ」マックは簡潔に言い、ケイトリンを抱く腕に力を込めた。

しばらくしてわかったことだが、彼らに向けられた視線は特別なものではなく、新しくここへ入ってきた者すべてに向けられる好奇の視線だった。ケイトリンは安堵《あんど》して椅子にもたれ、何気なく周囲を見回した。十五人ほどの中でただ一人の子どもが、彼女の注意を引きつけた。

五つか六つだろうか、その女の子は、おとなしく床に座って塗り絵をしていた。何色ものクレヨンを広げ、コーヒーテーブルを机がわりにして、怒っているような荒々しい手つきで絵を赤一色に塗りたくっている――明らかに自分の気持ちをぶつけている。

ケイトリンはずいぶん長いあいだ見入っていた。優しい曲線を描く首筋、小さなピンクのセーターに落ちかかる長い巻き毛、クレヨンをきつく握りしめ、がむしゃらな動きを見せる手。やがて彼女は、女の子のほうもこっちをじっと見ていることに気づいた。

ケイトリンは微笑《ほほえ》もうとしたが、女の子の表情の何かが、それを思いとどまらせた。その代わり、二人は黙って見つめ合った。先に動いたのは女の子のほうだった。クレヨンを手に取ると、ケイトリンに向かって差し出したのだ。

塗れと言っているのはわかった。拒むわけにもいかず、ケイトリンは床に下りて女の子ににじり寄りながら、そばにいる父親らしき男性に、問いかける視線を向けた。父親は娘の行動に驚いている様子だったが、ケイトリンに向かってどうぞと言うようにうなずいてみせた。

女の子は、一度見たら忘れられないほど暗い目をしていた。ケイトリンは彼女を抱きしめたかったが、クレヨンを受け取ると、自分のために新たなページが開かれるのを興味深く見守った。

クレヨンは黒だった。色の選択に意味がありそうな気がしたが、ケイトリンは黙ってそれを持つと、ポニーのたてがみと蹄《ひづめ》を黒く塗りはじめた。その部分を塗りつぶしてしまうと、彼女はクレヨンを置いた。

女の子はびっくりした顔でケイトリンを見上げた。それからまた同じクレヨンを取ってケイトリンに渡そうとした。

今度はケイトリンは首を横に振り、ターコイズブルーのクレヨンを指差した。女の子の表情は険しくなってきていたが、ケイトリンは譲らなかった。腕組みをして背中を起こし、女の子の出方を見た。

マックは膝に肘を置いて身を乗り出し、二人の様子を眺めていたが、たまたま父親が涙ぐんでいるのが目に入った。

女の子はもう一度クレヨンを差し出してページを指差した。

ケイトリンはかぶりを振ってターコイズブルーを指差す。完全な膠着《こうちゃく》状態だった。

女の子は黒のクレヨンを床に落とすと、反対側のページを赤く塗りはじめた。まるでナイフか何かのように激しくクレヨンを紙に押しつける。

こんなに幼い子が、ここまでの怒りをいだくとは。いたたまれなくなったケイトリンは、その場を離れかけた。すると、女の子がいきなりターコイズブルーのクレヨンをつかんだかと思うと、ケイトリンの膝に投げつけるようにして渡してよこしたのだった。

ケイトリンは笑いたいのをこらえて静かにそれを拾うと、ポニーの背中の小さな鞍《くら》に色づけした。塗り終わると、クレヨンをテーブルに置き、背中を起こす。

女の子がまたこっちを見上げた。表情はますます険しくなっている。もっと塗れとでも言いたげにページを指し示す。ケイトリンは黄色いクレヨンを指定した。女の子の怒りようはおかしいほどだったが、そこまで抵抗する裏には、笑いとはほど遠い理由があるにちがいなかった。

女の子は首を横に振る。

ケイトリンはもう一度黄色を指差す。

女の子はじっとケイトリンを見つめた。今度もこの人は折れないらしいと表情から判断したのか、ついに黄色のクレヨンを手渡した。

そうやって次々にクレヨンが手渡された。ケイトリンはさまざまな色を使って塗り絵を完成させ、最後のクレヨンを置くと、嬉しそうに両手を上げてみせた。

女の子は塗り絵を眺め、顔を上げてケイトリンを見て、それからまた塗り絵に目を戻した。自分が塗ったページと、ケイトリンが塗ったページとを見比べている。手の中の赤いクレヨンをしばらく見つめていた彼女は、やがてがっくりと肩を落とし、のろのろとそれを置いた。

何か重大なことが彼女の中で起きたらしい。ケイトリンはそう思ったが、身動きができなかった。彼女が何を考えているのか、想像するのが怖かった。けれども、散らばったクレヨンを女の子が指差したとき、ケイトリンははっきりと理解した。

ケイトリンは息をこらして青いクレヨンを取ると、女の子の手にのせ、塗り絵の新しいページを開いた。

女の子は吐息をもらし、ぎこちなくクレヨンを握って、初めて見るような顔で絵をじっと見つめていた。やがておもむろに身を乗り出すと、色を塗りはじめた——はじめのうちはためらいがちに、自分が残した痕跡《こんせき》を恐れるかのように。けれども塗り進むにつれて手の動きは大きくなり、最後にはごく普通にクレヨンを使うようになった。

ケイトリンは歓声をあげたいのをこらえ、別の色を持って待った。やがて女の子は青を置くと、顔も上げずに手を出した。緑のクレヨンを渡したケイトリンは、乗り出していた体を起こして吐息をついた。

その調子よ、お嬢ちゃん。

肩に手が触れるのを感じて振り向くと、マックだった。彼の顔を見た瞬間、ケイトリンの心臓が止まりそうになった。ああ……神様……思い違いじゃありませんよね？　これは愛でしょう？

ケイトリンはごくりと唾《つば》をのんだ。二人きりになりたかった。マックの瞳がたたえているものを、彼の口から聞きたかった。

「あのう」

女の子の父親だった。

「はい？」

「ありがとうございます」

ケイトリンは微笑んだ。「わたしは何もしていません」

「いえ、実は」と父親は言った。「娘がしゃべらなくなって、三週間になります……黙々と色を塗りたくるばかりで……母親があんなことになってからというもの——」

彼は言葉に詰まり、最後まで言えなかった。

「お気の毒に」ケイトリンは言った。「ご病気ですか？」

「妻は……カージャックの犠牲になりました。頭を撃たれて、娘と一緒に車外へ放《ほう》り出されたんです。一部始終を娘は見ていたんです」

「なんてこと」ケイトリンはかすれた声でささやき、あらためて女の子を見た。激しい怒りも赤いクレヨンも、そう言われれば納得できた。血にまみれた母親を目の当たりにするとは、どれほど恐ろしかっただろう。自分の身に起きたことと折り合いをつけるすべもなく、何物にも邪魔されない世界に引きこもるしかなかったのだ。そうして、自分を救ってくれる人たちをも、拒絶してしまった。

「今、奥様は？」マックがそっと尋ねた。

父親はかぶりを振った。「脳死状態です。今朝、人工呼吸器が外されました。今はただ、心臓が止まるのを待っているだけです」

「ほかにご家族は？　誰かにお嬢さんを預けたら、あなたは奥様のそばについていられるんじゃありませんか？」

「フロリダに両親がいますがここまでの旅費は出させられないし、それでなくてもこういう状況では、金がね……」彼は身を震わせてから、笑顔を作ろうとしながら娘の頭に手を置いた。「まあ、おわかりでしょう」

そこだった。ケイトリンには、それがわからないのだった。生まれてこのかた金の心配をしたことはただの一度もないのだから。これまでも後ろめたさはあったけれども、今ほど痛感させられたことはなかった。

ケイトリンはマックの顔を見た。彼女の胸のうちは確かに伝わっていた。ケイトリンは父親のほうへ向き直った。

「失礼ですけど、お名前は？」

「ハンク・ブリッジズといいます」

「お仕事は何をなさっているんですか、ミスター・ブリッジズ？」

「市の衛生局に勤めてますが、いつまでも周りに迷惑をかけるわけにはいかないと思っています。欠勤続きですから、あれ以来——」

ケイトリンは急いで話題を変えた。

「娘さんのお名前は？」

彼はにっこり笑った。「ケイティーです。五歳になります」

自分の名を聞いて、女の子が顔を上げた。

ケイトリンは微笑もうとしたが、胸が痛んで笑えなかった。「ねえ、すごいと思わない？ わたしもケイティーっていうのよ」

ケイティーの目がゆっくりと丸くなった。新たな好奇のまなざしで、ケイトリンをじっと見つめる。ケイティーは無言でうなずくと、人差し指をケイトリンの顔に近づけ、前髪をそっと払った。ケイトリンは息をのんだ。

不意に、自分の心がほぐれはじめるのがわかった。ケイトリンが感じていた苦痛、死ぬのではないかという恐怖、人を死なせてしまった罪悪感、アーロンの容態がわからない不安――どれも、この子が背負っているものに比べれば些細《ささい》なことに思われたが、押し寄せる感情の津波を、ケイトリンは止められなかった。

さっきからずっと肩にあったマックの手を握り、落ち着きなさいと懸命に自分に言い聞かせた。しかし、ただでさえいっぱいだったところにケイティーへの思いが加わったことで、心の堰《せき》がとうとう切れてしまった。ケイトリンは両手で顔を覆った。

好奇心を露《あら》わにしていたケイティー・ブリッジズの顔が、驚きの表情に変わった。彼女はクレヨンを取り落とすと、ケイトリンを食い入るように見た。

マックは胸を突かれた。やはり、こうなってしまった。ケイトリンの頑張りも、いつか限界に来て当然だったのだ。問題は、マック自身も泣きたい気分だということだ。どうしてこの世にはこんなにも苦悩が満ちているのか。

いつの間にか、幼いケイティーがケイトリンの膝に這《は》い上がっていた。そして、彼女の頰をぴたぴたと叩きはじめた。

「泣かないで」ケイティーがささやく。「泣かないで。パパにキスしてもらったら治るからね」

「わたしにはパパは――」ケイトリンは口をつぐんだ。パパはいないのよと言いかけて、気づいたのだ。ケイティーが指しているのはマックのことだった。説明する代わりにケイトリンは、小さな両手を取って唇を寄せ、手のひらの片方ずつにキスをした。「あなたはパパのキスで痛いのを治してもらったの？」

ケイティーは顔を曇らせ、うつむいた。

「そうなの？」ケイトリンはもう一度訊いた。

ケイティーは首を横に振った。

「どうして？」

ケイティーはさらにしばらく黙り込んだあと、ケイトリンの耳もとでぽつりと言った。

「だって」

「だって、何？」

「だって、あたしが落ちたとき、パパいなかったもん」

父親が息をのむのがケイトリンにもわかった。そのショックは察するに余りある。娘の不可解なふるまいの原因は、これだったのだ。しゃべらなかった――怒っていた、その原因は。ケイティーにしてみれば、責めることのできる相手は父親だけだったのだ。

「ケイティー」悲痛な声で言いながら、彼はケイトリンの膝から娘を抱き上げた。「ケイティー……おまえ……パパはね、おまえとママがどんなに怖い思いをしたか、ちゃんとわかってる。だけど、パパにはどうすることもできなかったんだ。ほら、思い出してごらん。パパは仕事だっただろう？　もしパパが一緒にいたら、おまえたち二人を守ったに決まってるじゃないか」

ケイティーの小さな顔がくしゃくしゃになった。

「おまえたちにキスをして、車から落っこちて痛かったねって言ったよ、絶対に」

「あと、悪者もやっつけてくれたよね、パパ？」

胸を刺す幼子の問いに、待合室にいた誰もが涙した。

「ああ、決まってるさ。パパはきっと悪者をやっつけた」

ケイティーは泣きだした。最初はしくしくと、やがて、しゃくり上げながら大声で。

「ああ、神よ」胸もとで娘を揺すりながら父親はつぶやいた。「お名前は存じませんが、わたしにはわかります。あなたは天使です。ここにいらっしゃるからには気の毒な事情がおありなんでしょうが、あなたと出会えたこと、一生神様に感謝しますよ」

ケイトリンは立ち上がった。「お役に立てたなら嬉しいです」ケイトリンの声は震えていた。早く出ていかないと、また取り乱してしまいそうだった。「マック、ちょっとお手洗いに行ってくるわ。すぐ戻るから」

「ちょっと待って。おれも一緒に行く」

ケイトリンは首を振り、廊下の先に見える手洗いと公衆電話を指差した。

「入るのも出るのも、ここから見えるでしょう?」

マックはしぶしぶうなずいた。ケイトリンが言いだしたら聞かないのはわかっていた。

「奥さんですか?」彼女がいなくなると、ハンク・ブリッジズがそう言った。

マックはどきりとした。「いえ、今はまだ」と彼は答えた。「でも、そのうちに」

「ケイティーという名前だそうですね。こんな偶然もあるんですね」

マックは黙っているつもりだったが、この親子の記憶に残るとすれば、それはケイトリンであるべきだった。

「本当の名前はケイトリンなんですが、親しい友人のあいだではケイティーで通っています」

その名前を聞いた父親は、わずかに眉を寄せた。

「そういえば、どこかでお見かけしたことがあるような」

彼は説明を求めるかのようにマックを見た。

マックはため息をついた。話したところで、差しつかえはないだろう。

「そうかもしれませんね。彼女、ケイトリン・ベネットですよ。ミステリー作家の」

「あの、ストーカー被害に遭っているという？」

「ええ」マックは言った。「彼女が戻ってきても、そのことは言わないでおいてもらえますか？」

「もちろんですとも。これだけお世話になったんです、そんなこと、言われるまでもありませんよ」

マックが答える前に、看護師が入口に現れた。部屋中の目が彼女に向けられる。怯《おび》えた目。期待のこもった目。看護師の視線は、ハンク親子の上で止まった。

「ミスター・ブリッジズ、どうぞいらしてください」

ハンクはマックを見つめ、それから娘を見下ろした。歪《ゆが》んだ顔にはやるせないあきらめが浮かんでいた。

「いよいよみたいです」と彼は言った。「あの人にくれぐれもよろしく」

「わかりました」マックは答えた。「奥様のことは本当にお気の毒です」

マックには父と娘の後ろ姿を見送ることしかできなかった。彼らが馴染《なじ》んできた暮らしが、終わりつつあるのだ。マックは想像を巡らせた。ある女性を愛し、結婚し、子どもをもうけ、妻が神に召され、また一人に戻る。それはいったいどんな人生なのか。悲しみと不安のために疲れ果てたマックは、ソファにもたれてうなだれた。アーロンとケイトリンのことは、もう祈るほかなかった。

しばらくして待合室へ戻ってきたケイトリンは、マックの顔を見て、ハンク・ブリッジズの待ち時間が終わったことを知った。

アーロンのことが心配でたまらないのは変わらないものの、ケイトリンは肩の荷を下ろしたような気分だった。ハンクはまだ知らないが、彼はもうこの病院に金を払う必要はないし、彼の口座には、一時間前にはなかった一万ドルが入っている。金で悲しみは癒《いや》されないにしても、気持ちが楽になることはあるものだ。

「何か知らせはあった？」

マックは首を振った。

ケイトリンは彼の隣に座ると、床に視線を落とした。

「ケイティー？」

「ん？」

「きみがあの女の子にしたこと……」

ケイトリンはマックのほうを見ようとはせず、肩をすくめた。「わたしはあの子と遊んだだけよ、マック。買いかぶらないでね」

「きみといると頭がおかしくなりそうだよ。わかってるのかい？」

これにはケイトリンも思わず彼を見た。「どういう意味？」

「おれは自分がきみのことを嫌いなんだろうと思ってた。それは知ってるね？」

ケイトリンは力なく笑った。「ええ。わたしもあなたのことを嫌いだったわ。だけど、思ってたんじゃなくて、確信してた。だからわたしが一歩リードよね？」

マックは苦笑いを浮かべて首を振った。

「ほんとに勝ち気なんだな」彼はため息をついた。「おれは途方に暮れてるんだ。どうすればいいのか、わからなくなった」

「アーロンのこと？　わたしたちにできるのは待つことだけでしょう」

「いや、アーロンじゃない。きみのことだよ。おれはきみを愛しはじめてる、ケイトリン。どうやってこの気持ちを抑えればいいのか、わからないんだ」

まさかマックの口からこんな言葉を聞くとは思っていなかった。それでいて、何より嬉しい言葉だった。

「ああ、マック。どうして抑えなくちゃいけないの？」

「相手はきみだよ？　このおれとだよ？　きみとおれ？　あり得ないね」

「なぜ？」

「きみが大金持ちだから」

たとえ頬を平手打ちされても、これほどの屈辱は感じなかっただろう。「お金を持っているから、わたしは愛されないの？」

マックは彼女の顔を両手で包んだ。「違うよ、ケイトリン。近寄れないんだ。おれはとうていベネット家の人間とは釣り合わない」

ケイトリンは知らず知らずのうちに彼を凝視していた。そうとわかってからも、どうしても目をそらすことができなかった。

「だったら」ケイトリンの目に涙が盛り上がる。「ちょうどよかったわ。わたし、まだあなたのこと嫌いだから。お互い、頭を悩ませずにすむじゃない」

「ケイトリン、やめてくれ」

「そっちこそ、やめてくれない、マッキー？　それでなくてもいろいろ大変な思いをしてるんだから、わたしの心をずたずたにしておいてまた突き返すようなこと、ほんとにやめて」

ケイトリンはいきなり立ち上がった。腹立たしいこの男の隣にはもう座っていたくなかった。するとそこへ医者がやってきた。

「ミスター・ワークマンのご家族はいらっしゃいますか？」

「はい」マックは医者の表情から、いいニュースなのか悪いニュースなのか、読み取ろうとした。

「手術は無事終わりました」と医者は言った。「鼻骨骨折と脳震盪、それに肋骨が二本折れていました。いちばん深刻なのは、目ですね」

ケイトリンはそばの椅子に座り込んだ。胸が苦しくてとても立っていられなかった。

「時間の経過と共によくなるはずですが」医者は続けた。「最低一週間は包帯で保護しておかなければなりません。予測できない合併症が起きない限り、後遺症は残らないはずです。ただし、顔の火傷は、いずれ形成外科のほうで治療する必要が出てくるかもしれません。今のところまだ断言はできませんが」

「ありがとうございました」マックが言った。「おかげで弟は命拾いしました。本人にはいつ会えますか？」

「今はまだ回復室にいます。二十四時間は安静が必要ですから、いったんお引き取りいただいたほうがいいと思いますね。退院後にはまた何かと力になっていただかなくてはなりませんし」

しかしマックは食い下がった。「どうしても会いたいんです。こっちの声が本人には聞こえなくても、顔を見ないとわたしが納得できないんです。お願いします」

医者は微笑み、うなずいた。「まあ、いいでしょう。どうぞわたしと一緒にいらしてください」

マックが振り返った。「ケイトリン？」

「あなただけ行って。アーロンにはよろしく伝えて」

「きみを一人にするわけには――」

「あなたが戻ってくるまでこの椅子から動かないから」

マックは眉を寄せた。アーロンには会いたい。しかしケイトリンを一人残していくのは心配だ。

「ほんとに」ケイトリンは強く言った。「大丈夫だから」

「失礼ですが」医者が言った。「奥様の具合が悪いのであれば、うちのほうで――」

「彼女はケイトリン・ベネットです。わたしは夫ではなく、ボディガードなんです」

医者は、ああという顔つきになった。「警備員を呼びましょう。あなたが帰ってくるまで、ついていてもらえばいい」

「マック、大丈夫だってば」ケイトリンは言い張ったが、マックは取り合わなかった。

「そうしていただけると助かります」と彼は言った。

「では、ちょっと連絡してきます。戻り次第、弟さんのところへご案内しますよ」

マックとケイトリンを残して医者は立ち去った。ケイトリンは頑としてマックのほうを見ようとはしなかった。

「ケイティー、きみを傷つけるつもりなんてなかったんだ」

ケイトリンは頭をもたげたが、その顎は震えていた。

「傷ついたわ。そして、とっても驚いた。女としてのわたしの価値が、金銭に左右されるとはね。そんなこと、夢にも――」

「きみはおれの言葉をねじ曲げてる」

「ああ、そうですか。そしてあなたは、わたしの心を切り裂いてる。ほら、お医者様がいらしたわよ。アーロンのところへ行きなさいよ。わたしはここでお金でも数えてるから」

マックはくるりと彼女に背中を向けた。自分自身にも、この状況にも、腹が立って仕方なかった。

15

ケイトリンはさっさと一人で部屋へ向かった。マックは玄関でセキュリティシステムを解除したりドアに鍵《かぎ》をかけたりしている。アーロンの手術が無事終わったのはよかったけれども、ケイトリンの心はぼろぼろだった。娘が年頃《としごろ》になると、父は口うるさいほどに言ったものだった。財産目当てで愛しているふりをする男がいるから気をつけろ、と。だからケイトリンは、早くからそれに対する気持ちの準備はできていた。でも、まさか愛よりもプライドを優先する男と恋に落ちるなんて、思ってもいなかった。またしても難題に立ち向かわなければならなくなった運命を大声で呪《のろ》い、はねつけたかった。

そうする代わりにケイトリンは足音高くベッドルームに入っていくと、思いきりドアを叩《たた》きつけて服を脱ぎにかかった。コナー・マッキーなんて地獄へ堕《お》ちるがいいわ。わたしのことを汚いものでも見るような目で見て。資産家の娘に生まれたというだけで、悪事を働いているみたいな言い方をして。

「ばか、わからず屋、野蛮人、ホルモン過剰男」

靴を脱ぎ捨て、コートを放《ほう》り投げる。

「間抜け、小心者」

スラックスとセーターが宙を飛ぶ。

「がさつ者、人でなし、けだもの」

罵詈《ばり》雑言がねた切れになると、ケイトリンは下着を洗濯かごに投げ込んでバスルームへ行った。シャワーをひねり、温度が上がるのを待ちながら髪の毛を一つにまとめる。棚からタオルを取り出してシャワーブースに入り、やはりドアを叩きつけるようにして閉めた。言葉ではなく態度でなら、まだ怒りを示せた。

シャワーの熱さは心地よかった。勢いよく噴き出るお湯が、無数の小さな指みたいに肌を揉《も》みほぐしてくれる。穏やかな恍惚《こうこつ》に思わず声をもらしながら、ケイトリンはシャワーに背中を向けて目を閉じた。全身が、清らかな熱いしぶきに洗われていく。

永遠かと思われるほど長くそうしてから、次にシャワーヘッドのほうへ顔を仰向けた。ところが、望みどおりの爽《さわ》やかさはやってこない。いつまでたっても、死んだ女性たちのイメージが脳裏から消えない。切りつけられた顔。雪の上に力なく横たわる体。

ケイトリンは深く息を吸い、それからゆっくりと吐いた。しかし瞑想《めいそう》状態に入るどころか、思い浮かんだのは、炎とガラスの破片のただ中に倒れているアーロンの姿だった。雪の上の女性たちと同じように血まみれだった。

とす。

ケイトリンの唇が震えた。窓のガラスが鋭い剣となって八階から地上へと降り注ぐ。タクシーで町へやってきたというだけの、なんの落ち度もない人が一人、そのために命を落とす。

ケイトリンの中で生まれた苦悩の波は、上げ潮のようにうねり、胸に押し寄せた。それを止めることはできず、罪悪感と絶望がますます大きくふくらんでいく。

ケイトリンは目を開けた。シャワーブースに満ちた湯気のせいで、バスルームに霧がかかったように見える。さっさと体を洗って出ないと。ぐずぐずしていたら、壁の塗料がはがれてきそうだった。

タオルに手を伸ばしたケイトリンは、マニキュアを塗っていない爪に色がついているのに気づいた。

「何、これ?」

爪でかき取り、指で挟んでこすってみた。

クレヨンだった。

ケイトリンの頬が小さく緩んだ。笑みは徐々に広がって、彼女はげらげら笑いだした。が、やがて笑いは嗚咽《おえつ》に変わった。

かわいそうなケイティー。

あんな年端もいかない子がおぞましい犯罪に巻き込まれるなんて、あんまりだ。運命とはときにひどい仕打ちをするものだということを、ケイトリンが知るのに二十九年かかった。それなのに、ケイティー・ブリッジズはまだ学校にも上がらないうちにそれを学んでしまったのだ。

足の下で床が揺らいだ。壁にすがったが、バスルームの回転は止まらない。ケイトリンは腰を折って両手を膝に突っ張り、下を向いた。自分の中のすべてがばらばらに崩れようとしているのがわかった。

涙が、まぶたと喉の奥を焼きながらゆっくりとあふれた。あふれるそばからシャワーに流されていく。続いて、かすれた嗚咽がせり上がってきたかと思うと、手負いの獣の咆哮《ほうこう》のようにシャワーブースにこだました。

またしても喧嘩《けんか》をしてしまったのが情けなくもあり、ケイトリンを傷つけた自分に腹も立った。だからマックは、アトランタからのメッセージをチェックするためまっすぐ電話に向かった。少し冷却期間を置いたほうがよさそうだった。仕事のことで頭をいっぱいにしてしまえば、ケイトリンとのことについて思い悩まずにすむ。ところが留守番電話のメッセージはあっけなかった。捜査の進捗《しんちょく》状況を告げる警察からのメッセージだけだ。会社のほうは、マックがいなくても問題なく回っているらしい。私生活もそれぐらいスムーズにいけばいいのだが。

電話を投げるように置くと、マックは靴を脱いで着替えはじめた。せめて、気に入りのスウェットを身につけてくつろぎたかった。部屋を出たマックは、ケイトリンのドアをちらりと見た。固く閉ざされたままだった。彼が二人のあいだにこしらえてしまった壁が、いっそう強固になったような気がする。

マックは立ち止まると、残された唯一の方法で彼女に触れようとするかのように、ドアに手のひらをあてがった。ふと、聞き慣れない苦しげな声がして、彼はぎくりとした。ケイトリンに何かあったのか？　具合が悪くなったのか？　犯人がどこかにひそんで待ち伏せしていたのか？

「ケイトリン？　ケイティー？　どうした？」

答えはなかった。

もう一度ノックをしながら呼んでみたが、やはり答えはない。

心配でたまらず、ドアを開けて部屋へ飛び込んだが、ケイトリンの姿はどこにもなかった。クローゼットの扉は閉まっている。彼女の着ていた服がごみ同然に放り出されている。

マックは眉をひそめた。執筆中のケイトリンは上の空だが、もともと彼女はだらしない性分ではなかった。精神状態が普通ではないのかもしれないと思いながら、マックはバスルームに目をやった。入ってもかまわないだろうか。と、そのときまたあの声がした。うなじがぞくりと粟立《あわだ》った。何を言われるかなど考えている暇はなかった。マックはバスルームに飛び込んだ。

ケイトリンががっくりと膝を折った瞬間、頭から湯が降り注いだ。気がついたときにはその流れと自分のあいだにマックがいて、すぐにかかえ上げられたのだった。

「ケイトリン……泣かないでくれ。ああ、お願いだから。すまなかった……本当にすまなかった」

彼の声の優しさが、ますますケイトリンをうろたえさせた。わたしはこれを求めていた――わたしを守り、ありのままのわたしを愛してくれる人。

ケイトリンの泣き声はマックの胸に突き刺さった。彼はケイトリンをすばやくシャワーブースから連れ出して立たせると、子どもにするように体を拭《ふ》きはじめた。そのあいだもずっと、彼女はすすり泣いていた。

「ケイティー……泣かないで……」マックは懇願するように言うとシャワーを止め、濡《ぬ》れた自分の服を脱いだ。

ケイトリンは大きくしゃくり上げたあと、ぐったりとなった。

床に倒れ込みかけたところを、マックが抱き止めた。絶望の叫びもさることながら、目に表情がないのが心配だった。マックは彼女を部屋へ運んでベッドに横たえた。

「ケイティー、きみを悲しませるつもりはなかったんだ。お願いだから、泣くのはやめておくれ」

「もう、いいの」ケイトリンはぽつりと言うと、胎児のような姿勢になって目を閉じた。

マックは、ケイトリンの下敷きになっていたカバーを引き抜いた。ベッドに上がってケイトリンを抱き寄せ、自分たちの体をカバーですっぽりと覆った。彼女を一人にしておくのは不安だった。〝もう、いいの〟とはどういう意味なのか訊《き》きたかったが、答えを知るのは恐ろしいような気もした。まともな世界のケイトリン・ベネットなら、みずから命を絶つようなことは絶対にしないけれども、今、彼女が生きているのは異常な世界だ。マックにはもう、彼女のことがわからなくなっている。

マックは、集中治療室にいて意識のないアーロンのことを思った。そして、正体不明の殺人者に狙《ねら》われている、腕の中の女を思った。娘たちの死を嘆き悲しんでいる三つの家族。たまたま間が悪くて命を落とした男。母親が銃撃されるのを目の当たりにした少女。これだけ揃《そろ》えば誰だっておかしくなって当然だった。だからマックはケイトリンを抱きしめた。できることはそれしかなかった。

ベッドに入って一時間が過ぎた。ケイトリンはいつの間にか静かになっていた。ときおり余震のように身震いをするのが、先刻までの興奮の激しさを物語っている。

彼女が眠ったものと思い、マックは肘をついて上体を起こした。ケイトリンは虚《うつ》ろなまなざしで壁を見ていた。

「ケイティー？」

答えはない。

マックは彼女の頬に、それから首にキスをして、いっそう強く体を抱きしめた。

「じきに終わるよ」と彼は言った。「犯人はもうすぐ捕まって、きみにも誰にも手出しできないところへ追いやられるんだ」

犯人の存在を意識させられるだけでも耐えられないというように、ケイトリンは体を震わせたが、反応はそれだけだった。

マックのみぞおちがきりきりと痛んだ。「口をきいてくれよ、ケイトリン。おれをののしってくれ。ばかだ、間抜けだと言ってくれ。なんでもいいからしゃべってくれ」

ケイトリンは膝を胸に引き寄せて背中を丸くした。そうしながら、彼から離れた。

彼女の身も心も、自分から離れていこうとしている。そんな恐ろしいことを放っておくわけにいかなかった。

マックはため息をついた。失敗をしてあとから気づくことはこれまでにも何度かあったが、これほど苦い後悔を味わったのは今日が初めてだった。二度と彼女に会えなくなるなんて、想像しただけでもぞっとする。ささやかなプライドを捨てるだけでよかったのに、いったい自分は何を考えていたんだ？

マックは片方の肘で体を支えると、ケイトリンの頬に顔を寄せた。

「愛してるんだ、ケイトリン。きみが何を信じるにしても、おれがきみを愛しているということだけは知っておいてほしい。きみが金持ちだから近づけないと言ったけど、あれは嘘《うそ》なんだ。本当は、きみがいびきをかくからだよ」

ケイトリンが体をこわばらせるのがわかった。マックは固唾《かたず》をのんだ。しばらくするとケイトリンが寝返りを打ち、彼の顔をまっすぐ見つめた。

「もう一度言って」

「何をだい、ダーリン？　きみを愛してるって？　いいとも……おれはきみを愛している。狂おしいほどに。どうしようもなく」

彼女の目に光がよみがえったかと思うと、あっという間にマックは激しくにらみつけられていた。

「わたしはいびきなんてかかないわ」

しめた……彼女を怒らせることに成功したぞ。「ああ、そっちか。いや、ほんとにきみはいびきをかくんだ」

ケイトリンが体を起こした。生まれたままの姿だった。濡れた髪はもつれ、大泣きしたために目も唇も腫《は》れぼったい。

「わざとふざけたことを言って仲直りしようっていう魂胆なの？」

マックも起き上がった。攻撃を受けたときのことを考えると、あまり近くにいないほうが賢明だった。彼はうなずいた。

「つまらないわよ」そっけなく彼女は言った。「いいかげん、こういうのはやめてもらえないかしら。わたしを抱いて、そのあと侮辱する。そして、さも心配そうに世話を焼いてくれたかと思うと、わたしにお金がありすぎるからつき合えないなんて言う。さらに今度は、わたしを愛してるだの、わたしがいびきをかくだの」ケイトリンは両のこぶしでベッドを叩いた。「もうたくさん。聞いてるの？　もうたくさんだって言ってるの！」

「こう言ったら少しはわかってもらえるかな？　きみなしでは生きていても意味がないんだ」

いきり立っていたケイトリンの表情が変わった。マックは彼女の手を取ると、怒りを解きほぐすかのように指を一本一本開かせ、そこへ自分の指をからめた。

「きみを失うのが怖くて夜も眠れなかったと言ったら、泣かせたことを許してもらえるだろうか？」

「ずるいわ、コナー・マッキー、そんな戦い方、フェアじゃない」新たな涙を瞳にたたえて、ケイトリンはささやいた。

「泣いちゃだめだ」彼女の顔を指差して、マックはきっぱりと言った。「よく聞くんだ。何をするにしても、涙だけはもう流すな……せめて、今日だけは。おれの心がこれ以上もたないから」

ケイトリンは腕を引っ込めると、胸の前で両手を握り合わせた。彼の新たな言葉を信じるのが怖かった。またすぐにつらい思いをさせられるのではないか。

「へえ、そう。あなたはまだ心を持ってるのね」ケイトリンはつぶやいた。「わたしの心はね、あなたの靴の裏にへばりついてる」

マックはうなだれた。喜ぶのは早かったのか。今度もやっぱり許されなかったら、どうなる？　確かに、ずいぶん強引なもの言いをしてしまった。

「だから、謝ってるじゃないか」

ケイトリンは激しい目つきで彼を見据えた。「口で言うのは簡単よ。悪いけど、しばらく様子を見させてもらいたいわ。それが本心かどうか」

マックはうなずいた。「そう思うのももっともだ」彼は腕を伸ばすと、ケイトリンの体を引き倒してマットレスと自分のあいだに固定した。「そのあいだ、おれはきみを抱こうと思う」

ケイトリンは片方の眉を上げて彼の首に腕を回した。

「思う？　その程度なら、あてが外れたわ」

マックはにやりとした。「やっぱりおれを愛してるんだろう？」

ケイトリンが涙ぐんだ。「そうよ。だからって、その頭に血がのぼると困るんだけど」

マックは彼女の首筋に鼻をすり寄せ、それから両肘をついて上体を起こすと、彼女を見つめた。

「頭は関係ない。必要なのは心だ。どれぐらいおれのことを愛してる、ケイトリン?」

「もう一度だけだまされてみようかと思うぐらい」

「まあ、いいか」マックはささやき、ケイトリンの息が止まるほどのキスをした。


バディは闇《やみ》の中でじっと座っていた。周囲がぐるぐる回っている。餌《えさ》をあさるかささぎみたいな声が、頭をかき回す。甲高く叫ぶばかりで、何も意味をなさない声。ささやかな贈り物はちゃんと届いた。あのアーロン・ワークマンとかいうおかま野郎を病院に送ってやった。ケイトリン・ベネットは友達の容態をさぞかし心配しているだろう。罪の意識は日々ふくらんでいるにちがいない。

バディは目を閉じて耳をふさぎ、うるさい声をさえぎろうとした。おかしいじゃないか。すべては順調に運んでいるのに、日増しに眠れなくなるなんて。何がいけないんだ?

いきなり立ち上がると、バディはベッドルームへ駆け込んで明かりをつけた。部屋の至るところにケイトリンがいる。彼女の香水さえ香ってきそうだ。本人同様、贅沢《ぜいたく》でほかの誰とも違う香り。しかしバディは彼女の正体を知っている。本当はあんな暮らしをするべき女じゃない。何もかもバディのものだったのに、あいつが横取りしたのだ。だから、取り戻す。

「不公平だ」子どものように唇を震わせて、バディはつぶやいた。

大きく引き伸ばされた、ベッドの枕元《まくらもと》の写真に目を据えた。何度も切りつけたせいで傷だらけだが、顔の輪郭はわかる。

「わからないのか？　理解できないのか？　おまえが持っているものは、本当はおれのものなんだ」

彼女は答えない。そして、微笑《ほほえ》むのをやめない。猛烈な怒りに駆られて、バディは最初に手に触れたものを投げつけた。その直後、彼は後ずさりながら、ベッドに散乱した目覚まし時計の部品を呆然《ぼうぜん》と眺めた。

「見ろ！　おまえのせいだぞ！」ベッドを指差してバディは叫んだ。「なんてことをしてくれたんだ？　おまえが悪い。おまえのせいなんだ」

ほかに投げるものはないかと振り向いたとき、盗聴器の受信機が目に入った。これだ。これを聞こう。この前テープを聞いてから何日にもなる。バディはテーブルについてスイッチを入れると、最後に聞いたテープを捜し出すために日付を調べた。ああ、あった、あった。盗聴器を仕掛けたのはひと部屋だけだが、このテープの会話から、ボディガードがケイトリンをベッドへ連れ込んだのはわかった。バディは目を険しく細めてそのカセットを脇《わき》へ放った。雌犬め。おれが苦しんでいるというのに、彼女は使用人相手にいちゃついている。この図式は間違っていないか？

目当てのテープを見つけてセットすると、バディは椅子の背にもたれた。一時間が過ぎた。さらに一時間。二時間。機械を一時停止にしてサンドウィッチをこしらえ、また戻ってきて食べながら続きを聞いた。合間に、これから探るべきケイトリンの弱みが出てくると、メモを取った。

しばらくして聞こえてきた会話に、バディは笑みを浮かべた。マッキーがケイトリンに、デラローサのことを尋ねている。この女を警察が追っているのはバディも知っていた。デヴリン・ベネットの過去について話を聞きたがっているのだが、霊媒師を雇わない限り、それは無理だ。死者と話ができる誰かを。

気分はだいぶよくなった。バディは機械のスイッチを切って伸びをすると、寝る支度をしにバスルームへ向かった。ジャニータ・デラローサは、年のわりにしぶとかった。息の根を止めるのには、思っていた以上に時間がかかった。

バディは靴を脱ぎながら腕の時計に目をやった。午前一時を回っている。九時前には仕事に出かけなければならない。休養をとって、一日元気に仕事ができる状態で出勤したい。あの声を消すにはそれがいちばんなのだ。

アーロンは徐々に意識を取り戻した。ここがどこなのか、なぜこんなところにいるのか、まったくわからなかった。怪我《けが》をして、あたりが真っ暗になったことだけは覚えている。

体を動かそうとした彼は、痛みにうめいた。それと同時に椅子が床をこする音がして、兄の声が聞こえてきた。

「アーロン、おれだよ。マックだ。じっとしてなきゃだめだ」

「ここは……？」

意識を向けるための具体的な何かを弟に与えたくて、マックはアーロンの肩に手を置いた。

「病院だ。なぜ病院にいるか、覚えてるか？」

アーロンは答えず、その代わり自分の手を顔へ持っていこうとした。

「触っちゃだめだ」マックがそっと言った。「顔には包帯が巻いてある。でも、ちゃんと治ると医者は言ってた。ちょっと時間はかかるけど」

「何も見えないよ」アーロンがくぐもった声で言った。

マックの答えはわずかなためらいを含んでいた。「うん。目も覆われてるからな。火傷《やけど》が治るまでの辛抱だ」

「火傷？」

マックはやはりすぐには答えなかった。アーロンにどの程度まで話すべきか、迷っていた。

「そんなにひどくはないんだ。とにかく安静にしていろ。集中治療室から出るまで付き添いは許されないんだが、できるだけ来るようにするから。な？」

アーロンの頭は混乱していた。火傷？　集中治療室？

次の瞬間、いろいろな光景が次々によみがえってきた。順序はめちゃくちゃで、押しとどめることもできない。心臓の鼓動が速くなり、体につながったモニターが不規則で性急な電子音を発しはじめた。

あわてて腰を浮かせたマックの腕を、アーロンがつかんだ。

「ケイティーは……」

マックはすぐに察した。

「彼女は元気だ。おまえのことを心配してる」

「手紙」とアーロンはつぶやいた。

心電図が通常のリズムに戻ったことにほっとしながら、マックは弟の腕を叩いた。アーロンは思い出しつつあるのだ。

「ああ、警察はもう知ってる」マックは言った。「さてと、つまみ出される前に、行かないとな。何かおれにできることはあるか？　誰かに連絡するとか？」

アーロンはデイヴィッドのことを思った。このことを人づてにしか聞けずに不安がっているだろう。その胸のうちを想像するだけでもたまらない。

弟のためらいを感じ取ったマックは、身を乗り出すようにして声をかけた。「大丈夫だぞ、アーロン。そのことなら、ずっと昔に了解済みじゃないか。連絡してほしい相手がいるんだな？」

アーロンはため息をついた。だんだん頭が朦朧《もうろう》としてきた。

「デイヴィッド……ケイトリンが知ってる」

「わかった」マックは力を込めて言った。

アーロンの意識は急速に遠ざかろうとしていたが、どうしても思いを伝えておかなくてはならなかった。

「兄さん……愛……」それだけつぶやくと、アーロンは眠りに落ちた。

マックは涙をこらえてそっとささやいた。「おれもおまえを愛してるよ」

立ち去るのは想像以上に難しかった。ドアへ行き着くまでに三度立ち止まって振り返り、アーロンがそこにいること、機械がきちんと作動していることを確かめた。廊下へ出てきた彼を認めて、ケイトリンが立ち上がった。

「アーロンはどんな具合？」

「大丈夫だ。少しだけど話もできた」

ケイトリンは顔を輝かせた。「まあ、マック、すごいじゃない？　意識が戻ったのね」

「うん、よかった」

しかし、マックが言いたいのはそれがすべてではなさそうだった。

「どうしたの？」

「デイヴィッドという人物を知ってるかい？」

ケイトリンは息をのんだ。「大変！　そうだったわ！　気の毒なデイヴィッド！　気も狂わんばかりに心配してるわ、きっと」

「どうしてきみは知っていて、おれが知らないんだ？」

「さあ。アーロンがわたしのいちばんの親友だからじゃないの？」

「きみといちばん親しいのはこのおれだと思ってた」マックはぼそりと言った。

ケイトリンは、思いやりを込めたまなざしを彼に向けた。「わたしとアーロンの関係をどう言えばいいのかわからないけど」と彼女は言った。「ただ、これだけは忘れないで。アーロンは、こんな生意気なわたしでも嫌わないでいてくれた。あなたはまさか、弟が男の人と恋愛することにこだわってるわけじゃないでしょう？」

「もちろん、そんなことはない。相手がどんな男なのか、それが気になるだけだ。アーロンは働かなくても母親の遺産で楽に暮らしていけるんだ。誰かがそれにつけ込もうとしているんなら——」

ケイトリンが笑った。「F&Sセキュリティーズって、聞いたことある？」

「証券会社の？」

「そう。そのFがデイヴィッドなの。デイヴィッド・フリー。義理の弟がシュガーマンで

S。お金に困ってる人じゃないわ。信じて」

マックはうなずいた。「それがわかればいいんだ。きみの知ってる人なら、アーロンのことはきみから知らせたほうがいいだろう」

ケイトリンは首を振った。「いいえ。あなたが電話するべきよ。アーロンはあなたの弟なんですもの。そのほうがデイヴィッドも喜ぶわ」

「うん、そうかもしれないな。今、電話をかけてきてもいいかい？」

「わたしからもよろしくね」

マックは微笑んだ。「伝えておくよ。ありがとう、ケイトリン」

「何に対して？」

マックは肩をすくめた。「さあ……そばにいてくれたことに、かな」

「わたしはいつだってあなたのそばにいる」静かにケイトリンは言った。「言ってくれれば、あなたのためになんでもするわ」

マックが口を開くより先にケイトリンは行ってしまった。一人残された彼は、公衆電話へ向かった。

16

手術から二日後、アーロンは個室へ移された。ひょっとすると犯人は、仕事を完遂しようと考えるかもしれない。そう思ったケイトリンは、自分自身の不安解消のためにボディガードを雇い、病室の外に立ってもらった。中には、鉢植えのヒヤシンスをいくつも飾った。アーロンのいちばん好きな花だ。見ることはできなくても嗅覚《きゆうかく》に異常はないから、この甘い香りはわかるはずだった。

アーロンが生きていると知ったデイヴィッド・フリーは大いに感激し、個室へ移ってからは彼につきっきりだった。目の包帯が取れるまで、喜んで自分が世話をすると言う。マックとしては退院後はケイトリンのところに引き取りたかったのだが、別の場所にいたほうが安全かもしれないと思い直した。ケイトリンの交友関係や生活習慣について犯人がどの程度つかんでいるのか、それは不明だが、アーロンをふたたび危険にさらすわけにはいかなかった。何しろ敵はどこからやってくるかわからないのだ。

ケイトリンは仕事に没頭することで日々を乗りきっていた。思考力を使い果たすまで執筆を続け、コンピュータの電源を落としてベッドにもぐり込む。これもまた逃避であって、健全な生活とは言いがたいのはわかっていた。わかっていても、そうするしかなかった。怖くてたまらなくなればマックが支えてくれた。弱気になれば、彼はわざとケイトリンをからかった。神経が参っているときには、不思議と恐怖心も大きくなる。人生の交差点に立って、電車にひかれるのかそれともバスにひかれるのか——そのときを待っているような気持ちになることもあれば、逃げ隠れを強いられている現実への怒りがむくむくと頭をもたげることもあった。そういうときには、希望も持てた。今起きていることの先を見られた。マックことマッキーと幸せに過ごせる未来が、あるようにも思えるのだった。

ケイトリンが電話を切るのと同時に、マックが腰にタオルを巻いただけの格好でバスルームから出てきた。

「誰から？」

「アーロンよ。明日、退院ですって。あとであなたから電話するって言っておいたけど、よかったかしら」

「もちろん」マックはタオルを取ってスウェットパンツに手を伸ばした。

ケイトリンは頭の後ろで両手を組み、ベッドのヘッドボードにもたれていた。

「すてき」と彼女は言った。

マックがこっちを向いてにやりとした。「おれの裸が？」

「違う。スウェットパンツよ。いい色ね」

「グレーじゃないか。嘘《うそ》つきめ」

「そう、真っ赤な嘘よ」

「どうやら、誘惑されたがってるな？」

「重労働をこなす元気があなたにあるなら」

マックは片方の眉を上げてみせた。全裸なのだ、元気があるのは一目瞭然《りようぜん》ではないか。

「きみはどう思う？」ゆっくりと言いながらマックはスウェットパンツをタオルの上に落とし、ベッドに這《は》い上がった。

ケイトリンは彼のものに手を伸ばし、マックがうめくと、満足そうに微笑《ほほえ》んだ。

「大丈夫、できるわ」と彼女はささやいた。

「きみとならいくらでもやれるさ」

彼の舌先が臍《へそ》をとらえると、ケイトリンは吐息をもらした。「下品ね」

「わかってる。おれは下品だ。けど、腕はなかなかなんだ」

ケイトリンは彼を引っ張り上げ、その顔を自分のほうへ向けさせた。「なかなかじゃいや。もっとすごくなくちゃ」

「もっとも偉大な男だ」

「それじゃあ、モハメド・アリのせりふじゃない。別のキャッチフレーズを考えて」

マックは肘をついて上体を起こすと、欲望をたたえたまなざしでケイトリンを眺めた。愛している。狂おしいほどに彼女を愛している。

「最高の仕事をします、とか？」

ケイトリンは、いかにもそれを吟味するかのように眉を寄せた。「どうかしら……設備会社のコマーシャルみたい」

マックは唇を重ねた。むさぼるような激しいキスは、ケイトリンがうめき声をあげるまで続いた。

「まだキャッチフレーズが必要かな？」

「いらない……いらないわ、そんなもの」ケイトリンは吐息をもらすと、彼を引き寄せた。

夜が明けて二時間後、彼らはまだベッドの中にいた。ケイトリンはまどろみ、マックは彼女をしっかりと抱いて、朝日がその顔を照らすさまを見守っていた。眉毛の上の傷はまだ生々しいピンク色だが、打撲の跡はすっかりきれいになった。今二人が見ている悪夢も、こんなふうに消え去ってくれないものか。

時計に目をやったマックは、ケイトリンの眠りを妨げないよう気をつけながらベッドを出た。服をつかみ、廊下へ出てから身につけてキッチンへ向かう。考えるべきことが山のようにあった。そのためにはまず、カフェインで脳を動かす必要があった。

ガラスのポットに水を入れ、フィルターにコーヒーを量り入れてスイッチを押した。すぐにかぐわしい香りが漂いはじめる。マックはリビングルームへ行って暖房を強め、窓から通りを見下ろした。

渦を巻くビル風に乗って雪が舞う。地上にすでにある雪が、一センチ、また一センチと深くなっていく。マックは顔をしかめた。こいつは永遠にやまないのか？

マックは目を閉じると、昨夜《ゆうべ》のことに思いをはせた。彼にとって、ケイトリンを抱くことは神聖とも言える行為だった。頬にかかる彼女の息は柔らかで温かかった。彼女の目には涙が浮かんでいた。喜びの涙が。彼女はみずから進んで肌を重ね、その甘いぬくもりの奥深くへと彼を導いた。そうしてどちらもわれを忘れた。それでも、朝の光と共に現実はやってくる。マックは怯《おび》えていた。サラと同じようにケイトリンも失うのではないかと、心の底から恐ろしかった。

窓際を離れてキッチンへ戻ったマックは、手早くカップにコーヒーを注《つ》いだ。二人のあいだにはあまりにも多くの障壁がある。ケイトリンはニューヨークに住んでいる。マックはアトランタに。ケイトリンの資産は数十億。マックのほうはまだ百万ドルにも満たない。何者かがケイトリンの命を狙《ねら》っている。マックはどうやって彼女を守ればいいのか途方に暮れている。ケイトリンは生意気で頑固だ。それなのに、マックがここまで一人の女に夢中になったのは生まれて初めてだ。サラのときでも、ここまで激しい思いをかき立てられることはなかった。

彼はゆっくりとコーヒーを含み、不安を振り払った。前向きに考えなくてはいけない。そして、冷静に。雪に覆われた町のどこかで、狂った男が次なる計画を練っているのだ。心づもりをしておかなければ。

もうひと口コーヒーを飲んでクッキーの容器から一枚取り出すと、マックはリビングルームへ戻った。クッキーの最後のひとかけらをコーヒーでのみくだし、電話を手に取った。最後に警察署を訪れたのは一週間前だった。捜査の進み具合はどうだろうか。アマートの名刺はすぐに見つかった。番号を押して、相手が出るのを待った。

「アマートです」

「刑事さん、コナー・マッキーです。弟が病院に運ばれたときにお話ししたきりでしたね。捜査のほうはいかがです？」

「昨日の夜遅くに、ちょっと問題が持ち上がりましてね」

マックは眉をひそめた。「問題？」

「ニールとコワルスキがデラローサの消息を突き止めました」

「でも、役には立たなかった？」

「死亡していたんです」

「それは残念でしたね」とマックは言った。「ケイトリンは知らなかったんでしょうね。

かなりの年だとは彼女も言っていましたが」

「年齢は関係ないんですよ」

アマートの口調に、マックはどこか不吉なものを感じ取った。

「どういう意味ですか？」

「殺害されたんです。検屍《けんし》によれば、われわれが居所を突き止める数日前に殺されたらしい。家の中が冷凍室並みの温度だったことや、ここのところの冷え込みのせいで、正確な死亡日時はわかっていません。解剖が終わればもう少しはっきりするんでしょうが」

マックのうなじのあたりが粟立《あわだ》った。「つまり、犯人はあなたたちの先回りをした、と？」

「そう考えられます」

「被害者の……顔は？」

「いや、でも、舌を切り取られていました。それだけでは致命傷にはならないと検屍官は言ってますがね」

悪魔はすぐそばにいる。

マックはそう思い身震いをした。コーヒーカップを置き、電話を耳に当てたまま窓に歩み寄った。ありふれた冬の光景。雪を頂く屋根。カラフルなコートやマフラーをまとった人々。清らかな雪の下にひそむ、隠しきれない醜さ。

「ミスター・マッキー？　もしもし？」

「口封じ、というわけだ」マックは言った。

「そう……われわれの読みも同じです」

ショックが怒りに変わった。

「おかしいじゃありませんか、アマート刑事！　あなたと、ほかの三人の刑事さんだけでしょう、ケイトリンがその女性の名前を口にするのを聞いたのは。そのうちの誰かが教えない限り、警察がその人を追っていること、犯人はどうやって知ったんです？」

「うちの誰かがもらしたと、暗にそうおっしゃってるんですか？」アマートがいきり立った。

「暗に、じゃない。わたしは事実を述べているだけです」

「確かにうちの者たちは知っていました。けど、それを言うなら、あなたとミス・ベネットも同じでしょう。あなたたちは何人に話したんです？」

マックの声が低くなった。ゆっくりと彼は言ったが、そこには紛れもない怒りがこもっていた。

「今のは聞かなかったことにしますよ。ニューヨーク市警の刑事さんたちの前と、この家の中。それ以外の場所では、いっさい口外されていない。弟でさえ何も知らないんだ。それなのに、あんなことになって」

「お気持ちはわかりますがね、ミスター・マッキー、信じてください。うちの人間がもらすなんて、百パーセントあり得ない。彼らはプロフェッショナルです。捜査の進展を脅かすようなことをするわけがない。また何かわかったら連絡します」

「よろしく」マックは電話を切った。今の話をケイトリンに伝えなくてはならないが、彼女がどう受け止めるかと思うと、心配でたまらない。

椅子に腰を落としたマックは、信じがたい思いで部屋中を見回した。あの話をしているとき、外部にもらすような人物が同席していたかどうか、記憶をたぐり寄せてみる。マックの知る限り、彼がここで寝起きするようになってからやってきたのは、アーロンと刑事だけだった。あとは、注文した料理を店員が届けに来たことが二度ほどあった。だが、彼らの前でジャニータ・デラローサの名前など出していない。それは確かだ。

殺人者がじりじりと最終ゴールへ――ケイトリン本人に――迫っている。しかも自分はそれを止める方法を見つけられずにいる。いても立ってもいられなかった。

マックは頭をかきむしりながら両足を跳ね上げ、テーブルにのせた。おかしいじゃないか。おれは元刑事だ。犯罪者の考えそうなことはわかっている。腕利きだったんだから。ならばどうして、これが解けない？　何を見落としている？

「畜生」マックはささやき、淡いグリーンの壁や装飾的な羽目板に視線をさまよわせた。ぼんやりと眺めるあいだにも、脳裏にさまざまなシナリオが浮かんでは消えていった。

しかしいつしかマックは、アマートのことはそっちのけで熱心に部屋を見回しはじめていた。

やがて、立ち上がった彼は電話に手を伸ばした。守衛のマイク・マズーカはすぐに出た。

「マイクです。どうしました、ミス・ベネット?」

「マイク、おれだよ、マックだ。ちょっと頼みがあるんだが」

「なんでしょう」

「梯子《はしご》が必要になった。天井まで届くやつ」

「すぐ持っていきますよ」

マックは電話を切った。全身をアドレナリンが駆け巡っていた。自分たちが誰かにしゃべったのではないかとアマートに言われたことが、ずっと引っかかっていた。もちろん二人きりのときにしかその話はしていないけれども、だからといってほかへもれていないとは、昨今では断言できなくなっている。もしここに盗聴器が仕掛けられていたら、今まで発見できずにいたマックの責任だった。彼はセキュリティ会社をやっていて、ケイトリンはつけ狙われている。アラームシステムを設置するとき、家中をチェックするべきだったのに、しなかった。マックの怠慢が、女性一人の命を奪うかもしれない。

十五分後、梯子を手にしたマックは、盗聴器を仕掛けうるあらゆる場所を思い浮かべた。梯子の到着を待つあいだに、ケイトリンのベッドルーム以外、手の届くところはすべて調べ終えていた。彼女を起こすのをためらう自分は意気地なしだと思ったが、そうしてしまったらどうなるかはわかっている。ケイトリンが知るのは、遅ければ遅いほどいいのだ。

「よし。もしもおれが盗聴器だったら、どこにいる?」

手始めは、もっとも安易な空調用の通気口だ。梯子を運び、据えつけて、半分ほどのぼったところで、マックはカバーを開けるための工具がいることに気づいた。梯子を持ってきてくれるようマイクに頼むときに思いつくべきだった。自分の迂闊《うかつ》さを呪《のろ》い、彼は梯子から下りた。

何か道具になるものを探すべくキッチンへ向かいかけたとき、ケイトリンが部屋から出てきた。マックは立ち止まり、こっちが見つめていることに彼女が気づく瞬間を待った。こんなにも愛しているのに、なぜそれを長いこと自分で認めようとしなかったのか、今思うと実に不思議だった。ケイトリンが気づいてにっこり笑った。とたんにマックの心臓が飛び跳ねた。最新のニュースを知らせたら、あの笑顔も消えてしまうにちがいないのだ。

「マック」ケイトリンは言った。「ずいぶん張りきってるみたいね。何をしてるの?」

「ドライバーを捜してるんだ」

ケイトリンは怪訝《けげん》そうに言った。「シンクの右の引き出しに入ってるけど」

「助かった」マックはつぶやき、キッチンへ急いだ。

ケイトリンが追ってきた。持ち前の好奇心が頭をもたげたのだ。「どうしてドライバーなんかがいるの？」

マックはマイナスとプラスを一本ずつ手にした。

「よくない知らせがあるんだ」

ケイトリンの顔から血の気が引いた。椅子の背をつかんで彼女は悲鳴をあげた。「アーロン！　まさか――」

「違う、違う、アーロンは変わりない」マックは言った。「きみが眠ってすぐ、電話をかけたよ」

「じゃあ、なんなの？」

マックはため息をついた。はっきりと告げるほかなかった。「お父さんの秘書をしていた女性。彼女の居場所を警察が突き止めた」

「ジャニータ？　役に立つ情報は聞き出せなかったの？」

マックはケイトリンのそばへ行き、ドライバーを置いて彼女の肩をそっとつかんだ。

「そうなんだ、ケイトリン。彼女は死んでた」

ケイトリンもとっさに、マックと同じことを考えた。老衰か何かで死亡したと思ったのだ。

「まあ、気の毒に。知らなかったわ。お葬式に行きたかった」

「まだ間に合うかもしれない」マックは言った。「実は、普通の死に方じゃなかった。殺されたんだ……それも、アマートが言うには、警察が消息を突き止める数日前に」

ケイトリンは凍りついた。「つまり、どういうこと？」

マックはうつむいた。これを言わずにすめばどんなにいいだろう。だが、彼女の命がかかっているのだ。ケイトリンはすべてを知る権利がある。

「あいつの仕業だ」

ケイトリンはびくりと身を震わせたものの、まなざしが揺らぐことはなかった。「どうしてわかるの？　やっぱり顔を――」

「いや、顔は切られてなかった」

「よかった」ケイトリンはつぶやいたが、それならなぜ犯人が例の男だとわかったのか、疑問は残る。「どうして同じ犯人だと言えるの？　こんな世の中なのよ、マック。空き巣に入られたところへ、ジャニータが帰ってきて泥棒と鉢合わせして――」

「違う」

ケイトリンは涙声になった。「じゃあ、どうして？　どうしてわかるのよ？」

「舌が切り取られていたからだ」

ケイトリンは青ざめ、どさりと椅子に座り込んだ。体が震えてとても立っていられなかった。「口封じってこと」

「警察はそう推理している。おれも同じ考えだ」

ケイトリンの目が険しくなった。マックが出したのと同じ結論に至ったのだ。

「誰が教えたの？　警察の中にいる誰かが情報をもらしたとしか考えられないじゃない」

「おれもアマートにそう言った。誓ってあり得ないと彼は言うから、もう一度よく考えてみたんだ。リビングルームに梯子があるのも、おれがドライバーを捜してたのも、そういうわけだ」

「そういうわけって？」ケイトリンは目をぱちくりさせて、いきなり立ち上がった。「リビングルームに、梯子？」

「おれたち、あの部屋で彼女のこと……ジャニータ・デラローサのことを、話し合っただろう？」

「ええ。だけど、ほかには誰もいなかったわよ」

「それでも、聞かれていた可能性はあるんだ」

「どういう意味だかさっぱり――」ケイトリンの頬に赤みが差し、瞳が怒りにきらめいた。

「わたしの家が盗聴されてるってこと？」

「まだわからない」マックは言った。「しかし、きみの身に起きた一連の出来事を思えば、セキュリティシステムを入れる際におれがその点をチェックするべきだった」

「ああ、なんてこと」ケイトリンはつぶやいたが、すぐにドライバーを手に取った。「行きましょう！」

マックは彼女の態度に励まされた。怒りは健全な感情だ。そして、ケイトリンほどうまく怒りを発散する人間を、彼は見たことがなかった。

「あっちだ」マックはリビングルームを指差した。「まずは通気口からだ。いいかい、調べているあいだは何をしゃべってもかまわない……雪のことでも……きみの仕事のことでも……ただ一つ、自分たちが今やってることだけは口にしないでくれ」

それはシャンデリアから見つかった。小さなガラス球の中、電球二十四個分の熱にあぶられてずっと前に死んだ、蠅《はえ》と蜘蛛《くも》の隣にあった。

マックはそれをケイトリンの手に落とし、自分の唇に人差し指を当てた。ケイトリンはうなずき、彼が梯子から下りるまでのあいだ、注意深く握りしめていた。

〝ほかにも、あるの?〟声に出さずにケイトリンは訊《き》いた。

マックは肩をすくめ、彼女の手から受け取ったものを、冷たくなったコーヒーの入ったカップに放《ほう》り込んだ。

「まだあると思う?」ケイトリンがささやく。

「すぐにわかるさ」マックは梯子を引きずって隣の部屋へ向かった。

しかしその後二時間かけて徹底的に調べた結果、マックは確信した。

「一つだけだったみたいだ」と彼は言った。「マイクに電話をして、梯子を部屋の外に出しておくと伝えてくれないか？　いつでも都合のいいときに取りに来てくれと」

現実的な用事のあるのが嬉《うれ》しくて、ケイトリンはてきぱきと動いた。戻ってみると、マックは携帯電話でサール・アマートとやりとりをしていた。

「そうなんです、申し訳ありませんでした」

「どこに仕掛けてあったんです？」アマートが尋ねた。

「リビングルームの照明器具に。それ一つだけでしたが」

「一つで十分だったというわけか」アマートはつぶやいた。「知らせてくださったこと、感謝しますよ」

「アマート刑事……図々《ずうずう》しいのは承知の上なんですが、ちょっとお願いしたいことがあるんです」

「事と次第によりけりですが、なんでしょう？」

「盗聴器が仕掛けられていたことは、当面、伏せておいていただきたいんです。われわれ二人のほかには知られないように」

「いや、それは」アマートが言いかけた。「いくらなんでも――」

「二、三日だけでもかまいません」マックは食い下がった。「一寸先は闇《やみ》という状況なんですから、いくら用心してもしすぎることはないでしょう」

アマートのため息が聞こえてきた。

「まあ、いいでしょう」彼はさらに続けた。「ところで、夕刊はもう見ましたか？」

「いいえ」

「心づもりをしておいてください」とアマートは言った。「手紙爆弾はミス・ベネットのストーカー事件に関係ありとする大きな記事が出ています」

「電話が鳴りすぎて壁から落ちるかもしれませんね」マックは言った。「ご忠告、恐れ入ります」

「いや、とんでもない。とにかく、気をつけて」

電話は切れた。マックはふたたびケイトリンと向かい合った。

「今度は、何？」

「夕刊の記事だ……アーロンのオフィスで起きた爆発ときみの身に起きていることが、関連づけられているらしい」

「ああ、まったく」ケイトリンはつぶやいた。「ケニーに連絡しないとね」

ケイトリンが仕事部屋へ行ってしまうと、残されたマックの不安はつのっていった。今の膠着《こうちゃく》状態がいつまでも続くはずはない。いつか犯人は身代わりを殺すことにも飽きて、ケイトリン本人に魔の手を伸ばしてくるに決まっているのだ。

マックは玄関に目をやった。梯子を外に出したあと確かにロックしたはずだが、念のためにもう一度見に行った。やはりきちんと閉まっていたし、アラームシステムもセットされていた。マックはがっくりと肩を落とした。なんてざまだ。今さら何を怯えている。ロビーにはマイクがいるし最上階へは専用エレベーターでしか上がってこられない、だから安全だ、おまえはそう思い込んでいたんだろう。ところが、その思い込みのせいで一人の老女の命が奪われてしまった。

ケイトリンを待つあいだに、また新たな懸念が生まれた。アーロンがデイヴィッドのところへ行くことは、この家の中で話しただろうか？　思い出せない。もし話したのだったら、危険だ。そこまで考えたとき、ケイトリンが戻ってきた。

「ケニーはよくやってくれてるわ」と彼女は言った。「記者に盗聴されないのはケニーのおかげね。問い合わせは全部彼のところへ行くから、正式に発表されていること以外はもれずにすんでるし」

「あいつ、張りきってるだろうな」マックは言い、それから腕を広げた。「きみはどうだか知らないけど、おれは抱き合いたい気分なんだ」

「わたしは、いつだって」ケイトリンは彼の胸に身を寄せた。「マック？」

「うん？」

「ありがとう」

「どうして？」

「ここにいてくれるから。来なきゃいけないわけじゃないのに、来てくれた」

「アーロンに頼まれたらいやとは言えないよ」マックは彼女の頭のてっぺんに顎をこすりつけた。

「アーロンのためだけだった？」

「はじめは自分にそう言い聞かせてた。だけどそうじゃないのは、きみもおれももうわかってるじゃないか。きみがトラックにひかれたと聞いた瞬間、最後にきみに会ったときのことを思い出さずにいられなかった。あのときぎみは、アーロンが言ったことにげらげら笑いながら、おれにはしかめっ面を向けたんだ」

「そんなことしてない」

マックはにやりと笑った。「いや、したんだ。アーロンの家のバルコニーだった。覚えてないかい？　去年の七月四日、河原で打ち上げられる花火をみんなで見てたとき」

「アーロンの家へ行ったのは覚えてるけど。あなたにしかめっ面を見せたなんて、忘れたわ。あなたがわたしに何か意地悪をしたんでしょう？」

マックは笑った。「結局、もとはおれなのか？」

「いつだってそうじゃない？」

彼は肩をすくめた。「そうかもしれない。今思えば、まるで六歳児だったたな。初めて女の子を好きになったのに、その気持ちをどう表せばいいかわからなくて意地悪をしてしまう」

「許してあげる」

「ありがとう、愛するケイトリン」

つかの間、沈黙が流れ、そのあとケイトリンが彼を見上げた。

「そうなの、マック？　わたしを愛してる？」

「うん」マックは彼女の顔を両手で挟んだ。「きみは、ケイティー？　きみはおれを愛してるかい？」

ケイトリンの瞳に涙がきらめいたが、彼女はまばたきして泣くのをこらえた。

「ええ、コナー・マッキー、愛してるわ。あなたが思ってるより、ずっとずっと深く。言葉では言い表せないぐらい。財産の多さをあなたに疎んじられても。命を誰かに狙われていても」

マックの胃が縮み上がった。警察署の部屋に、ほかの犠牲者たちと並んでケイトリンの写真が貼《は》り出される光景が思い浮かぶ。彼女を失うなど、耐えられない。マックはふと、あることに思い至った。主義を曲げなければ、いずれにしてもケイトリンを失うのだ――事件の解決と同時に。プライドは愛より価値があるのか？　ある、と一瞬でも考えた自分が恥ずかしかった。

「財産を疎んじたりしていないよ。鬱陶《うつとう》しいのは、きみの命が危険にさらされている事実だけだ。金のことを持ち出したのは悪かった。許してもらえるかな？」

ケイトリンの胸が高鳴った。「それって、わたしの想像どおりの意味なのかしら？」

「きみの想像というのが、きみのいない人生を送る気がおれにないってことなら、答えはイエスだ」

ケイトリンがにっこり笑うと、マックの恐怖はますます大きくなった。ああ、彼女を守り抜けるだけの力がこの自分にありますように。

胸がいっぱいで言葉にならない。マックは黙って彼女を抱きしめた。とりあえず今はこうして、元気なケイトリンが腕の中にいる。

「マック？」

「なんだい？」

「すごくおなかがすいたんだけど、食べるものがあんまりないの。何か取る？　それとも食べに出かける？」

「取ろうか、きみがそれでよければ」

「もちろん、いいわ。電話してくれる？　わたしがする？」

「おれがするよ。ほかにも電話しないといけないところがあるから。さっき、思いついたんだ。ひょっとしたら、アーロンが退院したらデイヴィッドのところへ行くってことも、おれたちしゃべったんじゃないかって。二人に知らせて心づもりをしておいてもらおう。彼らをまた危険な目に遭わせるわけにはいかない」

「そうね、そうよ……あなたの言うとおりだわ。早く電話して！　アーロンは今日退院するのよね？　ボディガードをそのまま連れていくようにデイヴィッドに言って。ずっと……事件が解決するまで、わたしが雇うからって」

「わかった」マックは言った。「それはそうと、食事だが。何が食べたい？」

ケイトリンは微笑んだ。「任せるわ。わたしを感激させて」

マックは笑った。「おれはいつだってきみを感激させてるだろう？」

ケイトリンは声をあげて笑った。「なんでもいいってば。冷凍庫からチーズケーキを出しておくわ。デザートはそれね」

「ハニー、デザートはきみだ。でもそのケーキもいちおう解凍しておいてくれ。きみのエネルギーが切れたときに備えて」

マックが仕事部屋のドアを閉めるときもまだ、ケイトリンの笑い声が聞こえていた。

バディはコーヒーをカップに注いでから席についた。外出中に何本か電話が入っていたから、それらすべてを処理するまでは帰れなかった。

「収穫はあった？」

バディは顔を上げた。なんで女はみんな髪を染めたがるんだろう。彼女のは真っ赤で、しかも目障りだ。

「いや、あんまり」彼は言った。「これだけ電話してしまわないといけないんだけど、そのあとでちょっと頼みたいことがあるんだ」

彼女はうなずいた。「いいわよ」

伝言メモをめくりながらバディは、書かれている文章に意識を向けようと努力した。最近とみに集中力が落ちてきた。受話器を取り上げ、最初の電話をかける。呼び出し音が一度、さらにもう一度鳴って、留守番電話が答えた。彼は名前を吹き込み、メモを置いて、二枚目を取った。自然に顔がほころんでくる。頭の中では仕事とは関係のないことばかり考えていた。そろそろ遊びの時間はおしまいだ。ケイトリン・ベネットをこの頭から追い出し、地中深くへうずめたら、誓いは果たされる。どうやっても失われたものは取り戻せはしないが、公平を期すためにはこうするしかないのだ。

もうすぐだよ、母さん。もうすぐ、あいつは罰を受けるからね。


二枚目のピザを食べていたケイトリンが、目を輝かせていきなり立ち上がった。

「マック！　たった今、思い出したわ！」

「それ、食べるのかい？」皿にのせたままの彼女のピザを、マックが指差した。

「食べるわよ」ケイトリンは彼の手をぴしゃりと打った。「まだ箱の中にあるじゃない。人のにまで手を出さないでよ」

「訊いただけじゃないか」マックは四枚目を皿に取った。「で……そんなに大騒ぎするなんて、よっぽどすごいことを思い出したのかい？」

「チャールズ・アバネシー。父の弁護士だった人。ジャニータより彼のほうがいろいろ知ってるかもしれない」

「だけど、会社関係は警察が全部調べたんだ。何も出てこなかったじゃないか」

ケイトリンは小躍りして言った。「違う、違う。会社にはいないの。ずっと前に辞めた人だから」

マックは口の中のものをのみ込んでしまうと、持っていたピザを皿に置いた。

「ずっと前って？」

「バーンスタインとステラは、顧問弁護士になってまだ十年ぐらいなの。それ以前はミスター・アバネシーだったのよ。ああ、マック、彼がもうこの世にいなかったらどうしよう？　電話でだって何年も話してないのよ。たしか、八十五は過ぎてるはず」

「住まいはわかってるのか？」

「どこかに書いてあったんだけど。そうだ！　父の古い住所録があるわ。仕事部屋のクローゼットにしまってある箱の中」

「冷えないうちに食べてしまわないと」マックは言った。「食べ終わったらすぐ捜してみよう」

「わたしは冷たいピザが好き」そう言い置いて、ケイトリンはさっさとドアへ向った。

「きみはそうかもしれないけど」マックはうらめしそうに自分のピザを眺めてつぶやいた。最後に大きくひと口かじり取ると、彼もケイトリンのあとを追った。もしも彼女の言うとおりなら、そしてその老人がぼけていなければ、有益な手がかりが得られるかもしれない。

17

　ケイトリンは、背もたれ越しに身を乗り出すようにして運転手の肩を叩《たた》いた。

「アンクル・ジョン、ほんとにこの道で合ってるの？」

「もちろんですとも」と彼は答えた。「わたしがちゃんとわかっていますから。姉が同じ老人ホームにいたのですよ」

「そう」ケイトリンは笑顔でシートに背中を戻した。「あなたのお姉さんとミスター・アバネシーが同じところで暮らすようになるなんて、偶然ね」彼女はマックを見上げた。彼にウィンクされ手を握られると、心臓がびくりと跳ねる。それがまた嬉《うれ》しい。

「いやいや、偶然ではないのですよ、お嬢様。だんな様がミスター・アバネシーをお訪ねになるとき、いつもわたしが運転していました。そんなわけで、シルヴィアが老人ホームに入らなければならなくなったとき、当然のようにグレン・エレン・ヴィレッジがわたしの頭に思い浮かんだのです。もちろん、姉はとうに亡くなりましたが」

「お父様がここへ来ていたの？」

「ええ、ええ。毎月一回、必ず」

「どうしてわたしは知らなかったのかしら?」ケイトリンはつぶやいた。

「旦那様は……ご自分のことはあまりお話しにならない方でしたから」

「そうね」とケイトリンは言った。「たぶん、わたしが思っていた以上にそうだったんでしょうね」

「あれだ」マックが立派な構えの門を指差した。奥に建物が見える。「そんなに遠くなかったな」

「キャッツキル山脈のふもとですから。秋にいらしてごらんなさい。木々が見事に色づいて、それはそれはきれいですよ」ジョンは言った。

車が静かにとまった。運転席から降りたジョンが、マックより先にドアに手をかけた。

「マック、彼にやらせてあげて。年を取っても人の役に立ちたいのよ」

「人間っていうのはそういうものだよ」とマックはうなずいた。ジョンがドアを開け、一歩下がった。外へ出たマックは振り返り、ケイトリンの手を取って彼女が降りるのを助けた。玄関前の歩道はきれいに雪かきがしてある。

「ミスター・アバネシーによろしくお伝えください、お嬢様」

「わかったわ、アンクル・ジョン。長くはかからないから」

「どうぞごゆっくり。こんなにいい日和なのですから、家の外に出られるだけでわたしは嬉しいのです」

マックがケイトリンの手を取った。「さあ、ハニー。賢者に会いに行こう」

「そうだといいけど」

「まだ話もしないうちから弱気になっちゃだめだ」

「そうね」ケイトリンは言った。「でも、急ぎましょう。誰かに見られてるような気がして仕方ないのよ」

玄関にたどり着くと、ケイトリンが立ち止まって髪を直した。

「どう？　おかしくない？」

「大丈夫だ」彼女の左目にかかった後れ毛を引っ張って、マックは言った。

数分後、今ではチャールズ・アバネシーがわが家と呼んでいる部屋に、二人は向かっていた。

「ミスター・アバネシー、お客様ですよ」看護師が声をかけ、ケイトリンとマックに中へ入るよう手招きした。「少し耳が遠いだけで、おつむは実にしっかりなさっていますよ」

ほらね、とでも言いたげにマックはケイトリンにウィンクをしてみせ、彼女に続いて部屋へ入った。

父の弁護士だった人の面影はケイトリンの中に残っていたが、このよぼよぼの老紳士はそれとは別人のようだった。チャールズ・アバネシーは、身の丈百八十センチを超える偉丈夫だったはずだ。このしなびた老人は、まるで骨と皮ではないか。縮んだ体が、打ち捨てられた紙切れのように車椅子に乗っている。窓辺へ駆け寄ったケイトリンは、車椅子を動かして自分たちの席と向かい合わせになるよう方向を変えた。

「ミスター・アバネシー、わたし、デヴリン・ベネットの娘のケイトリンです。覚えていらっしゃいます？」

老人は目をすがめ、無言で長いことケイトリンの顔を見つめていた。やがて不意に笑みを浮かべたところを見ると、どうやら思い出したようだった。

「おお、ケイトリン、もちろん覚えているとも。お父さんが亡くなったのは残念だった。ご覧のとおり、わしは葬式にも行けなかったが、どうか悪く思わないでもらいたい」

ケイトリンは彼の両手を取った。細くなった血管をたゆまず流れる血の、かすかなぬくもりが感じられた。

「もちろん、思いませんよ。わたしのほうこそ、会いにも来ないでごめんなさい。あなたは父がもっとも信頼していたお友達の一人だったのに」

「公私混同はよくないけれども、デヴリンとわしは、弁護士と顧客の関係を超えた友情で結ばれておった。彼はここへもよく来てくれた。二人して昔話に花を咲かせたものだ」笑いは徐々に薄れ、瞳の輝きが消えていった。「みんないなくなってしまった。あのころを知る仲間たちは、みんな」

「お気の毒です」ケイトリンは言った。

チャールズは、悪い夢を振り払うかのように肩をすくめた。

「おやおや、大変だ。ちょっとそこの……お若い方。まだ名前は聞いていなかったと思うが」

「コナー・マッキーといいます。どうかなさいましたか？」

「きみを立たせたままだった。机の前に椅子があるだろう。すまんが自分で持ってきて、かけてくれたまえ」

「ありがとうございます、そうします」

ケイトリンは唇を噛《か》んだ。父の過去を知りたいというこちらの意図を、どうやって切り出せばいいのかわからない。でも、猶予はない。それに、口の周りの青ざめ方から考えて、この老人にもあまり時間は残されていない。ところが不思議なことに、ケイトリンが心を決めかねているうちに、向こうが口火を切ったのだった。

マックが腰を下ろしてしまうと、チャールズは膝掛けをかけ直して頭をもたげ、まっすぐケイトリンの目を見つめた。

「何かわけがあって来たのだろう。わしで役に立つことがあるのかな？」

マックは密《ひそ》かに笑みをもらした。往年のチャールズ・アバネシーは、さぞかしやり手の弁護士だっただろう。

「そうなんです」ケイトリンが言った。「実は、ちょっと困ったことに巻き込まれてしまって」

「わしはもはや弁護士ではない。老いぼれてしまった。頭より先に体がだめになってしまうのは、情けないものだ。考えることはできるのに、足が歩き方を忘れてしまいおった」

「それは気になさらないで。弁護士さんとして助けていただくのじゃありませんから。あなたと、あなたの記憶が、必要なんです」

チャールズはにんまり笑って自分の足をぴしゃりと叩いた。「それなら、ここへ来たのは正解だ。何が知りたい？」

ケイトリンはためらい、指示を求めるような顔をマックに向けた。けれども彼は、発言権はきみにあるとでも言いたげに、うなずいてみせただけだった。ケイトリンはため息をついた。確かに、そうだった。尋ねるべきことは自分にしかわからないのだから。

「お話をうかがう前に、なぜこんな質問をするのか、その理由をお知らせしておかなければいけませんね。わたしが作家だということは、ご存じですか？」

「知っているとも。きみの作品はいつもテープで聞いている。いちばん感心したのは『回り道』だったな」

ケイトリンは驚きを隠した。「まあ、それはそれは……ありがとうございます」それだけ言うと、説明を続けた。「半年ほど前から、気味の悪い手紙が送られてくるようになったんです。差出人は、屈折したファンだろうと思っていました。でも最近になって、屈折しているどころではない、もっともっと危険な人物だということがわかってきました。一度わたしを殺そうとして失敗したその人物は、おそらく気持ちが収まらなかったんでしょう、わたしにそっくりな女性たちを殺しはじめたのです」

「おお、なんと！」チャールズはまじまじとマックを見た。「きみは刑事かね？」

「いえ、違います。でも、昔はそうでした。今はセキュリティ関係の会社を経営しています。今回の件の片がつくまで、ミス・ベネットのボディガードをやっているんです」

「なるほど」チャールズは言い、ケイトリンの手を取った。「きみのお父さんなら一人ではなく、何人もボディガードを雇っただろう」彼はしみじみと言った。

ケイトリンは微笑《ほほえ》んだ。「雇っているんじゃないんです。マック自身が望んでわたしのそばにいてくれるんです」

「ほう……なるほど、そういうことかね」チャールズはますますじっくりとマックを眺めた。

「ミスター・アバネシー、藁《わら》にもすがる思いでこちらへうかがいました。今のところ犯人の正体についてはまったく手がかりがありません。ただ、動機はわたしの書いたものではなく、父の過去に関係しているのではないかという見方が出てきたんです」

突然、チャールズが身をこわばらせた。

なく言う。

「お父さんの個人的なことについて話すわけにはいかないな」と、しわがれた声でそっけ

ケイトリンはがっくりとうなだれたが、マックは引き下がるつもりはなかった。

「お願いします、ミスター・アバネシー。あなたが考えていらっしゃる以上に、事態は切迫しています。犯人は女性たちをただ殺しているんじゃない、惨殺しているんです」

「ジャニータ・デラローサも犠牲になりました。わたしたちに何もしゃべらないよう、口を封じられたんです」ケイトリンが言い添えた。「わたしたちがここへ来たことは誰も知りません。あなたの存在は誰にも、警察にさえも教えていないんです。警察は、バーンスタインとステラがずっと顧問弁護士だったと思っています」

チャールズは手を振り払う仕草をした。「ああ、この身の安全などはどうでもいい。わしはもう長生きしすぎた」そう言って、信じられないというように頭を振った。「かわいそうなジャニータ。彼女のことはよく覚えているよ」彼はマックを見た。老人とは思えない、鋭いまなざしだった。「彼女は苦しんだのかね？」

「はい」

チャールズは車椅子の背にもたれかかり、目を閉じた。二人がじっと次の動きを待っていると、涙がひと筋、老人の頬を伝って落ちた。ふたたびまぶたが開かれたとき、瞳は激しい光をたたえていた。

「何が知りたい？」

「父には、こんなことをしそうな敵がいたんでしょうか？」

チャールズの答えにためらいはなかった。「わしの知る限り、いなかった。彼の敵はみな金銭がらみだったからな」

マックがケイトリンの腕に手を置いた。横から口を出すことに許しを請うような仕草だった。「彼には何か秘密がありませんでしたか？　あなただけしか知らないような？」

ケイトリンはぎょっとした顔になり、父はそんな人じゃないと言いかけた。でも、父がここグレン・エレンを訪れていたことさえ知らなかった自分だ。ほかにも、娘の知らない事実があったかもしれない。重大な――ケイトリンの命を救ってくれるかもしれない事実が。

チャールズが眉間《みけん》に皺《しわ》を寄せた。「失礼。いや、今の問いにちょっと驚いてしまってね。常に守秘義務がついて回る人生だったものだから……」

口ごもったあと、彼はすぐに顔を上げた。目を大きく見開いて、明らかに何かを思い出した顔だった。

「一つだけ、わしがいつも不思議に思っていたことがあった。その殺人事件に関係があるとはとうてい思えないが」

「なんだって結構です」マックが勢い込んで言った。「長いこと刑事をやっていたからわかるんですが、ある人にとってごみ同然のものが、別の人には宝物だったりすることがあるのです」

チャールズはマックを見やって、微笑んだ。「情報もまたしかり。そうだろう、若いの？」

「そのとおりです。それで、不思議に思っていらっしゃったこととは？」

「わしの記憶によれば、彼は月々二千ドルをオハイオ州トレドに住むある女性に送金していた。遺言書にまで記したのだ、自分の死後も仕送りを続けるようにと。わしは引退するまでそれを守ったし、ジュリアス・バーンスタインにもきちんと申し送りをした」

ケイトリンは面食らった。「月々二千ドル？」

チャールズはうなずいた。

「どれぐらい続いたんでしょう、それは？」ケイトリンは尋ねた。

「三十年近くだろうな」

マックがケイトリンに目をやった。「お父さんがなぜそんなことをしていたのか、思い当たる理由はあるかい？」

ケイトリンは首を横に振った。「全然。正直なところ、ショックだわ」

「ミスター・アバネシー、その女性の名前などは覚えていらっしゃいませんよね？」マックが訊《き》いた。

チャールズはにこやかに答えた。「覚えているとも。言っただろう、体はだめになったがまだぼけちゃいない。ジョージアといったな。州の名前と同じだ。ジョージア・カルフーン」

町中まで戻ったところで、マックはジョン・シュタイナーに尋ねてみようと思い立った。ジョージア・カルフーンという名前を聞いたことがあるかと訊くと、老運転手は首をかしげ、ひとしきり考えてからかぶりを振った。

「いいえ、聞いた覚えはありませんね。ご親族ですか？」

「いや、そうじゃない。ひょっとしたらミスター・ベネットが口にしていなかったかと思ってね」

「いえいえ、それはありません」ジョンは言った。「ミスター・ベネットがわたしに何かをお話しになることなど、まったくありませんでした。わたしは車を運転するだけでしたから」

「気にしないで、アンクル・ジョン。わたしはずいぶんいろいろしゃべったわよね？」

隣の車線の車がけたたましくクラクションを鳴らし、運転手が何か怒鳴ったが、そんなことにはおかまいなく、ジョンはくつくつと笑いながら赤信号の手前でブレーキを踏んだ。

「そうでしたね、お嬢様。わたしはちゃんと秘密を守りましたでしょう？」

ケイトリンも笑った。「そうよね。父は結局、大切にしていたヴィンテージもののMGのヘッドライトがなぜ壊れたか、わからずじまいだったものね。自分がやったと思ってたのよ。なんて迂闊《うかつ》だったんだって、長いこと自分に腹を立ててた」

ジョンは笑った。「新しい部品が見つかるまで半年もかかったんでしたね？」

「あれ以来わたしは車を運転しなくなったのよ」

マックは驚いた顔で彼女を見た。「運転できないのかい？」

ルームミラーをのぞき込んだケイトリンは、ジョンと目が合ったとたん、笑いだした。

「わたしの場合、二度とハンドルを握らないのが世のため人のため、とだけ言っておくわ」

「ちょっと練習すれば上手になりますよ。ただ、車の運転を覚えるにはこの町は不向きですね」ジョンが言った。

信号が青に変わり、車は発進した。マックがケイトリンの手を取って指をからませ、そっと力を込めた。

「アトランタへおいで。運転を教えるよ」

ケイトリンが彼のほうを向いた。「本気なの？」

マックはうなずいた。「おれが帰るときに一緒に来ればいい」

「観光で？」

一瞬ためらったあと、マックはにっこり笑った。「お試しで」

ケイトリンは声をひそめた。「コナー・マッキー、わたしに何をさせようとしているの？」

「着きましたよ、お嬢様」ジョンが言った。

「降りなくていいよ」マックがジョンに言った。「そっちは車道側だ。おれがケイトリンを降ろすよ。ありがとう、楽しいドライブだった」

ジョン・シュタイナーは後ろを向き、後部座席の二人に笑顔でうなずいてみせた。

「こちらこそ、ありがとうございました」それから彼は、穏やかなまなざしでケイトリンをまっすぐ見つめた。「体をお大事に、お嬢様。もしわたしがあなただったら、アトランタ行きを真剣に考えますよ」

ケイトリンは顔を赤らめながらマックの手を借りて車から降り、走り去る老運転手に手を振った。

「キスしてるところを見られたみたいな気がするのは、どうしてかしら？」

マックはにやりと笑った。「そうしたいと思ってるからじゃないのか？」

彼の腕に軽くパンチを入れて、ケイトリンも笑った。

「さあ、早く入って。アーロンに電話しなくちゃ」

「おれはインターネットでジョージア・カルフーンのことを調べてみるよ」

一時間後、ケイトリンが軽食の準備をしているあいだに、マックはアーロンに電話をかけた。

「うん、こっちは大丈夫だ。おまえはどんな具合なんだ？」

「二十キロは太るね、きっと」アーロンは言った。「デイヴィッドときたら、母さんそっくりなんだよ。ほら、覚えてるかい？　母さんはとにかく食べろ食べろってうるさかったじゃないか。ぼくたちが怪我《けが》していようが病気だろうが落ち込んでいようが、おかまいなしで」

マックはげらげら笑った。「ああ、そうだったな。母さんのココナッツクッキーが食べたくなってきたよ」

「ケイトリンが焼くのは母さんのに似てるよ」

マックは驚きを隠そうとしなかった。「ケイトリンがクッキーを焼くって？」

笑い声をあげたアーロンは、とたんに顔をしかめた。「あ、痛っ。笑わせないでくれないかな、頼むよ」

「すまない」マックは言った。「だが、ケイトリンが料理するところなんか一度も見たことないぞ。缶詰を開けて温めて、ピーナッツバターとピクルスのサンドウィッチをこしらえるのは知ってる。でも、料理は何もしてない」

「今は執筆中だからだよ。そうじゃないときは、いろいろなものをこしらえてるよ」

「ほう、それは楽しみだな」

「当分、そこにいるんだね？」からかうような口調だった。

「うるさいぞ、小僧。言葉の綾《あや》じゃないか」

「ところで」とアーロンは言った。「デイヴィッドに連絡してくれてありがとう」

「どうってことないさ。あれは切れる男だ。おまえも元気になったら彼にアドバイスしてもらって投資でもするんだな」

アーロンはくすくす笑った。「いつも先のことを考えてるんだね、兄さん。手遅れにならないうちに、人生を楽しむことを覚えたほうがいいと思うよ」

「おれの話はいい」マックは言った。「これから延々とコンピュータとにらめっこだ」

「ぼくよりましだよ。ぼくなんか、点字の勉強を始めなきゃいけないかもしれないんだからね」

「そんなことにはならない。医者が言ったのを聞いただろう。おまえの目は治るんだ。気長に待て」

「それが苦手なんだよね。あ、もう行かないと。食事の支度ができたってデイヴィッドが呼んでる。すごいメニューだよ。牛肉の蒸し焼きグレービーソース添えとベイクドポテト、それにシーザーサラダだ」

「元気で食べられることを喜べ」マックは言った。「じゃあな。さっき言ったこと、忘れちゃだめだぞ。このごたごたが片づくまでおとなしくしていろ」

「何度も言われなくたってわかってるよ。またね」

マックは電話を切ると、すぐにケイトリンのコンピュータに向かった。警察に勤めていたころ、マックは人捜しが得意だった。古い就業記録だけを手がかりに、逮捕状の出ている犯人の消息を突き止めたことも二、三度あった。今回わかっているのは、氏名、州名、町の名前。昔の勘が鈍っていなければいいが。せめて、事件解決の手がかりぐらいは見つけなければならない。

サール・アマートが庁舎を出ると、ちょうどフェデックスのトラックが走り去るところだった。なんの気なしに見送りながら、彼は自分の車へ向かった。昼食はどうするか。ポーリーはどこへ行ってしまったのか。考えていたのはそんなことだった。すぐ追いかけると言ったポーリーが、まだ姿を現さないのだ。

車に乗り込んだ彼は、エンジンをかけて待った。しばらくすると、玄関まで出てきたポーリーが、こちらへ向かって手を振りはじめたではないか。アマートは窓を開けて怒鳴った。

「なんだ？」

「警部補が呼んでる。例のテープがクワンティコから戻ってきたんだ」

アマートはエンジンを切って外へ飛び出した。何度も雪に足を取られて転びそうになりながら、ドア目指して急いだ。

「ほんとなのか？」と、玄関へ駆け込む。

「ああ。とにかく急げ。一刻も早くおまえに見せたいと警部補は言ってる」

階段を二段ずつ駆け上がったために、三階へたどり着いたときにはどちらも息を切らしていた。

「ニールとコワルスキには連絡したのか？」アマートが言った。

「さあ。おれはただおまえを呼んでくるように言われただけだから」

指についたクリームチーズを洗い流しているとき、電話が鳴りだした。ケイトリンはタオルを取って手を拭《ふ》きながら走った。

「ベネットです」

「ミス・ベネット、ニール刑事です」

ケイトリンはタオルをカウンターに放《ほう》ると、壁に寄りかかって相手の顔を思い浮かべた。

「こんにちは、刑事さん。何かありました？」

「いいえ、そういうわけじゃないんですが」と彼は言った。「今、パートナーと一緒にビデオを見ていたんです。おたくのビルの防犯カメラの映像ですよ。例の荷物が届いた日に録《と》られたものです」

「荷物？　ねずみのぶつ切りの入った封筒のことですね」

一瞬黙り込んだあと、笑いを含んだような声で彼は言った。

「ええ、そうです。お電話したのは、そこに映っている何人かの顔がわれわれにはわからないので、あなたに見てもらいたいと思いまして。お願いできますか？」

「ええ、もちろん」ケイトリンは答えた。「マックに話して、すぐタクシーを呼びます」

「それには及びません。実は、近くにいるんです。迎えに行きますよ」

「まあ、すみません。何時ごろいらっしゃいます？」

「五分ほどで着くと思います。そこまで上がっていきますよ。あなたがロビーで待つのは……いや、とにかくこちらがお宅の前まで行きますから」

「気を遣っていただいてありがとうございます」ケイトリンにはわかっていた——あなたがロビーで待つのは危険だ、狙《ねら》われやすくなってしまう、と彼は言いたかったのだ。

「では、五分後に」

電話を切ったケイトリンは、ため息と共に昼食を見下ろした。後回しにするほかなさそうだ。そうあきらめをつけ、ラップを探しはじめた。

「電話、誰からだった？」マックがキッチンへ入ってきた。そして、眉をひそめた。「どうして片づけるんだ？　まだ食べてないのに」

ケイトリンはクリームチーズを塗ったベーグルを彼に手渡し、その上にベーコンをひと切れのせた。

「ニール刑事からだったわ。警察署で防犯カメラのテープを見てほしいって」

「どこの防犯カメラ？」

「このビルのですって。ねずみが届いた日の」

「それは見ないと」彼は言った。「ジョージア・カルフーンのことを調べはじめたところなんだが、コンピュータを切るよ」出ていきながら、マックはベーグルにかぶりついた。

「あれ？」と、声をあげる。「これ、うまいな」

ケイトリンは笑った。「そんなにびっくりすることないでしょう」

マックが言い繕う前に、ドアのベルが鳴った。

「まあ、ずいぶん早いのね」ケイトリンは思わず自分の足もとを見下ろした。子犬のスリッパを履いていた。「こんなので出られないわ」彼女は焦って言った。

「おれが出よう」マックが言い、ケイトリンは靴を履くためベッドルームへ急いだ。「どうぞ、刑事さん。かけてください。ケイトリンはすぐ来ます。わたしはコンピュータの電源を落としてきますから」

「待って」ケイトリンがせかせかとやってきた。「あなたは残って、調べを続けたほうがいいわ。別々に動いたほうが早く解決に近づけるんじゃない？」

「それはだめだ」マックは言った。「きみを、おれの目の届かないところへ行かせるわけにはいかない」

ケイトリンは笑ってニールを指し示した。

「だけど、マック、刑事さんの護衛つきなのよ。ニール刑事が警察署まで連れていってくれるんだし、一生懸命お願いすれば、きっと帰りもここまで送り届けてくださるわよ」

ニールが微笑んだ。「任せてください」そう言って、彼はマックを見た。「約束しますよ、ミスター・マッキー。彼女を危ない目には遭わせません」

ケイトリンもマックのほうを向き、無言のまなざしで訴えた。

マックはため息をついた。なんてざまだ。彼女を見るニールの目つきが気に入らないのに、ケイトリンに懇願されるとノーと言えない。こっちが言いなりになってしまう女との結婚生活とは、いったいどんなふうだろう？

「わかりました」マックはニールを見据えた。「では、お願いしますよ。ビデオテープを見終わったら、責任を持って送り届けてくださるんですね？」

ニールはうなずき、握手を求めた。

「彼女から決して目を離しませんから」

差し出された手をマックはしぶしぶ握り、それからケイトリンがコートを着るのを手伝った。

「ちゃんと留めないと」マックは、いつも彼女が開けたままにするいちばん上のボタンを留めた。「風邪をひいたら困るだろう」

言葉よりもその口調から、ケイトリンは彼の深い気遣いを感じ取った。

「アトランタはこんなに寒くないんでしょう？」

マックは目を見はった。彼の誘いを受け入れそうなそぶりをケイトリンが見せたのは、これが初めてだった。マックの顔にゆっくりと笑みが広がった。

「ああ」彼は優しく答えた。「比べものにもならないよ」

「楽しみだわ」ケイトリンはそう言うと、背後にニールがいるのにもかまわず、堂々とキスをした。

ニールは呆気《あっけ》にとられ、それからそっと後ろを向いて、ドアの脇《わき》にかかった絵を眺めるふりをした。

ケイトリンが彼の肩を叩いた。「行きましょうか」

二人のほうへ向き直ったニールは、マックにうなずきかけ、ケイトリンに肘を差し出した。

「パトカーに乗ったことはありますか？」

「ええ、一度だけ」ドアを出ながらケイトリンは答えた。「三作目……いえ、四作目のときだったかしら。取材で。ただ、ニューヨークじゃなくてロサンジェルスでしたけど」

「へえ、取材で」

マックが耳にした彼らの会話は、それが最後だった。早く調べものを再開したくて、彼は仕事部屋へ急いだ。いっときも無駄にはできなかった。ジョージア・カルフーンをデラローサと同じ目に遭わせるわけにはいかないのだ。


サール・アマートは、拡大された静止画面をいつまでも凝視していた。数分前から見はじめたテープの一場面だった。長年刑事をやってきてこれほどの衝撃を受けたのは初めてだったが、胸のうちを声に出してしまうと、永遠に叫び続けてしまいそうだった。ようやくアマートは顔を上げた。

「警部補、この男をご存じですか?」

デル・フランコーニは肩をすくめた。「そっちこそどう思う?」

「ポーリー、おまえの考えは?」

ポーリー・ハーンは脂汗をにじませていた。画面から目が離せない。反吐《へど》が出そうだ。

「あり得ない」ポーリーはつぶやいた。

「これだけそっくりだと無視はできない」フランコーニが言った。「やつの周辺を探ってくれ。一連の事実とつじつまが合うかどうかだ。とにかく急げ」

振り向いたアマートの目は、まだ信じられないというように見開かれていた。

「しかし警部補、もしもやつが犯人だったら、われわれにとって大打撃ですね」

「いや、もしもやつが犯人だったら、痛い思いをするのはあいつ自身だ」

18

画面を見つめるマックの指が、キーボードの上で躍る。電話帳と、社会保障に関する記録にアクセスしているところだった。当然のことながら本来入れないはずのサイトにも侵入するのだが、彼に言わせれば、正しいことのためなら手段も正当化されるのだった。

検索結果によれば、オハイオ州にはジョージア・カルフーンが三人いた。二人はトレドに、もう一人はそこから遠く離れた小さな町に住んでいる。そのページをプリントアウトしたマックは、胸を高鳴らせながら電話に手を伸ばした。ケイトリンが警察から戻るまでに目指す相手を見つけられたら、ちょっと鼻が高いではないか？

最初にかけた番号は、もう使われていなかった。少し落胆したものの、次の番号を押して、まだ始まったばかりじゃないかと自分に言い聞かせた。呼び出し音が鳴る。一回、二回、三回。留守番電話が作動するものと思っていたところへ若い女性の声が聞こえてきたので、マックは勢い込んだ。

「もしもし？」

「ジョージア・カルフーンをお願いしたいんですが」

一瞬の間を置いてから、相手は答えた。「わたしがジョージア・カルフーンですけど。どちら様？」

「ミス・カルフーン、わたしは尋ね人の所在調査を請け負っている者なんですが。このたび、ジョージア・カルフーンという女性を捜している方から依頼を受けまして」

「えーっ、嘘《うそ》！　よくテレビでやってる、あれ？　長いこと生き別れになってた家族が再会する、みたいな」

「まあ、そのようなものです」とマックは言った。「ですが、ご本人かどうか確認するために、いくつか質問をさせていただかなければなりません。ご協力願えますか？」

「もちろん！　何が知りたいの？」

「まず、あなたはおいくつですか？」

「二十三歳」

望みは消えた。この女性は、デヴリン・ベネットが送金していた相手ではあり得ない。チャールズ・アバネシーによれば、送金は三十年近く続いたというのだ。この娘では若すぎる。

「ああ、それでは人違いだったようです。こちらが捜している女性は、少なくとも五十代、もしかするとそれ以上になっているはずですから」

「わたしはジョージア伯母さんから名前をもらったんだけど。おたくが捜してるの、うちの伯母さんじゃない?」

ふたたび希望がわいてきた。

「可能性はありますね。ご本人とお話しさせてもらえますか?」

「あら、残念。ジョージア伯母さんは三年前に亡くなったのよ」

くそっ。またしても障害出現か。

「なるほど。ところであなたは、デヴリン・ベネットという名前を聞いたことはありませんか?」

「ないと思うわ。その人がジョージア・カルフーンを捜してるの?」

「ある意味では、ええ」とマックは言った。「亡くなった伯母さんのこと、もう少し教えてもらえませんか? たとえば、生まれた場所とか。詳しいことを知ってらっしゃるご兄弟なんかはご健在ですか?」

「母が知ってるかも。ちょっと待っててもらえれば、呼んでくるわよ」

「ありがとう」とマックは言った。「大いに助かります」

ほどなく、戻ってくる足音が聞こえた。娘同様、母親も快くしゃべってくれることをマックは願った。

「グレース・カルフーンです。娘から聞きましたけど、ジョージアを捜していらっしゃったんですって？」

「ジョージアという名前の女性を、なんですが。あなたのお身内の方がそのジョージアかどうか、まだわからないんです」

「そうですか。どんなことをお訊《き》きになりたいの？　姉が亡くなってもうずいぶんたちますけど」

「ええ、お嬢さんから聞きました。同じ質問をお嬢さんにもさせていただいたんですが、デヴリン・ベネットという名前に聞き覚えは？」

「いえ、ありませんね。夫が生きていればよかったわ。ジョージアのことならわたしより彼のほうがよく知ってたから」

「あなたのお姉さんではない？」

「ジョージアは夫の姉なんですよ。厳密に言えば義理の姉ですけど、だいたいカルフーンで通してましたね。ジョゼフと話していただければよかったんですけど、どこにいるかわたしも知らないものですから」

「ジョゼフというのは？」

「ジョージアの息子なんですけどね、母親が亡くなったあと、どこかへ引っ越してしまってねえ」

早く結論を出したくてマックは焦《じ》れたが、相手のペースに合わせなくてはならないのはわかっていた。

「あの、ミセス・カルフーン、立ち入ったことをお訊きしますがどうかお気を悪くなさらないでください。息子さんがいたにもかかわらずカルフーンを名乗ってらしたということは、お姉さんは離婚なさって旧姓を――」

「あら、ジョージアは一度も結婚なんかしてませんよ」と彼女は言った。「そりゃあもう、大変な騒ぎだったみたいですよ、当時は。ええと……六〇年代ですか、そのころあなた、結婚しないで赤ん坊を産むとか、ましてやそれを口外するなんて、そんな人、このオハイオにいるわけないじゃありませんか。ええ、一人もいませんとも」

「わかります。でも、お姉さんはそうしたんですね?」

「ええ、ええ。まあ、何年かすれば世間様も何も言わなくなりましたけど。もちろんジョージアはお金にはずっと困っていましたよ。ジョゼフも小さなころは病弱で。それがねえ、あんなにハンサムな青年になるなんて」

「子どもの父親は? 行き来はなかったんですか?」

グレースは声をひそめた。「それなんですよ、あなた。結局、父親が誰なのかはわからずじまい。ジョージアが頑として言わなかったんです。周りから見ていても皆目わかりませんでしたよ。死ぬ前にジョゼフにだけは打ち明けたそうですけどね、直後にあの子はいなくなってしまったんですから、父親の素性を知ったからって、どうということはなかったんでしょう」

そろそろ質問も尽きようとしていた。もしもジョージアがデヴリン・ベネットから毎月二千ドルを受け取っていたのなら、金に困っていたはずはなかった。二千ドルは大金ではないにしろ、そこそこの額なのだから。このジョージアは別人だ。

「そうでしょうね」とマックは言い、メモに目を落とした。グレースが息子の話題を持ち出す前に訊こうとしていたことがあったのだ。

「もう一つだけ、教えてくださいますか、ミセス・カルフーン？」

「なんでしょう？」

「ジョージアはご主人の義理のお姉さんだとおっしゃいましたね？」

「ええ。ジョージアが六歳、夫が二つのときに、それぞれの母親と父親が一緒になったんです」

「母親の再婚前の姓は、ご存じですか？」

「ええと……前にフランクから聞いたんだけど。フランクって、夫ですけどね」

「はい」

「息子はジョゼフ・レイモンドなの。ジョージアが言ってたわ。ジョゼフ・コットンとレイモンド・チャンドラーから取ったんですって。大昔の映画俳優と作家。あなたなんかが生まれるずっと前の」

マックは笑った。「わたしの年がわかるんですか?」

グレースもくすくす笑った。「声が若いから、きっと若い方なんだろうと思ったんですけどね。当たりかしら?」

「三十五です」

「けっこう近かったわ」とグレースは言った。「ジョージアの名字だけど……どこかに……」彼女ははっとして叫んだ。「聖書! うちの聖書にきっと書いてあるわ。見てみましょうか?」

「ええ、お願いします」

そこまでする必要があるのかどうかマックにはわからなかったが、これだけ長く話を聞いたからには、最後までつき合うつもりだった。母と娘が大騒ぎしながら聖書を取りに行く様子が、断片的に伝わってくる。やがて、グレースが電話口へ戻ってきた。

「ええと、たしかはじめのほうだったはず。いろんな人の生まれた日や死んだ日が記録されてるの。ああ、あった、あった」マックに向かって話すというよりも、独り言のように彼女はつぶやいた。「ニール。姉の名前は、ジョージア・フェイ・ニールだったわ」

マックはそれを頭に入れて、メモをした――ジョゼフ・レイモンド・ニール。ふと、手が止まった。

「すみませんが、スペルを教えてもらえますか?」

「はいはい。N、E、I、L」

マックは何も考えずにスペルを直した。その名に思い当たったのは、ペンを置いたあとだった。とたんに、指が麻痺《まひ》したように動かなくなった。思考回路も停止した。電話を切る力さえなくなってしまった。

「もしもし？　どうかなさった？」

マックは身震いをして、無理やり意識を集中させた。「もう一度お願いできますか？」

「N、E、I、L」

「名前はジョゼフ・レイモンドでしたね。姓はニールとカルフーン、どっちを名乗っていましたか？」

「そういえば、今思い出したわ。本人はニールで通してましたね。それが正式な名前だし。ほら、ジョージアは未婚で、フランクの父親と法的に養子縁組したわけでもないから」

「なるほど。ご協力、ありがとうございました」マックはようやくそれだけ言うと、返事が返ってくる前に電話を切った。

椅子から立ち上がろうと思っても、足が動かなかった。理由はまだ不明だが、ケイトリンを狙《ねら》っている相手はわかった。あの男本人に警戒心をいだかせずにケイトリンを取り戻す方法は、あるのか？

アマートだ。あの刑事が力になってくれる。

マックは電話をつかんで番号を押した。最初の呼び出し音で彼が出た。

「アマートです」

「コナー・マッキーです。大至急、ケイトリンを電話口へ呼び出してください」

アマートは眉をひそめた。「なんのことですかね」と彼は言った。「ミス・ベネットはここにはいませんよ」

「コワルスキ刑事は？」

「出ています。いったいどうしたんです？」

「ケイトリンはそちらでベネット・ビルディングの防犯カメラの映像を見てるんじゃないんですか？」

「いいえ。あのテープには何も映っていませんでした。あれについてはもう何日も前に処理は終わっていますよ。ねえ、何があったんですか？」

ああ、神よ。「一時間ほど前にニール刑事が来ました。このビルの防犯カメラの映像をケイトリンに見てほしいと。終わったら自分が彼女を送り届けるから、と」

アマートの胃が縮み上がった。自分たちがたった今、目にしたものを思えば、これは非常にまずい事態ではないか。

「実は、クワンティコから例のビデオテープが戻ってきましてね。そこに映っているものを、ぜひあなたに見てもらいたい」

「その必要はありません」マックは言った。「ニールでしょう？」

「なぜわかったんです？」

「オハイオ州トレドに住むある女性に電話をしたところ、驚くべき事実が判明しました。これも今日新たにわかったことですが、デヴリン・ベネットはジョージア・カルフーンという名前の女性に毎月二千ドルを送金していたんです。女性が亡くなるまで、毎月欠かさず。詳しい事情まではまだわかりませんが、彼女にはジョゼフ・レイモンドという息子がいたそうです。息子は母親の旧姓を名乗っていて、それがニールというんです」

「くそう」アマートはうめいた。「まずいな」

「まったくです」マックは言った。「ケイトリンは今、彼女を殺そうとしている男と二人で町のどこかにいるんです。彼がケイトリンを憎む理由はわかりませんが、どんなことをしでかすやつなのか、それはお互い百も承知ですよね。これからすぐそっちへ向かいます。コワルスキ刑事を呼び戻しておいてください」

「パトカーを迎えに行かせます」アマートが言った。「そのほうが早い」

「じゃあ、警察署ではなくニールの自宅で落ち合いませんか。ケイトリンがそこへ連れ込まれていればラッキーですが、まずそれはないでしょう。しかしやはり最初に調べるべきは自宅です」

「いい考えだ。パトカーを運転させる者に住所を教えておきます」

冷たい突風にケイトリンは身を震わせた。ビル風に乗って舞い上がった雪が目に吹きつける。

「気をつけて」首をすくめるケイトリンの腕を、ニールがつかんだ。「路面が滑りやすくなっていますからね。転んだら大変だ」

「ありがとう」ニールの手を借り、ケイトリンはシートに落ち着いた。彼もすばやく運転席へ回って乗り込んだ。

「シートベルトを締めてくださいね」エンジンがかかり、がちゃりとドアがロックされた。ケイトリンがその音にびくりとすると、ニールは微笑《ほほえ》んだ。「安全第一です」

「ええ、もちろん」

パトカーは発進し、スムーズに車の流れに乗った。ケイトリンは吐息をついてシートにもたれると、窓の外の雪景色に目をやった。

「ときどき、思うのよ。この冬は永遠に終わらないんじゃないかって。何かがなくなればいいなんてほんとは思っちゃいけないんだけど、でもやっぱり早く春になってほしい」

「春にね」ニールはおうむ返しに言って、ちらりとケイトリンを見た。

ケイトリンはうなずき、にっこり笑った。「ええ、わたしのいちばん好きな季節。子どものころは、春になると家族で南のほうへ行ったものだった。ノースカロライナの海辺にそれはそれはすてきな別荘があって。母がクッキーを焼くんだけど、父は熊《くま》の真似《まね》をして、全部食べちゃうぞってうなりながら言うの」ケイトリンはため息をついた。「ほんとに楽しかったわ。仕事が忙しくなってからは父は一緒に行かなくなってしまったけど、でも、思い出がいっぱい」

ニール刑事が目尻をぴくつかせ、車は赤信号でとまった。

「思い出」と彼はつぶやいた。「そう、人はみんな、それぞれに思い出を持っている」

作家の常として、どんな人間にも興味をいだかずにいられないケイトリンは、ニールからも話を引き出しにかかった。

「あなたは？　子どものころのいちばんの思い出って、何かしら？」

「そうだなあ。未婚の母だってことが上司にばれて、母親がくびになったことかな」

ケイトリンはぎょっとした。「ごめんなさい。そんなつもりじゃ――」

ニールは彼女の言葉をさえぎり、禍々《まがまが》しい子ども時代の記憶をぶちまけた。

「そうそう」とのんびりと言う。「フランク叔父さんの家の食卓を大勢で囲んだときのことも忘れられないよ。その場にいるみんながひそひそおれの話をしてるんだ。かわいそうな父なし子。彼女をはらませて捨てたのはいったい誰、ってね」ニールは、肝をつぶしたようなケイトリンの顔を面白そうに眺めた。「これでもがきのころは病弱でさ。今となっちゃ、信じられないだろう？」

ぞんざいなもの言いに、ケイトリンは呆然《ぼうぜん》となった。

「ニール刑事、いやなことを思い出させてごめんなさい。話題を変えましょうね」

彼は笑った。腹の底からわき上がるような低い笑いに、ケイトリンの背筋が震えた。

「まだわからないのか、ケイトリン？　話題になってるのは、おまえだ」

ニールがスイッチを押した。ダッシュボードの赤色灯が光り、サイレンが鳴りだした。

ケイトリンが呆気《あっけ》にとられているうちに、パトカーは猛スピードで交差点を走り抜けた。

「何をするの？」

「そろそろ償いをしてもらおうか」パトカーはタイヤをきしらせて次の角を右へ曲がった。

「ゆったり座ってドライブを楽しむがいい」

「あなたなの？　脅迫状の送り主はあなただったの？」

ニールはにやりと笑った。「あの〝幼稚な〟ラブレターの？　ああ、おれだよ」

「あの人たちを殺したのも？　彼女たちも、あなたが殺したの？」

彼は肩をすくめた。「便宜的な殺人。練習のため。鬱積《うっせき》した憎悪の発露。なんとでも呼んでくれてかまわない」

反応しちゃだめ。悲鳴をあげないで。どんなことがあっても、ケイトリン・ベネット、この男に涙を見せてはいけない。

泣きわめきたいのを我慢して、ケイトリンはドアの取っ手をつかみ深呼吸をした。ニールが運転を続けている限り、彼女は生きていられるのだ。

「それから、もう一つ」ニールが笑いを含んだ声で言った。「こっちで解除しないとドアは開かないようになってるから、試しても無駄だ」

「とんでもない」ケイトリンは必死に冷静を装って言った。「飛び降りたりするものですか。あなたと違って、わたしは命を大切にするほうだから」

頬にニールの手の甲が飛んできた。

「黙れ、雌犬！　おれのことなんか何もわかっちゃいないくせに」

痛さに涙がにじんで視界がぼやけた。ぶたれたところを触ってみると、指に血がついた。

ああ、神様。

ケイトリンの危機などまったく知らずに部屋で待つマック。彼を思うと、ケイトリンはつらさのあまり吐きそうになった。こんなの、フェアじゃない。神様がこんなひどいことをするなんて。一人の人を深く愛させておきながら、共に暮らす喜びも知らないうちに死なせるなんて。

窓の外をビルが流れる。車がクラクションを鳴らし、人々は叫ぶ。渋滞をすり抜けるパトカーに向かって怒鳴る人もいる。でも赤色灯がある限り、ニールは自在に走り回れる。進路を譲るのは、彼以外のすべての者の仕事なのだ。

ケイトリンは、懸命に自分の過去の作品を思い返していた。こんなとき、ヒロインたちはどうする？　彼女はバッグからティッシュを取り出すと、頬の傷を押さえて深く息を吸った。

「あなたの言うとおりだわ、J・R。わたしはあなたのこと、何も知らない。ごめんなさい、勝手に決めつけるようなことを言って」

　ケイトリンの突然の変化に驚いたニールは、一瞬ためらってから、応じた。

「それでいいんだ」低い声で言う。「主導権はおれにあるんだからな。世界中の金を積んだって、その事実は変えられない」

　金？　目的はお金なの？

「理由を教えて」

「おとなしく座ってろ」

「あなたにそこまで憎まれる理由を知る権利ぐらい、あると思うんだけど」

　ニールがぞっとするような声を出した。

「今度何かしゃべったり叫んだりしてみろ、命はないぞ。即座に殺す。わかったか？」

　ケイトリンはうなずいた。心臓が喉までせり上がってきていた。

　ニールは水に濡《ぬ》れた犬のように頭を振り、しきりにまばたきをしている。ケイトリンは、運転者が別人に入れ替わったような錯覚を覚えた。

「おれが何者なのか、知らないだろう？」

ケイトリンは首を横に振った。口を開くのは怖かった。

「おれの父親はデヴリン・ベネットだ。あいつは自分が大物になったらさっさとおれたちを捨てやがった」

ケイトリンは息をのんだ。「わたしの兄なの？　兄なのに、わたしを殺そうとしてるの？」

ニールはアクセルを踏み込み、車が大きく尻を振ると不気味な笑い声をたてた。

「おまえは何もわかっちゃいない！」彼は叫んだ。「おれは長男だ……あいつの財産はすべておれが受け継ぐはずだった。それなのに、どうだ。あいつはいよいよ死ぬときになっても、おれの存在すら公にしようとはしなかった！」

ケイトリンはうめきをもらした。

「わたしに言ってくれればよかったのに。そうしたら、喜んで半分ずつにしたのに」

ニールの唇の端が引きつった。ケイトリンの申し出に驚いたのだとしても、彼はそれを表には出さなかった。しばらくするとパトカーは猛スピードのまま左折した。半ブロックほどのところでニールは急ブレーキをかけた。体ごとケイトリンのほうを向き、疑わしげな表情で彼女を見据える。

「おれが言ったら、おまえはどうした？　証拠を見せろと言うに決まってる。証拠なんてどこにある？　母さんをもてあそんだあの野郎は、おれが息子だと申し立てても証明できないよう、ちゃんと考えてあったのさ」

ケイトリンはがたがた震えていた。車がとまったのは、使われていない倉庫らしき建物の前だった。それだけで、少しは残っていると思っていた理性が吹き飛んでしまいそうだった。頭を働かせなさいと、必死に自分を叱《しか》りつけた。車から降りてしまえば、生き延びられる可能性は限りなくゼロに近づくのだから。

「どういう意味？　血液検査をすれば簡単じゃない。DNAが証明してくれるわ」

いきなり首をつかまれ、息がかかるほど近くへ引き寄せられた。

「それはできないんだ」理解の遅い子どもに説明するように、ゆっくりと彼は言った。「あいつは遺体を火葬にしろと言い遺《のこ》しただろう？　遺灰は大西洋に撒《ま》くように、と。父親のものが何一つ残っていないんじゃ親子関係なんか証明できるわけない。違うか？」

締めつけられる喉に空気を吸い込もうともがくうちに、ケイトリンの目に涙がにじんだ。

「でも、わたしがいるじゃない」喘《あえ》ぎながら彼女は言った。「わたしを調べればよかったのよ」

ニールは高笑いと共にケイトリンを突き放した。頭ががつんと窓に当たった。

「まだわからないのか！　おまえを調べたって意味はないんだよ！　まったくの無意味だ！　おまえは養子なんだぞ！　おれでさえ知ってるのに」

車から引きずり降ろされた。激しい耳鳴りが始まる。建物の中へ連れていかれる。足をもつれさせながらケイトリンは抵抗を試みたが、苦闘はあっけなく終わった。一度殴られただけで、世界は闇《やみ》に沈んでいった。

非常態勢が敷かれる中、マックを乗せたパトカーはニールの自宅へ急行した。建物の前の路肩に、後続のもう一台と共に停車する。

「五〇五号室です」マックがドアに手をかけると、運転していた警察官が言った。「後ろの車にアマート刑事とコワルスキ刑事が乗ってます」

待ってなどいられない。飛び出したマックは玄関めがけて走った。

「待ってください！」アマートが叫んだ。「管理人から鍵《かぎ》を受け取ることになってます」

階段の下で両刑事がマックに追いついた。そこへ、右手の部屋から中年の女性が現れた。アマートが身分証を示した。「五〇五号室へ案内してもらいます」

彼女は鍵を手渡しながら言った。「主人は留守なんですよ。わたしは膝が悪くて……階段、のぼれないんで……終わったときに返してくれればいいですから」

マックはアマートの手から鍵を取ると、階段を駆け上がった。トゥルーディ・コワルスキが後ろにぴたりとついてきながらわめき続けている。

「みんなどうかしてるわよ。あなたたち、みんなよ。彼はあたしのパートナーよ。こんなことに関係してるわけないじゃないの」

ほとんど息も乱さず五階まで来たマックは、そのまま五〇五号室まで突っ走って鍵穴に鍵を差し入れた。

ニールもケイトリンも部屋にいてくれと念じながらここまで来たものの、心の奥底では、そんな安易な決着が望めるわけないのはわかっていた。絶対に捕まるまいとニールは思っているはずだ。目的を達成するまでは。マックはみんなが追いつくのを待って、トゥルーディにニールの名前を呼ばせた。彼女の訪問ならさほど疑いはいだかないだろう。答えがないのを確認してから、鍵を回した。

「ほらね、いないじゃない」トゥルーディが勝ち誇ったように言った。

「はじめから、いるとは思ってなかったさ」はあはあと息を切らしながら、アマートが部屋へ入っていった。

「相棒は？」ハーン刑事の姿が見えないのに気づいて、マックが尋ねた。

「捜索令状を取って、今こっちへ向かってます」アマートが答えた。

トゥルーディが腰に両手を当てて食ってかかった。「ずいぶん遅いじゃない？」

ふと振り向いたマックは、廊下の突き当たりに閉ざされたドアがあるのを見つけて、そっちへ向かった。

「待ちなさい！」トゥルーディが叫ぶ。「いいこと、あたし、法廷で証言するわよ。あなたたちみんなが――」

ドアが内側へ大きく開くと同時に、マックは明かりをつけた。パンチを食らったかのようなうめきが、口からもれた。

「ここだ！」彼は怒鳴った。

怒りに任せて彼を押しのけ、中へ入りかけたトゥルーディが、足を止めた。

「なんてこと」彼女はささやいた。「何、この写真。これ、全部――」

「ケイトリンだ。全部、ケイトリンの写真だ」マックは叫びたかった。「おれは彼女をあいつと一緒に行かせてしまった。まるでプレゼントか何かみたいに、彼女をあいつに差し出した。あいつはパトカーに乗り込みながら、さぞかしおれをあざ笑っていただろう」

「いや」とアマートが言った。「欺かれたのはみな同じだ。畜生、おれはあいつに、あいつがやった殺人事件を捜査させていたんだ。人をだますことにかけちゃ、やつは名人だ」

テーブルに歩み寄ったマックは、そこに積まれた新聞の山を崩しにかかった。

「彼女がどこへ連れ去られたか、ヒントになるようなものがここにあるかもしれない」マックはそこで言葉を切ると、新聞をひとかたまり脇《わき》へよけてカセットテープを二つ手に取った。ナンバーが振ってあり、日付に加えて〝雌犬の家〟と記されている。マックの心臓の鼓動が速くなった。この部屋に満ちている憎悪は、並大抵ではなかった。彼は振り向いて言った。

「早く取りかかってくれ！　手遅れになる前にケイティーを見つけるんだ。頼む、力を貸してくれ」

トゥルーディは茫然《ぼうぜん》自失といった様子だった。

「あの人たち……なんの罪もない、気の毒な女性たち。あの人たちを、あいつは陵辱して、惨殺したのね」涙がゆっくりと頬を伝う。「あたし、赤毛のちびでよかった。スマートで、焦げ茶色の髪じゃなくて、ほんとによかった。じゃないと、あたしもあの中の一人になってたかも」

「取ったぞ！　取ったぞ！　おおい、みんな、どこだ？」

みんながいっせいに振り向いた。待望の令状をひらひらさせたポーリー・ハーンが現れるはずだった。

複雑な笑みを浮かべたポーリーが、入ってきた。

「お待たせ」それから彼は壁に目をやった。「やっぱりサール、おまえの読みは正しかったんだな」

「何してるんだ、みんな。早く手伝ってくれ。ケイティーが殺される前になんとか居場所を突き止めないと」マックが声を張り上げた。

アマートが指示を出した。「コワルスキ、きみはリビングルームだ。捜すべきものはわかっているな。この壁に貼《は》ってあるものからも何が出てくるかわからないから、おれたちはまずここからだ。とにかく、急げ。人一人の命がわれわれの手にかかっているんだ」

マックが机の上の新聞や書類を調べ、アマートとハーンは壁を担当した。レイプされ、首を絞められ、魚をさばくように顔を切られた女性たちの姿が、マックの頭から離れなかった。役に立たない紙を捨て去るたびに、希望がしぼんでいく。ニールと一緒にいる時間が長引けば長引くほど、ケイトリンの命は短くなる。

リビングルームから駆け戻ってきたトゥルーディが、緊張を破った。

「こんなものがあったわ」彼女はアマートに一枚の紙切れを手渡した。

「なんだ？」マックが尋ねた。

「家賃の領収書だな」アマートがつぶやく。

「そうなんだけど、住所を見て。なんで二箇所の家賃を払ってるんだと思う？」

マックがそれをつかんだ。「ここからどれぐらいかかる？」

アマートは顔をしかめた。「たっぷり二十分」

「急げばそんなにかからない」マックは部屋を飛び出し、ほかの三人もすぐあとに続いた。

19

ケイトリンは目を開けてうめいた。頭が割れそうに痛い。どうしてだろう。体を動かせないと知って初めて、J・R・ニールのことを思い出した。手首の周りのロープを呆然《ぼうぜん》と眺めたあと、足も縛られていることに気づいた。なんということだろう。ケイトリンの手足は、床に固定された鉄の輪にそれぞれつながれているのだった。

「起きろ、起きろ」

ケイトリンは息をのんだ。しわがれた笑い声は、まるで悪夢の中で聞いているようだった。

「ニール……」

「〝お兄さま〟だろう、雌犬め」

「これをほどいて」

ニールは一瞬彼女を見つめ、それから頭をのけぞらせて笑った。

「よくもそんなことが言えるな?」四肢を広げた格好で固定されているケイトリンの周囲を、ニールが軽やかな足取りでぐるぐる回る。まるで、炎とたわむれる蛾《が》のようだった。

「ほどけだと? そんな要求をおれがのむとほんとに思ってるんなら、おまえはおれ以上に狂ってる」

ケイトリンはこみ上げる吐き気をこらえようと、ゆっくり息をついた。苦痛と恐怖のあまり嘔吐《おうと》するケイトリン。そんな彼女を見たらあいつは大喜びするに決まっている。痛む全身を、怒りが貫いた。

許さない……絶対に許さない。怯《おび》えているところを見せて喜ばせたりなんか、絶対にしない。

まずは相手に調子を合わせることだ。理由を聞き出さなければならないのだから。あんなふうにはしゃぐのも、ゲームのうちなのだ。ホームランを打った子どもと同じで、ベースを回って歓声を聞かないと気がすまない。それならそれでかまわない。こっちがしゃべっているあいだは、殺しはしないだろう。

「じゃあやっぱり、あなたは狂ってるのね?」

ニールはつんのめりそうになりながら足を止めた。振り向きざまに、短剣のようなナイフをケイトリンに向ける。

「おまえも狂わせてやろうか?」ニールはゆっくりとケイトリンに近寄ると、その体にまたがった。恐怖を与えるには、痛みよりも脅しのほうが効くと気づいたのだ。

「ばかじゃないの？　結構よ」ケイトリンは言った。「くだらない」

ニールがケイトリンを蹴《け》った。ブーツのつま先が脇腹《わきばら》にめり込む。

「おれはばかじゃない！」ニールは叫んだ。「これは純粋な復讐《ふくしゅう》だ。おまえの父親はおれのことを踏みつけにしやがった。だからおれもおまえに同じことをする」

突然、口の中に金属の味が広がった。泣き叫ぶのをこらえようとするあまり、舌を強く嚙《か》んでいたのだとケイトリンは気づいた。

「それもくだらないわ」さも相手の言い分について考えているかのように、ケイトリンは眉をひそめた。「踏みつけ？　知ってる、兄さん？　それって低俗な言葉よ。父さんはいい顔をしないと思うわ」

ニールは信じがたい思いで彼女を見つめた。なぜ泣かない？　なぜほかの女たちみたいに命乞《ご》いをしない？　ニールはナイフをまさぐり、支配者はおまえじゃないかと己に言い聞かせた。

「父さん？　何が父さんだ！」そう叫ぶなりニールはナイフの切っ先を彼女のセーターの裾《すそ》に当て、いっきに胸まで切り裂いた。乳房と腹部がいっぺんに露《あら》わになった。

ケイトリンが鋭く息を吸ったために、胃のあたりが震えた。ニールの行為に対して彼女が示した、唯一の反応だった。

ケイトリンはセーターを見て顔をしかめた。「困るわ。これ、すごく気に入ってたのよ。言ってくれれば脱いだのに」

ニールは凍りついた。何をふざけたことを言ってる？　脱いだ？　自分から脱いだ？　協力的な参加者はいらないんだ。肉を切り刻まれようというときに、泣きわめき、命乞いをするのでなければ。

かろうじて鼻を鳴らすと、彼は数歩後ずさった。パンツのファスナーに沿ってナイフを軽く走らせ、股間《こかん》を彼女の目にさらす。

「泣くほどいい気持ちにさせてやるよ」優しい口ぶりだった。

「それは無理よ。あなたはわたしを傷つけることはできる。殺すこともできる。だけど、泣かせることはできないわ。あなたは臆病《おくびょう》者だもの」

「黙れ」

「じかにわたしと対決する度胸がないものだから、罪もない女の人をレイプして、殺して。自分の素性をわたしに言えば、それでよかったのに。証明するのだって簡単だったでしょうよ。父はあなたのお母さんに毎月二千ドル送っていたのよ。三十年以上にわたって。その所有権だけでも主張すればよかったのに」

ニールの表情が変わった。「二千ドル？」

「そうよ」とケイトリンは言った。「父の弁護士と話したの。あなたのお母さんが亡くなるまで、送金は続いてた。堂々と出てくればいいのに、まるで犬みたいにこそこそ嗅《か》ぎ回ったり、うなったり。欺かれたと勝手に思い込んで。人を欺いてたのはそっちじゃない」

「嘘《うそ》をつくな！」ニールは叫びと共にケイトリンのスラックスめがけてナイフを振るい、ベルトとウェスト部分を切り裂いた。

ああ、マック。愛してる。愛してる。死ぬ前にもっともっと言っておくんだった。ごめんなさい。

「嘘なんかついてないわ」

ニールはうろうろと歩き回りはじめ、苦いものを吐き出すように言葉をまき散らした。

「母さんは慈善病院で死んだんだ。子宮癌《がん》で。金はなかった。全然なかったんだ、間違いなく」

恐怖のあまりケイトリンは考えることさえ困難だったが、ニールが彼女の話に耳を貸さなくなったら、そのときは死ぬときなのだ。

「嘘をつかなきゃならない理由なんて、わたしにはないもの。お母さんの名前はジョージア・カルフーンでしょう？」

ニールの顔から血の気が引くのがわかった。「なぜ、知ってる？」

「言ったじゃない。父の弁護士から聞いたの。送金した記録がちゃんと残ってるのよ。オハイオ州トレド在住のジョージア・カルフーンあて。月々二千ドル。お母さんが亡くなったために送金はおしまいになったけど。貯金をしていたのか、小切手を破り捨てていたのかは知らないけど、とにかく受け取ってたのは確かよ」

ニールはせわしなく歩き回りながら考えを巡らせた。ケイトリンの話と、自分の貧しい生い立ちとが、どう結びつくんだ。あの少年時代。みじめきわまりない毎日。私生児というだけで十分みじめなのに、おれは貧乏な私生児だった。この女は嘘をついている。おれをあんなに愛してくれた母さんだ。金があったのなら、おれをあんなつらい目に遭わせるわけがない。自分は苦しい思いをしても、子どもにはそうはさせない。ニールは、どうしてもケイトリンの話を信じる気になれなかった。

そのとき、ある記憶がよみがえってきた。何年も忘れていた出来事だった。八歳だったニールは、よからぬ仲間とつき合いがあった。友達に受け入れられたくて近所の店で万引きをして、見つかった。チョコレートバー一個だったが、店主から連絡を受けた母が駆けつけるまでの時間は、ニールにとって拷問も同然だった。

まず、店主に対して謝るよう言われた。そのとき母が浮かべていた絶望の表情は、今も忘れられない。店主は、ニールが深く反省しているらしいことに満足し、町内の私生児に情けをかける気になったのか、くだんのチョコレートバーを彼にくれようとした。偉大な勝者になった気がしてニールが伸ばした手を、母が押さえた。

ニールは目を閉じた。はっきりと思い出す。自分の前に膝をついた母の、香水の香り。

母の髪を輝かせていた日差し。

〝だめよ、バディ。これはもらっちゃいけません。人は誰でも過ちを犯すわ。そしてその過ちから学ぶのよ。でも、過ちを犯したことで得をしてはいけない。おじさんにお礼だけ言って、帰りましょう〟

ニールは目を開け、窓の外の雪を眺めた。

おれの存在そのものが過ちだった。幼いころからそれはわかっていた。過ちを元手に利益を得てはいけないという持論を、母さんは実践したんだ。だからなんだっていうんだ？ 母さんは死んだ。おれはこうして生きている。だからベネット家の人間は償うべきだ。振り返ったニールは、ほとんど無心とも言えるまなざしで、ケイトリンを見つめた。

「そんなことはどっちだっていい」と彼は言った。「おまえが死ななきゃいけないことに変わりはないんだ」

「どうして？」

「おれが決めたからだ」

その口調の静けさから、ケイトリンは悟った。もうおしまいだ。

ニールが近づいてくる。ケイトリンは目をつぶった。自分の血が飛び散るところなど見たくない。

「目を開けろ」太腿にニールの重みがかかった。

「いやよ。自分が死ぬ場面には参加したくない」

ニールは泣きだした。泣きながらこぶしでケイトリンを殴りつけ、残っていた彼女の衣服をむしり取った。

「おまえが目を開けてないと、意味がない」

「じゃあ、意味がないままやるしかないわね」言ったと同時に、首に両手が回された。遠くでサイレンが鳴っているような気がしたけれど、気のせいだろう。助けが来るはずはないし、来たとしても、もう遅い。

ケイトリンがむせ、嗚咽《おえつ》をもらすたびに、ニールの手が締まっていく。

「おれのものだったのに。おれのものだったのに」

彼女の体ががくりと脱力すると、ニールはほっとして背中を起こした。正義の裁き。おれが望んだのはそれだけだ。そして、おれにはその権利がある。力なく横たわるケイトリンの体を満ち足りた思いで眺めるうちに、ニールのすべてが、音も理性も何もかもが、かなたへ消えていった。

「ニールの車だわ！」アマートの運転するパトカーが猛スピードで角を曲がった直後に、トゥルーディが叫んだ。

「ああ。あそこへ行き着くまでにこの車がぶっ壊れなかったら、必ずやつをとっ捕まえてやる」とアマートは言った。「ポーリー、おまえと後ろの警察官二人は裏へ回れ。コワルスキとおれがマッキーを連れて表から突入する」

「急がないと」トゥルーディが前方のパトカーを指差した。「マッキーはもう入ろうとしてる」

「くそっ」アマートはつぶやきながらギアをパーキングに入れた。エンジン音が小さくなり、彼が車から飛び出すと同時に止まった。

全員がいっせいに外へ出た。ポーリーが、後ろから駆け寄ってくる警察官についてこいと合図した。アマートとトゥルーディは銃を抜いて入口から倉庫内へ入った。

外は日差しが雪に照り返してまぶしいほどだったから、暗さのために一瞬何も見えなくなった。二人は物陰に身をひそめ、目が慣れるまで待った。

「あそこよ」奥にある鉄の階段に近づきながら、トゥルーディが小声で言った。「マッキーはあっちへ行ったわ」

マックは全速力で倉庫へ走り込んだ。パトカーを運転してきた警察官が続く。一階に異変はなかった。スチール製の梁《はり》が二十本あまりむきだしになった、だだっ広い空間だった。

視界の隅を赤いものが一瞬よぎった気がして、マックはさっと振り向いた。ケイトリンは出かけるとき赤いマフラーを身につけていた。近づいてみると、鉄の階段からそのマフラーがのろしのようにぶら下がっていた。

彼らは銃を抜いて階段をのぼった。いつ頭上から弾丸の雨が降ってくるかわからない。二段ずつ駆け上がると、すぐだった。足音が建物の隅々にまで響いても、マックはひるまなかった。自分がためらったせいで手遅れになるぐらいなら、彼女と一緒に死ぬほうがましだった。

二階には、かつて事務所だったと思われる部屋のドアが並んでいた。マックはすばやく廊下に視線を走らせた。床に積もった埃《ほこり》から判断して、どの部屋も長いこと使われていなかった――左側のいちばん奥を除いては。何かを引きずった跡がその中まで続いている。ドアは細く開いたままだった。

「あそこだ」口の動きで警察官に伝えると、マックはドアめがけて突進した。ブーツで蹴り開けると同時に、両腕をまっすぐ突き出して銃を構える。

そのあとの出来事は、すべてスローモーションのようだった。

マックの思考は停止し、目に映るものを断片的にしか理解できなかった。

ケイトリンが床に縛りつけられている。動かない。

あいつが彼女に覆いかぶさっている。ナイフを持っている。

ケイトリンの顔の血。

あいつの手についた血。

ニールの名を叫ぶ自分の声が聞こえ、それが混沌《こんとん》の始まりだった。

ニールはびくりとして立ち上がると、敵のほうを向いた。

マックは発砲した。ニールのシャツが見る見る赤く染まっていくのをぼんやりと見つめる。

もう一度引き金を引いた。もう一度。さらにもう一度。マックの銃に込められていた弾丸すべてを胸にめり込ませてなお、J・R・ニールは立っていた。まるで、見えない糸に吊《つ》るされているかのように。

「死んでますよね？」若い警察官がマックに訊《き》いた。

答える必要はなかった。ニールの体がぐらりと揺れたかと思うと、大音響と共に床に倒れた。

マックはすぐさまケイトリンの脇に膝をついて脈を取った。触れない。ニールが落としたナイフを拾い上げると、手首足首のロープを切って放《ほう》り投げ、隠れた傷はないかと全身を調べた。

「頼む、神様、連れていかないでくれ」マックは必死につぶやきながら彼女の頭をのけぞらせて気道を確保し、人工呼吸を始めた。

すぐにアマートたちもやってきた。トゥルーディは即座にひざまずくと、無言のまま心臓マッサージに取りかかった。何度も何度も同じ動作を繰り返した——マックは息を吹き込み、トゥルーディは胸を押す。

「もうちょっとの辛抱だ」アマートが言った。「救急車がこっちへ向かってる」

ケイトリンの呼吸は戻らない。しかしマックはあきらめなかった——この女だけは手放すものか。何があっても、絶対に。

さらに時間が過ぎ、さしもの希望も薄れかけた。そのとき不意に、ケイトリンが咳《せき》をした。

「呼吸が戻った！」トゥルーディが体を起こした。

「よかった」マックはささやき、ケイトリンを横向きにすると、必死に息を吸おうとしている彼女の背中を叩《たた》いた。「大丈夫だ、ケイトリン……おれだよ」

ケイトリンが彼の手首をつかんだ。爪が肉に食い込む。傷つき、焼けつくように痛む喉に空気を送り込みながら、彼女はマックの膝に這《は》い上がろうともがいた。

「ありがとう、神よ」マックはそっと言い、彼女を胸にかかえ上げると、涙を流しはじめた。

トゥルーディがいきなり立ち上がった。汚物か何かのようにニールの遺体をまたいで、マックの顔も見ずに部屋を出た。

ポーリーが彼女の腕をつかもうとした。「コワルスキ、なんて言えば——」

アマートがそれを止めた。「行かせてやれ。一人で乗り越えなきゃならないんだ」

彼らは振り向き、床に座る男と、その腕に抱かれる女を見た。ポーリーが自分のコートを脱いでマックに渡した。

「犠牲者はいつも無防備な格好で放っておかれるんだ」ポーリーは言った。「どうもおれはそれがいやでね」

マックは受け取ったコートをケイトリンの体にしっかりと巻きつけた。彼女は怯えた様子で彼にしがみついた。

「大丈夫だ」マックは繰り返し言った。「もう、心配することは何もない」

エピローグ

一週間後

オーブンの中の七面鳥を確かめたケイトリンは、順調な焼け具合に満足して、またすぐに扉を閉めた。

頭の中にある、やるべきことのリストをなぞりつつ、野菜を洗ってしまおうとシンクの前に立った。ナイフを取ろうとすると、手が震えだした。けれども、悪夢は終わったのよとみずからに言い聞かせて深呼吸をした。

セロリを賽《さい》の目に切っていると、マックがやってきた。

「何もかもがおいしいそうなにおいだ」そう言ってケイトリンの腰を抱き、うなじに鼻をすり寄せた。「きみも」

ケイトリンは彼の腕の中で振り返ると、すばやく熱っぽく、キスをした。

「続きはあとでね」とささやく。

「しっかり覚えておくよ。この腕の力と同じぐらいしっかり」マックは彼女の頭のてっぺんに頬をのせた。

静けさと互いのぬくもりを楽しみながら、二人はしばらくそうしていた。やがて、ケイトリンのほうが体を離した。うかうかしていると自分で自分をコントロールできなくなってしまいそうだった。

「野菜の下ごしらえをしてしまわないと。アーロンとデイヴィッドがもうすぐ来るわ」

「レイボーヴィッツも？」

ケイトリンは笑った。「いいえ、来ないって。ほっとしたわ。どきどきしながら誘ったんだけど。新しいクライアントと一緒にロサンジェルスへ行くんですって。きれいな人らしいわよ。彼の秘書によると」

「そりゃよかった。あいつはきみのことを自分のものみたいに思ってるから気にくわないんだ」

「向こうが勝手に思ってるだけですからね、言っておくけど」

マックはため息をついた。ケイトリンの存在が自分にとってどんな意味を持つのか、言葉には表せなかった。彼女が誰を愛してるか、それは言われなくてもわかっている。繰り返し態度で示してくれているではないか。

マックはケイトリンの頬にキスをした。できるときにはいつもキスしていたい。生気の失《う》せた彼女の体に酸素を吹き込むときの心境を思い出すと、今でも胴震いがするから。

「わかってるよ、ケイトリン。何か手伝おうか？」

ケイトリンは食品庫のドアノブにかかっているエプロンを指差した。

「ええ、お願い。エプロンはそこにあるからさっそく取りかかって。じゃがいもをむいてちょうだい」

「エプロンはいらないよ」マックはピーラーとじゃがいもを手に取った。

ケイトリンは手を休め、決然と突き出されたマックの顎を視線でなぞった。彼への思いが胸にあふれる。

「愛してるわ、わかってると思うけど」

マックは半分皮のむけたじゃがいもを持ったまま、激しいまなざしを受け止めた。

「おれも愛してるよ、ベイビー」

「そうよね」満ち足りた、穏やかな声だった。

「大丈夫かい？」

ケイトリンはうなずいた。昨夜《ゆうべ》見た悪夢と、彼女の悲鳴で飛び起きたマックのうろたえようを思い出す。

「今日はいい気分だわ」

「おれと結婚してもいいと思うぐらい？」

ケイトリンの目が丸くなった。「なんて言ったの？」

「聞こえただろう」

「ついに認めるわけ？　わたしがお金持ちでも許せるぐらい、わたしのことを愛してるって？」

マックは苦笑いをした。「まあ、そういうことだ。で……返事は？」

ケイトリンは彼の首に抱きつくと、ぴったり唇を重ねた。

「イエスよ」彼の胸に頭を預けて、静かな喜びを噛《か》みしめる。

「アトランタで暮らすかい？」

ケイトリンは彼を見上げてにっこり笑った。「もちろん！　執筆はどこでだってできるわ。毎晩あなたがわたしのもとへ帰ってきてくれるとわかってさえいれば」

マックは一瞬強く彼女を抱きしめてから離した。

「ちょっと待って」彼はそう言うと、ジーンズのポケットに手を入れた。「これ……このときのために用意してあったんだ」と、ケースから指輪を取り出した。「母がはめていたんだ。サイズが合わなかったら、直せばいい」

ケイトリンは驚きのあまり口をぽかんと開けたままそれを見つめた。彼が指にはめてくれたのは、二カラットはあるイエローダイヤモンドだった。

「なんてきれいなの」

「うちに代々伝わってるものなんだ。言い伝えどおりだとすると、もう百五十年近くになる。曾曾曾《ひいひいひい》おばあさんはこれをはめていたとき原住民の襲撃を受けて生き残ったし、曾おばあさんは夫と赤ん坊を腸チフスで亡くしたけど自分は生還した。うちの家系の女性たちはいつの時代も強いんだ。きみと同じように、みんな危機を乗り越えている。きみに会わせたかったよ」

「ああ、マック」ケイトリンの目に涙があふれた。

「泣かないで」マックはもう一度彼女を抱き寄せた。「喜ばせるつもりだったのに。知ってるだろう、きみに泣かれるとおれはいたたまれなくなるんだ」

「嬉《うれ》しいのよ」ケイトリンは言った。「これはね、感動の涙」

ドアのベルが鳴った。

ケイトリンははっとした。「アーロンとデイヴィッドよ。わたしが出る。あの人たちがこの指輪にいつ気づくか、楽しみだわ」

「すまないが、彼らはもう知ってるんだ。アーロンに頼んで貸金庫から出してきてもらったから」

ケイトリンは笑った。「いいわよ、別に。少なくとも、目の包帯の取れたアーロンがわたしの指にはまってるこれを見るのは、初めてでしょう」

ケイトリンは玄関へ急いだ。キッチンに一人残されたマックは、じゃがいもの皮むきを続けた。弟の話し声が聞こえてきた。続いて、笑い声と歓声。ケイトリンが指輪を見せたのだろう。マックは笑みを浮かべ、彼女と過ごすこれからの六十数年に思いを馳《は》せた。どんな日々になるにしろ、退屈しないのは確かだった。

偽りに満ちたデヴリン・ベネットの人生を、ケイトリンは割りきって考えられるようになった。とくに、マックが行った調査の結果が出てからはそうだった。彼は、ニールの過去ではなく、デヴリンの過去に答えを求めた。

果たして、答えは確かに存在した。病院の古い記録と、発見されていなかった貸金庫の中、一族の過去帳にそれは記されていた。秘密。汚点。連綿と続く狂気の血が、デヴリンの背負った十字架だった。父から息子へ、母から娘へ、デヴリンが生まれるまでに四代、それは受け継がれてきたのだった。

祖母の自殺を目撃し、一族にまつわる噂《うわさ》を耳にした彼は、決意した。自分で終わりにしよう、と。終わりにするか、せめて原因を突き止めるか。

恋人のジョージアの妊娠を知ったときのデヴリンのおののきは、いかばかりだったか。人工中絶を彼女が拒んだときの、二人の諍《いさか》いは。しかし、一概にデヴリンを責めることはできない。彼はむげにジョージアを捨てたのではなかった。たとえ動機は罪悪感だけであったとしても、息子が成人したあとも、彼女が死ぬまで援助を続けたのだから。結局、ジョージア・カルフーンが受け取った金をどうしたのかはわからずじまいだった。教会か、あるいは未婚の母のための施設に寄付したのではないかと、ケイトリンは推理している。マックもそう思いたかった。もしそうなら、一連のおぞましい出来事にほんの少し救いが生まれるからだ。

愛する妻を母親にするには、デヴリンは養子を取るしかなかった。妻が夫の家系の秘密を知っていたかどうかは不明だ。ケイトリンにとっては、はじめから両親に切望されていたというだけで十分だった。産みの親を捜す気にはまったくならなかった。ニールとのことがあって以来、そっとしておくべき過去をほじくり返すことの危険を、いやというほど思い知らされたのだった。

「ずいぶん静かだね、兄さん」

マックは振り返った。アーロンが戸口でにこにこしていた。

「台所勤務の真っ最中なんだ」

アーロンはケイトリンが置いていったざるからセロリを一本かすめ取ると、かじりはじめた。

「彼女がはめると、あの指輪いちだんとすてきだね」

マックはにやりと笑った。「はめてる本人はもっとすてきだけどね」

「ぼくだってたいしたものだろう？」

意味がわからず、マックは眉を寄せた。

「どこが？」

「プロのボディガードを雇ってもよかったんだ。彼女の財力なら一ダースぐらい軽く雇える」

マックは手を止め、しゃべり続ける弟を呆気《あっけ》にとられた顔で見つめた。

「もちろん、ケイトリンがあんな目に遭うなんてとんでもないことだったけど、起きてしまっている以上、これも彼女と兄さんが仲良くなれるいい機会じゃないかと思ったんだ」

「本気で言ってるのか？」

アーロンは笑顔でまたセロリをかじった。

「本気も本気。一昨年《おととし》のクリスマス、覚えてるかい？　兄さんとケイトリンはお似合いだよって、ぼく、言っただろう？」

「おまえは飲んでたじゃないか」

「でも、ぼくの言ったとおりだった」マックの鼻先でセロリを振って、アーロンは出ていこうとする。

「こうなるのをはじめから狙《ねら》ってたんだな？」

「そう」

マックは笑った。「いろいろ大変な目に遭ったのもおまえのおかげだって、礼を言わなくちゃいけないんだな？」

「ケイトリンのこともだよ。彼女と一緒になれるのもぼくのおかげだからね。もしぼくがいなかったら、二人の目が覚めるまでいったいどれだけかかったことか。だから、ぼくの勝ち！」アーロンは、子どものころ兄弟で張り合ったときの決まり文句を口にして胸を張った。

マックはまた笑い声をあげた。「そうだな。だけどおれのほうは大好きな女を手に入れた」

アーロンはあきれたように目玉を回してみせた。「勝手にしておくれ」

今度は二人同時にげらげら笑いだした。

「何がそんなにおかしいの？」ケイトリンがやってきた。

「なんでもないよ」またしても同時に答える。

ケイトリンは疑わしそうに目を細くした。二人がこんな様子のときは、必ず何か隠し事をしているのだ。

「あっちへ行ってて」ケイトリンはリビングルームを指差した。「キッチンはもういいから、何かほかのことをして」

「たとえば？」マックが訊《き》いた。

「わからないけど」ケイトリンはぶつぶつ言った。「とにかく、男らしく出ていって」

「男らしさには自信ないけどベストを尽くすよ」自分が言った冗談にのんきに笑いながら

アーロンが出ていくと、マックもあとに続いた。

料理の仕上げに取りかかったケイトリンの胸に、深い喜びが満ちていった。これまでもマックと一緒にクリスマスを過ごしたことはあったけれど、愛を知ってからは初めてだった。どんなにおいもこれまでよりかぐわしい。どんな料理も味わい深い。胸の鼓動は速い。最高の気分。ときたまおぞましい記憶が脳裏をよぎるものの、ケイトリンはすぐにそれを押しやった。

七面鳥をオーブンから出しかけたとき、ドアのベルがまた鳴った。大の男が三人もいるのだからと、ケイトリンは作業を続けた。平鍋《ひらなべ》の中で黄金色に輝く鳥は、われながら見事な出来だった。

しばらくすると、マックが急ぎ足でやってきた。「ハニー、きみにお客さんだ」

ケイトリンは眉をひそめた。「あら、マック、あなたが応対できるでしょう？　お料理ができあがるところなのよ。そろそろテーブルについて」

マックは首を振った。「嘘《うそ》は言わない。会わなかったら絶対後悔するよ」

ケイトリンはエプロンを取って手をぬぐった。

「わかったわ。いったいどんなどっきりだっていうのかしらね」

ドアのそばにたたずむ男性にも見覚えはあったけれど、ひと目でわかったのは彼の前の小さな女の子だった。

「まあ、ケイティー！　よく来てくれたわね」ケイトリンは女の子の前に膝をついて微笑《ほほえ》んだ。「昨夜はサンタクロース、来た？」

ケイティー・ブリッジズはにっこり笑ってうなずいた。この子の笑顔を見たのは初めてだとケイトリンは思った。

立ち上がったケイトリンは父親にも挨拶《あいさつ》をした。「ハンクでしたね？　その後、いかがですか？」

彼の目に涙が浮かんだ。「あなたのおかげです。何もかも信じられないぐらい順調で」

ケイトリンは頬を赤らめた。「そんなふうにおっしゃらないで」弁護士に電話一本入れただけでそこまで感謝されるのは、面はゆかった。

そんな彼女の思いを察したのか、ハンクはうなずいた。

「すぐにおいとまします」と彼は言った。「クリスマスの夕食時にお邪魔するのは失礼かと思ったんですが、空港へ行く前にどうしてもあなたに渡したいものがあるとケイティーが言うものですから」

「クリスマス休暇でお里帰り？」

「いいえ。マイアミに引っ越すんです。もう……妻もあんなことに……いえ、そのほうがいいだろうと。わたしにとっては生まれ育った土地ですし、近所に両親がいますからケイティーの面倒も見てもらえるし」彼は娘の頭をぽんぽんと叩《たた》いた。「この子はあまり乗り気じゃないんですけどね」

ケイトリンはもう一度ひざまずいてケイティーと目線の高さを同じにした。「わたしに何か持ってきてくれたんですって?」

「あたしが作ったの」ケイティーは小さな平たい包みを差し出して言った。

ケイトリンは包装紙をはがしながら言った。「プレゼントをもらうのって大好き。あなたは?」

うなずいたケイティーは、父親の足にもたれかかった。母を失ったばかりの幼子には、まだ人肌のぬくもりが必要なのかもしれなかった。

ケイトリンは前かがみになっていた体を起こした。その目には涙がいっぱいにたまっていた。

「二日ほど前に仕上がってたんですが」とハンクが言った。「お宅がどちらなのかわからなくて。新聞社に問い合わせたら広報担当の方の電話番号を知らせてくれたんです。そちらにかけて理由を話したら、ここを教えてくれました。どうかお気を悪くなさらないでください」

ケイトリンはかぶりを振った。「気を悪くするですって? とんでもない。こんなに嬉しいことはないわ」彼女はケイティーを見つめた。感激で胸が詰まりそうだった。「わたしがこれまでに見た中で最高の絵だわ。あなたを抱きしめてもかまわない? お礼を言いたいの」

ケイティーはもじもじしていたが、すぐにうなずいてかわいらしく両腕を広げた。子どもにしかできない仕草だった。その腕をケイトリンの首に回す。

ああ、神様……こんな子を一ダース、わたしに授けてください。

ケイティーが腕を離すと、ケイトリンは涙をこらえて言った。「引っ越すんですってね」

ケイティーは顔をしかめてこっくりうなずいた。

「ねえ、知ってる？　わたしもなのよ」

ケイティーはマックを見上げた。「あなたのパパも一緒？」

ケイトリンはにっこり笑った。「そうよ。彼がわたしをアトランタへ連れていってくれるの。あなたのパパがあなたをマイアミへ連れていってくれるのと同じね。わくわくするわよね？」

ケイトリンは立ち上がると、絵を得意げに胸にかかえ、ドアの脇《わき》にかかるドガを指差した。

「マック、あれを外してもらえる？　新しい絵にかけ替えたいから」

ハンク・ブリッジズが顔を赤らめた。「いえ、ミス・ベネット、そこまでしていただかなくても」

「本当にこれをかけたいの」

マックはそんな彼女がただ誇らしくて、高価な美術品を壁から外すこともなんでもなかった。そのあとへ、アクリル製の額縁に入った塗り絵の一ページを、注意深くかけた。

「わたし、バーニーって大好きなのよ」ケイトリンはそう言って一歩下がると、色とりどりの花に囲まれた紫色の恐竜を眺めた。

「あたしも好き」ケイティーが彼女を見上げてにっこり笑った。

「そろそろ行かないと」ハンクが言った。「どうかみなさん、よいクリスマスを。そして……ミス・ベネット、これからの人生に神のご加護がありますように」

涙ぐみながらうなずくケイトリンの隣に、マックが寄り添った。肩に回された腕の重みは、彼女をしっかりとこの世につなぎ止めてくれる錨《いかり》だった。ドアを出たところでケイティーが振り返った。ケイトリンは手を振った。

「ありがとう、ケイティー・ブリッジズ。元気でね」

父と娘は去っていった。

マックが訳知り顔で絵をにらみ、きっぱりした口ぶりで評した。

「ほら……この紫が効いてるね。存在感が際立っている。そう思わないかい？」

噴き出したとたん、ケイトリンの体はマックにかかえ上げられた。

指輪が節のほうへずれて滑り落ちそうになったが、ケイトリンは手を握って持ちこたえた。ちょうど、命をなくしかけて持ちこたえたように。

「七面鳥、まだかな？」アーロンの声がした。

泣き笑いをするケイトリンを、マックが床に下ろした。

「はいはい、食いしん坊さん、できてるわよ。みんな、盛りつけを手伝って。キッチンで食べるわよ――身内なんだから」

訳者あとがき

白状します。ざっと目を通したときには、思いました。なんてよく泣くヒロインか、と。美貌《びぼう》と才能に恵まれた資産家の娘。ミステリー作家のくせに怖がりで泣き虫。こう並べると、ちょっとどうかと思いますよね、今回のヒロイン。正直なところ、翻訳者としてまずは読者として楽しみたい、登場人物に感情移入したい、と思うわけです。でも今回はいささか不安をいだきつつ、翻訳開始。

結果、それは杞憂《きゆう》に終わりました。ヒロインのケイトリンは確かによく泣き、よく怒り、ときにわがままがすぎる。けれども実は彼女のそういう点が、かえって人間味とリアリティーを強く感じさせてくれるのでした。考えてみれば、二十代の女性がやたらに冷静沈着、理路整然、なわけはないのであって。ヒロインに限らずヒーローも周りの人々も、ああどこかにいそうと思わせられるのは、ひとえにシャロン・サラの観察力と筆力、そして人を愛する力によるのでしょう。あらゆる年齢、性別、職業の人間を、観念的、類型的でなく描ききるには、そういった人々への愛と共感が不可欠ではないかと思うのですが、どうでしょうか。ちなみにシャロン・サラ、人生のモットーはと問われてこんなふうに答えています。〝自分が豊かになればなるほど、人にもたくさん与えること。それは愛も含めて。与えたものは、いつか百倍にもなって自分に返ってくるから〞

そんな作者の愛に彩られた、一級のロマンティック・サスペンスが本書です。起床後、寝間着のままでパソコンの前に座り、はっと気づくともうお昼、とか、いつ使えるかわからないけれども、りすが木の実をため込むようにエピソードをため込まずにいられない、などといったヒロインの姿に、シャロン・サラ自身の日常が重なって見えて思わずくすりとさせられたり、ユーモアも随所にちりばめられています。

そうそう、最後にもう一つ。ピーナッツバターとピクルスのサンドウィッチ、試してみました。なかなかでした、本当に。少なくとも、シリアルのペプシがけとは比べものにならないはずだと思うのですが、ケイトリン同様こちらは未体験です。勇気あるどなたか、チャレンジしてみてくださいませんか。

二〇〇四年六月

新井ひろみ

＊本書は、2004年11月にMIRA文庫より刊行された『サイレント・キス』の新装版です。

mira™

サイレント・キス

2021年11月15日発行　第1刷

著　者　シャロン・サラ

訳　者　新井《あらい》ひろみ

発行人　鈴木幸辰

発行所　株式会社ハーパーコリンズ・ジャパン
東京都千代田区大手町1-5-1
03-6269-2883（営業）
0570-008091（読者サービス係）

印刷・製本　中央精版印刷株式会社

ISBN978-4-596-01709-3

mirabooks

明けない夜を逃れて
シャロン・サラ
岡本 香 訳

余命宣告から生きのびた美女と、過去に囚われた私立探偵。喪失を抱えたふたりが出会ったとき、運命は大きく動き始め…。叙情派ロマンティック・サスペンス！

翼をなくした日から
シャロン・サラ
岡本 香 訳

元陸軍の私立探偵とともに、さまざまな事件を解決してきたジェイド。カルト組織に囚われた少女を追うなかで、自らの過去の傷と向き合うことになり…。

すべて風に消えても
シャロン・サラ
岡本 香 訳

最高のパートナーとして事件を解決してきた私立探偵チャーリーと助手のジェイド。最大の危機と悲しい別れが、二人にこれまで守ってきた一線をこえさせ…。

さよならのその後に
シャロン・サラ
兒嶋みなこ 訳

息子を白血病で亡くし、悲しみのあまり離婚の道を選んだヘイリー。3年後、命の危機に陥った瞬間に思い出したのは、いまも変わらず愛している元夫で…。

いつも同じ空の下で
シャロン・サラ
兒嶋みなこ 訳

シェリーの夫はＦＢＩの潜入捜査官。はなればなれの日々のなか、夫が凶弾に倒れたという知らせが入る。涙にくれるシェリーを、次なる試練が襲い…。

ミモザの園
シャロン・サラ
皆川孝子 訳

祖母が遺した〝ミモザの園〟に越してきたローレル。予知能力を持つ彼女を待っていたのは、夢の中で愛を交わした名も知らぬ幻の恋人だった。名作復刊。

mirabooks

静寂のララバイ
リンダ・ハワード　リンダ・ジョーンズ
加藤洋子 訳

小さな町で雑貨店を営むセラ。ある日元軍人のベンから、じきに世界規模の大停電が起こると警告され面食らうが…。豪華共著のロマンティック・サスペンス！

バラのざわめき
リンダ・ハワード
新号友子 訳

若くして資産家の夫を亡くしたジェシカとギリシャ人実業家ニコラス。相反する二人の想いは不器用なまでにすれ違い…。大ベストセラー作家の初邦訳作が復刊。

カムフラージュ
リンダ・ハワード
中原聡美 訳

FBIの依頼で病院に向かったジェイを待っていたのは、全身を包帯で覆われた瀕死の男。元夫なのか確信を持てないまま、本人確認に応じてしまうが…。

ホテル・インフェルノ
リンダ・ハワード
氏家真智子 訳

生まれつき数字を予知できる力を持つローナは、カジノを転々として生計を立てる日々。ある日高級カジノ・ホテル経営者ダンテに詐欺の疑いで捕らわれ…。

雷光のレクイエム
リンダ・ウィンステッド・ジョーンズ
杉本ユミ 訳

殺人課に異動になったホープは、検挙率の高さで知られるギデオンの相棒に抜擢される。高級スーツに身を包み刑事らしくない男だが、彼にはある秘密が…。

永遠のサンクチュアリ
ビバリー・バートン
中野　恵 訳

その素性を知らずに敵対一族の長ユダを愛してしまったマーシー。7年後、人里離れた屋敷で暮らすマーシーのもとにある日突然ユダが現れ…シリーズ最終話！

mirabooks

眠らない月

ヘザー・グレアム
風音さやか 訳

歴史ある瀟洒な邸宅の奇妙な噂を調査しにやってきたダーシー。依頼者のマットとともに真相を追うが、ある晩見た夢をきっかけに何者かに狙われはじめ…。

霧のぬくもり

ヘザー・グレアム
風音さやか 訳

祖父が遺した家に移り住んだクリスティナの前に、連続殺人の罪を着せられ死んだ男の幽霊が現れた。元刑事で初恋の相手ジェドとともに事件の真相を追うことに。

遙かな森の天使

ヘザー・グレアム
風音さやか 訳

ある日後見人の城へ向かう道中で覆面の追いはぎに襲われたアリー。男はなぜかアリーの名前を聞くとすんなり彼女を解放するが…19世紀末英国の波乱の恋。

呪いの城の伯爵

ヘザー・グレアム
風音さやか 訳

盗みを働こうとした養父がカーライル城に捕らわれたと聞きカミールは青ざめた。その城には呪いがあるともっぱらの噂で、今は恐ろしい伯爵がおさめており…。

10年越しのラブソング

スーザン・ブロックマン
神鳥奈穂子 訳

最近ジムで見かける男性が気になっている弁護士のマギー。ある日高校時代の友人マシューから仕事の依頼を受けるが、再会した彼こそ気になっていたあの男性で…。

夜明けを待ちわびて

J・R・ウォード
山本やよい 訳

金融界の若き寵児ショーンはある日、看護師のリジーから父の死を知らせる電話を受けた。純真な彼女に心奪われていく一方、幼い頃の記憶が彼を苦しめ…。

mirabooks

貴方が触れた夢
キャンディス・キャンプ
琴葉かいら 訳
モアランド公爵家アレックスは、弟の調査所を訪れた黒髪の美女に心惹かれる。だが彼女はいっさいの記憶がなく、「自分を探してほしい」と言い…。

放蕩貴族と恋迷路
キャンディス・キャンプ
琴葉かいら 訳
堅物のライラと、変わり者揃いで有名なモアランド公爵家の末っ子コンスタンティン。いがみ合ってきた正反対の二人だが、実は互いに秘めた思いが…!?

公爵令嬢の恋わずらい
キャンディス・キャンプ
琴葉かいら 訳
科学を愛する公爵令嬢シスビーは、身分を隠して参加した公開講義で、ハンサムな青年に出会う。しかし、偶然屋敷にやってきた彼に素性がばれてしまい…。

ときめきの宝石箱
キャンディス・キャンプ
細郷妙子 訳
没落寸前の令嬢カサンドラは一族を守るため祖先が残したという財宝を探すことに。だがそれには宿敵ネビル家の当主で放蕩者フィリップの力を借りねばならず…。

伯爵とシンデレラ
キャンディス・キャンプ
井野上悦子 訳
「いつか迎えに来る」と言い残して消えた初恋の人が伯爵になって現れた。15年ぶりの再会に喜ぶジュリアナだったが、愛のない契約結婚を持ちかけられ…。

偽りのエンゲージ
キャンディス・キャンプ
細郷妙子 訳
祖父を安心させるため、婚約者がいると嘘をついた伯爵令嬢カミラ。祖父の屋敷へ行く道中に出会ったベネディクトに、婚約者のふりをしてもらうことになり…。